Love hate Vancouver

愛恨溫哥華

千帆過盡，片影無存

愛生花 著

穿越千山萬水到的遠方，沒有詩，
只有眼前的苟且。
滿懷夢想來到溫哥華的他們，
沒有如願看到夢中的橄欖樹。

目錄

第一章　追撞

溫哥華夏季的陽光可以治療憂傷，治療陰冷潮溼的多雨冬季留下的憂傷。太陽也彷彿在用整整一季盛夏時節的明媚耀眼，來彌補自己在冬季裡的長期缺席。伴隨夏季燦爛陽光的，是溫帶海洋性氣候的清涼微風，把溫度調節得清爽宜人。

此刻正被盛夏驕陽晃得白花花的街道上，車流在不緊不慢地行駛著。一輛橙黃色瑪莎拉蒂敞篷跑車，被陽光照耀得在車流中顯得很是扎眼，車身反射出的光明晃晃的。車內的音響，大聲播放著歌曲，正在駕車的李天豪，鼻梁上架著最新款的Chopard（蕭邦）太陽鏡，邊開車邊跟著歌曲的節奏哼唱著，身體也在隨節奏擺動。

李天豪的手和腳也沒閒著，不停地加油、打方向燈、見縫插針地變道、踩煞車，在車河裡游刃有餘地甩開後面的車，之後再一遍一遍地重複著這些動作。

李天豪就是喜歡在原本平靜駛向前方的車流中，聽見自己加油後，排氣筒發出的巨大轟鳴聲，他願意聽自己緊急煞車時，輪胎摩擦地面發出的戛然而止的聲音。彷彿只有這樣，他才能找到自己的優越感和存在感。

有一個開著福特轎車，差點被李天豪的瑪莎拉蒂擦碰到車身的白人中年男司機，給李天豪打了一記響亮的喇叭。通常在溫哥華的馬路上是聽不到喇叭聲的，這一聲表達警告和憤怒的喇叭聲顯得很是突兀和刺耳，但李天豪卻是絲毫不在乎。他聽過的喇叭聲多了，給他打喇叭的人也多了，往往伴隨著那喇叭聲的表情，有驚訝，有厭惡，有鄙視，有勸阻，甚至還有豎起的中指，李天豪通通不在意，他也會把中指豎回去。今天，他照樣向打喇叭的司機豎了中指。

他要的就是這份刺激，要不然怎麼展現出他的超豪華跑車的優越性呢？他砸重金購買的不就是這份快感麼？

前面是個紅燈，李天豪終於衝不過去了，只好停下等著。他還是邊唱歌邊跟著節奏搖擺著，一副狂放不羈的表情，彷彿這大馬路就是他的遊戲場。他無意間從後視鏡裡往後瞄，看到跟在他車後面的豐田轎車，是一位華裔女司機在駕駛，他一下子被女孩的清秀面容吸引了，李天豪盯著後視鏡看著。豐田車的副駕駛座位上，坐著一位華裔男子，和女司機似乎在鬧矛盾，女孩神情委屈，男的則是嘴裡在叨叨著什麼。

李天豪透過後視鏡，饒有興致地看戲般看著這對華裔男女，猜測他們的關係，猜測他們因為什麼在吵架。一直盯著後視鏡的他差點沒看到綠燈亮起，他在車子起步後，一改之前的狂放，開得不緊不慢，在車流裡恣意徜徉著，反正他今天有的是時間。

李天豪剛把自己在私竇（非法經營的地下酒吧）認識的一個虛榮、膩歪的女留學生喬楚楚送上飛機回國，他已經打定主意和這個自己都記不清是第多少任的「女友」分手了。反正今天閒來無事，不如看戲，而且他莫名其妙就想看個究竟。

李天豪開始悠閒地伴著音樂的節奏，吹起口哨，長相帥氣的他看起來更多了一份玩世不恭。有些自然捲的頭髮，在陽光下看起來烏黑油亮，隨微風向腦後飄揚。

後面車裡坐在司機位的漂亮女孩繼續開車，男的仍在叨叨著，還不停地比劃著手勢，指著儀表板讓女孩看，臉上的表情則是越來越不耐煩。

連著等了幾個紅燈，從口型看，男的一會兒喊「加油」，一會兒喊「煞車」，李天豪看明白了，這女孩在學開車，男的則是在教她開車。看兩個人的態度和表情，像是一對兒情侶。

「看來這教車學車真是破壞感情的好辦法喲！」李天豪想著不禁壞笑，正看後視鏡思索間，一回神猛抬頭看見黃燈，一個急煞車停穩，只聽後面哐的一聲。

「追尾了。」

李天豪氣不打一處來，這是他才開了幾個月的新車，他下車就叫喚：「會不會開車，會不會開車？」

這時見車上下來的一對男女，女孩一臉抱歉，眼淚含在眼圈裡，本來一張非常美麗的臉龐楚楚可憐。李天豪心裡一顫，這樣的淚眼，這樣的哀怨，和藏在他記憶深處的媽媽的那一張臉竟然有些神似。

男的則在大聲訓斥女孩：「不是讓你慢點，讓你煞車，你把油門當煞車了？你怎麼這麼笨呀？……」

轉過頭來，男的也沒好臉色地對李天豪說：「你怎麼踩煞車那麼急，你明明已經過了白線，應該在黃燈開過去，你急煞車停下來幹什麼？你這不是找追尾呢嗎？跟著你開真是倒楣，開『超跑』了不起呀？」

李天豪更沒好氣地說：「嚷嚷什麼？嚷嚷什麼？就你這個教車的爛態度，能不出事兒嗎？不出事兒才怪呢！」

「我怎麼教車關你什麼事？你以為你是誰？」

男的在氣頭上，也懶得去問李天豪怎麼知道他在教車。雙方怒目而視，兩人個身高都是一米八多，就這樣怒髮衝冠、勢均力敵地僵持著目視對方。

女孩含著眼淚怯生生地說話了：「先看一下車子撞的情況吧。」兩個人才回過神來，都怒氣沖沖地檢視車子，拍現場照片。拍完照後，男的回到豐田車上，氣哼哼地把車子倒後，檢視車輛損毀情況。雖然人都沒有受傷，但兩輛車都有一些外觀撞痕。

「交換駕照資料吧。」本來愛車如命的李天豪，對著女孩卻沒有氣哼哼地大聲喊叫，而是平靜甚至有些溫柔地告訴她。

女孩從衣服口袋裡拿出了一張黃紙，這一看就是新手剛考完駕照筆試，省汽車保險公司給的臨時學車駕照。李天豪拿過黃紙一看，上面寫著「Xiaoya Zhou」，出生日期 199×年×月×日。李天豪心想「和我同歲」。他用手機將女孩的黃紙駕照拍下來，也把自己的駕照給女孩讓她拍照。緊跟周曉雅車的後面一輛車的司機，還停下車，好心地留下了電話。

「This is my cellphone number, if ICBC need witness, call me at this number.」

該名好心司機表示，如果雙方報保險理賠時需要目擊證人，汽車保險公司可以致電給他了解情況，之後他開車離開了。後面的車輛紛紛併線到另一條行車道上，魚貫從兩輛追尾車的旁邊經過。

追尾事故中，後方車輛通常都是百分之百全責，但雙方還是都需要留下駕照資料致電保險公司，讓保險公司來做出最終決定，並給出責任者未來保費的上漲額度。保險公司的保費是跟著車子走，無論是誰駕駛出事故，都會漲車主的保費。

李天豪心裡想著：「看那屌絲男的囂張勁兒，猜想這輛破車是他的。」想到這裡，李天豪的心裡感覺舒坦些，但看著女孩兒愁雲慘霧的臉，還真有點兒替她發愁，她應該會被罵慘了。

「這個時代開著輛舊豐田的傢伙，還能找到這麼溫柔漂亮的女朋友，還能對女朋友這麼囂張！」李天豪心裡憤憤不平著。

自己雖然歷任女友一堆，都對自己俯首帖耳，但李天豪知道她們都是衝著他的名車、他的豪宅、他的錢包，才對他溫柔體貼的，就像圍在他油膩中年父親身邊的那些年輕女人一樣。

高富帥的悲哀就是，你已經搞不清楚到底自己和錢哪個更有魅力了，到底女孩看中的是你，還是你的身外物，除去身家，變成「高窮帥」還有吸引力嗎？

雙方互留了手機號碼，以備保險查證之需，拿到女孩兒的手機號碼，李天豪心裡一陣雀躍。之後兩個男的像鬥雞一樣，怒目而視後各自上車。

李天豪大聲對男的說：「教女朋友學車耐心點！」

男的則大聲說：「這是我老婆，用你管？」他憤恨地瞪了李天豪一眼。

說完，他推周曉雅去副駕駛座位那一邊上車，自己開駕駛位車門上了車。

李天豪聽見男的說「這是我老婆」後一愣。本來他說「女朋友」時，還有些試探的成分，心中還存著僥倖，也許兩個人不是情侶，卻沒想到男的回了一句「這是我老婆」。

「都結婚了？」李天豪心裡一沉，莫名有些失落。李天豪上了自己的車，從後視鏡看見男的嘴裡還在嘟嘟囔囔，李天豪真想憤憤地甩一句：「讓她一路罵你，你試試看會不會撞車？」

第二章　奢侈

「Joe，我是 Howard，我車被追尾了，得修。」「你明天叫一個同事拉著你過來取車吧，我不用你們代步車了，我開自己的藍寶堅尼就行了。」「不用走保險索賠，我自己付錢修。」「我說不用就不用了。」李天豪用不容置疑的口氣說。打完電話，電梯也到了，李天豪乘電梯刷指紋上到最頂層四十五層。

電梯裡，李天豪摘下太陽眼鏡，臉上仍是那副玩世不恭的表情。電梯門開，直接就是他家的客廳。

一眼望去，屋內的豪華擺設和落地窗外的美景融為一體，讓人為之一震。

這套房是頂層公寓，面積堪比別墅，五百多平方公尺，價值超過兩千五百萬加元，當年也是溫哥華公寓中的樓王之一，現在的身價更是翻倍。

當年李天豪的父親授意移民到溫哥華的心腹老部下，精挑細選，購買了這套房給將到溫哥華留學的兒子住。八年前，十八歲的李天豪剛搬進這套當時全新的頂層複式公寓時，第一眼看去也有震撼的感覺，公寓比他在北京的家奢侈豪華得多。

家具都是義大利原裝進口的凡賽斯，一架價值上百萬加幣的全球限量版鍍金三角鋼琴奢華地擺在寬敞的客廳中間。

大理石鋪就的客廳地面和廚房檯面反射出幽幽的光，歐式壁爐上有精緻的雕花，施華洛世奇水晶燈反射出的光芒從不同角度映襯出高調的奢華。

複式結構中，一層客廳、起居廳加廚房的三百六十度落地窗外，溫哥華的藍天、碧海、遠山美景一覽無餘。

牆上掛的畫都是名家收藏級別，加拿大七君子之一所作的一副著名風景畫將壁爐上的牆壁裝點得清新典雅，靠牆的櫃子裡陳列著很多精緻的擺設和昂貴古董。廚房的電器——冰箱、烤箱、洗碗機、爐具，全部是最高階品牌。

二樓的各間臥室都是精心打造，每間臥室都有主題風格。同樣位於二樓的書房內，有直通屋頂的書櫃，書櫃旁擺放著可以在滑道中來回滑動的梯子，讓主人方便取書。書櫃內擺放著世界百部名著的中文版和英文版等琳瑯滿目的中英文書籍，如一個小小的圖書館，不知情的人，可能會以為這裡是一個學富五車的大學教授或知名學者的書房。

書房隔壁是健身房，被裝點得現代豪華，Hock Design 黃金啞鈴、Louis Vuitton（路易威登）拳擊沙包、Vibro Gym 肌肉生長機，這些裝置加起來，也足夠買幾輛汽車了。

李天豪當年剛來溫哥華住進這套奢華頂層公寓時，也看得眼花撩亂，興奮地走到房子的每一層、每個角落、每個臥室、每個洗手間細細打量。李天豪跟著父親走南闖北見過不少世面，但這個像宮殿一樣的家還是讓他瞠目結舌。每一處都是那樣奢華，每一個細節都是那樣到位，處處都竭力彰顯出尊貴和品味，奢華和不凡。

「黃叔叔，這套房子要多少錢啊？裝修要多少錢啊？」稚氣未脫的李天豪問道。

「天天，錢的事你不用操心，這是遵照你爸爸的吩咐，找溫哥華最頂尖的室內設計師設計和布置的，你喜歡就好，你記得要謝謝爸爸喲。」

接著，黃叔叔把幾張銀行卡和信用卡交給李天豪。

「天天，密碼是××××。取現金，刷卡都可以，每個月的帳單我會幫你打理。」

李天豪知道，黃叔叔是父親的心腹，幾年前投資移民來加拿大。這次李天豪過來留學，父親鄭重交代黃叔叔好好照顧他。黃叔叔對李天豪也像對他父親一樣，畢恭畢敬、侍奉周到。

在國內那麼低調的父親，在溫哥華卻捨得大撒金錢，似乎全部的克制都要釋放出來，要酣暢淋漓地追求物欲的最大滿足，要把世間的奢侈一股腦地都給兒子，讓兒子好好享受。儘管父親本人至今還沒有進過這套奢華公寓，甚至為了避嫌，他可能一輩子都不會來這裡，但卻指示下屬不惜重金，奢華裝修，讓自己的兒子生活在這金碧輝煌的宮殿裡。

但李天豪對父親的不滿和怨恨，並沒有因此減少。他忘不了母親的慘死，忘不了母親的淚眼，忘不了母親的哀怨，還有他曾經無意間撞到的父親和年輕女人的苟且模樣。他知道父親想用錢討好他這個唯一的兒子，雖然母親死後，父親並沒有斷過女人，但他是父親唯一的兒子，加上父親要彌補對母親的愧疚，父親在他身上花錢也越來越大方。

他在國內時，並不知道父親竟然如此有錢，只知道父親到哪裡都是前呼後擁，經常出現在電視中，參加會議、做報告，父親的名字全市人民都知道。而自己無論跟著父親走到哪裡，都有人滿臉堆笑地諂媚。

「怎麼樣？天天，還滿意嗎？」父親在電話中詢問。

「嗯，還行。」李天豪冷冷地回答。

父親顯然已經習慣了兒子冷冰冰的態度，並不在意，兒子能說出「還行」兩個字，就證明他很滿意了。父親在電話的另一邊甚至露出了一個欣慰的微笑。

「天天，我就你這麼一個兒子，你媽媽臨死前，我對她發過誓，我會好好照顧你，你無論有什麼要求，只要爸爸能做到的，我都不會虧待你。」父親在電話的那一端，語氣誠懇近乎卑微地說道。

李天豪並沒有感激涕零，而是「哼」了一聲，「啪」地結束通話了電話。來到溫哥華後，李天豪花著父親給的大把金錢，為自己打造了走到哪裡都是VIP的待遇，吃、喝、玩、樂，只要他光顧的地方，大家都會對他這樣一個多金又不會想著給老子省錢的富二代周到侍候，這樣的金主，走到哪裡都是貴賓。

李天豪厭惡父親，可是卻無法拒絕那個人給他用金錢打造的一切，他想抽身離去的衝動和慾望，也在一次次豪華的誘惑面前偃旗息鼓。他現在心安理得地享受著一切，「唯一的兒子」這個金字招牌讓他沒有任何不安和愧疚。但每當夜深人靜，遠離了聲色犬馬的喧囂後，他總在懷疑自己人生的意義何在，他厭惡自己，厭惡這個寄生蟲一般存在的自己，厭惡到了極點，卻無力逃離。

今天是週末，鐘點工不會過來。李天豪回到臥室，看到那張凌亂的床，想起了和自己剛剛送上飛機的「女友」喬楚楚昨晚的纏綿，李天豪沒有絲毫的回味，只感覺到膩味和快感之後的空虛。

喬楚楚在床上大膽主動，而且床技一流，起初讓李天豪很是受用。李天豪雖然知道喬楚楚世故、圓滑、拜金，而且認識自己前，生活並不檢點，但李天豪貪戀她的美色和肉體，出手闊綽，投喬楚楚所好，一擲十萬金地買名包、名錶送給她，換來了喬楚楚床上的殷勤備至。

但新鮮勁兒過後，喬楚楚的黏人和對他家世的刨根問底，讓他厭煩；在朋友們面前，喬楚楚以李天豪正牌女友、未來的李太太自居，讓李天豪感到可笑。李天豪想甩掉喬楚楚，正好喬楚楚說家裡有事要回國，李天豪送走了喬楚楚，竟然有種解脫的感覺。他心意已決，要和喬楚楚分手。這次和喬楚楚戀愛四個月，已經是李天豪戀愛史中最長久的一次了。

李天豪也說不清自己已經和多少個女孩上過床，女孩們形形色色，有天生麗質的，有後天整容的，有青春靚麗的，有性感妖嬈的，有嫩模，有夜店女郎，有大學生，胸圍尺寸從A到E，而且風情萬種的女孩們不同膚色、不同種族，說起來可以組成一個小聯合國了。

他記得很清楚，每一個他領到這間豪華宮殿的女孩，都對這裡的一切瞠目結舌，對李天豪的富貴身家驚羨不已。即使有人刻意掩飾，他也會從她們不時拿手機在房屋各個角落自拍的舉動中，看出端倪。自拍發上網後，評論中驚呼和豔羨的聲音，讓每一個女孩都極大地滿足了虛榮心。哪怕是當天剛認識的女孩，只要跟著李天豪回了這座宮殿，只要李天豪想要，當晚這些女孩都會和他上床，他享受著王子選妃般的優越。

「OMG, Howard, you are the best!」「Howard，你太棒了！你是最棒的！」起初李天豪對各類妖嬈女孩們在床上對他的誇獎，信以為真，真的以為自己勇猛無敵、所向披靡。但每個女孩都這樣叫床，他最終明白，她們是對著他的豪宅和身價在叫，是在對著價值幾十萬的 KingSize 大床在叫，她們都在刻意討好他，刻意逢迎他。他立刻厭惡了這虛假的逢迎和討好。每次翻雲覆雨的激情快感過後，李天豪都有種莫名的失落感，那種千帆過盡，卻片影無存的失落。

他無法分清這些女孩看中的是他，還是他的豪宅、他的車、他買給她們的名包名錶。他已經不知道在哪裡可以遇到純潔的女孩，甚至不知道這物欲橫流的世界上是否還有純潔的女孩、不愛慕虛榮的女孩！

李天豪躺到床上，腦海裡突然閃現了那一雙淚眼，那份驚慌失措、充滿歉意的表情，那一張清純美麗的臉——「周曉雅」。李天豪不禁有一絲惆悵，甚至有一絲羨慕那位開著輛破豐田的傢伙。

「竟然已經結婚了？」李天豪躺在床上，雙手枕到腦後，自言自語著。

周曉雅的名字和臉龐，深深鐫刻進李天豪的腦海。

第三章　曉雅

「周曉雅，你還能再笨點兒嗎？你說你還能再笨點兒嗎？看到前面急停，你也趕快踩煞車呀！這下我的保險費要大漲了，都是你幹的好事。」廖智勳本來還算英俊的五官，現在被憤怒弄得有些扭曲。

周曉雅默默地聽著，不發一言，並不辯解她當然有踩煞車，但是前面急停太快了，這只是個意外。從小母親病逝，和父親、繼母還有同父異母的弟弟一起生活，讓曉雅的性格堅強內斂。小時候，曉雅做家務時稍有疏忽，繼母也經常這樣訓斥曉雅。

「周曉雅，你個死丫頭，讓你幹點兒活，還把碗給打碎了，你還能再笨點兒嗎？還是你是故意的，就是要故意禍害這個家？你怎麼還杵在這裡？你個死丫頭，怎麼不隨你媽去了呢？」

小小的曉雅，那時每次聽到這樣的話，都淚如雨下，心頭有著難以言喻的委屈。她想念自己的媽媽，有時真的就想隨媽媽去了。她處處聽繼母的話，但繼母卻從未把她當成女兒，總是覺得她礙眼，是家裡多餘的人，是浪費糧食的人，上學還要買書包文具，是浪費錢的人。十歲的年紀，在別人家裡，還是被父母寵著的孩子，可是曉雅在家裡，已經被當作了一個勞動力和出氣筒。曉雅的童年，從母親去世的時候就戛然而止。

現在，曉雅聽著廖智勳的訓斥，從側面看著老公怒氣沖沖的臉，突然覺得無比的陌生。這還是當年那個瘋狂追求她的高中同學嗎？還是她以為可以相守一生的廖智勳嗎？當年心思細膩的溫柔哪裡去了？當年的脈脈深情哪裡去了？難道到了太平洋的另一邊，時空變換，連感情都變了嗎？當年的海誓山盟，終是敵不過瑣碎的生活了嗎？

那個曉雅深深信賴、依戀和託付終身的男人，此刻充滿憤恨地邊開車，邊嘴裡不停刻薄地數落著她。曉雅看著陌生的廖智勳，透過晶瑩的淚光，眼前開始變得虛幻，心飛回到了從前。

當年的廖智勳，為了給曉雅灌熱水袋，笨手笨腳差點把手燙成豬手；為了怕曉雅累著，兩個人一起長途散步後送曉雅回學校的路上，永遠要揹著曉雅；為了給曉雅搶購學習參考書，可以天不亮就去書店門口排隊；為了博得曉雅一笑，不惜扮成憨態可掬的大猩猩……那時的廖智勳是多麼溫柔體貼。

當年、此刻，孰是真、孰是假？那些不會太遙遠的過去，現在看來，卻恍若隔世。

廖智勳把車停到一棟陳舊木製公寓的地下車庫，下車很用力地哐一下關上車門，發洩著心中的不快和怨氣。猛烈的關門聲，似乎快要把這輛老豐田的車窗震碎了，玻璃發出嗡嗡的回聲。曉雅的心，也隨著巨響震顫了一下。

曉雅小心翼翼、輕手輕腳地下車關好車門，跟在廖智勳後面上了公寓電梯，電梯裡，廖智勳連看都沒有看曉雅一眼，彷彿不屑於看她。傷心的曉雅低著頭，看著自己的腳尖，像個可憐的犯錯誤的孩子，在等著家長發落。

到達三樓，廖智動一步衝出電梯，快步走在前面，曉雅一路小跑跟在後面。走廊盡頭，快步疾走的廖智動終於停下，用攥在手裡的鑰匙，打開他們租住的木製公寓一室一廳的門。

一開門，正坐在客廳沙發上津津有味看電視劇的廖智動的媽媽，也就是曉雅的婆婆劉春枝，頂著滿頭的塑膠髮捲，嘴裡吃著藍莓，看到兒子一臉不高興，就大聲問：「怎麼了？又是她太笨學不會？」

廖智動沒有作聲，踢掉腳上的鞋，穿上拖鞋，悶頭回到臥室裡，一頭躺到床上。後進門的曉雅清清楚楚聽到了婆婆的話，她叫了一聲「媽」，換好拖鞋，就進入廚房開始洗手做飯。

劉春枝回到客廳用遙控器把電視劇按了暫停，一臉不高興地跟著曉雅進了廚房，繼續教訓她：「周曉雅，不是我說你，智動工作那麼累，週末還得教你開車。教車多累啊，神經要高度緊張。你說你怎麼那麼笨，怎麼學一次車，讓智動生一次氣！我看這次，真是把他氣壞了。你說你，怎麼那麼笨？你不是學習特別好嗎？怎麼開車就學不會？你是不是誠心地惹智動生氣呀？把智動氣出個好歹怎麼辦？我可就這麼一個兒子，不能讓你這麼禍害！」劉春枝說話時，義憤填膺，左手插著腰，右手食指指著曉雅。

曉雅邊摘菜，邊聽著婆婆的訓斥，眼淚又開始在剛才她已經哭紅的眼圈裡打轉，她強忍住不讓淚水流下來。

曉雅從第一次摸方向盤開始，到這次，一共就學了三次車，三個週末，每次不到兩個小時。曉雅想學會開車，也是為了減輕廖智勳的負擔，而且廖智勳為了省錢，捨不得找專業的駕駛教練，才親自教她。今天追尾後，曉雅知道，短期內自己是無法再學車了。

一臉厭惡表情的劉春枝見曉雅也不回嘴，只是悶頭洗菜，就惡狠狠地白了曉雅一眼，嘴上嘟囔著：「真是悶葫蘆一個，一棍子打不出一個屁來，能把人給悶死！真不知道，智勳當初是怎麼鬼迷心竅，看上了你！到底有什麼好的？」

劉春枝帶著想吵架卻找不到對手的遺憾，拳頭砸在棉花上的不過癮，回到客廳，坐到沙發上，繼續邊吃藍莓邊看中文電視連續劇了。

黯然神傷的曉雅一個人在廚房忙活著，心裡滿是委屈，眼淚這下像斷了線的珠子，劈哩啪啦地落到了廚房的潔淨地磚上，漸漸暈開，曉雅趕快拿餐巾紙擦乾淨。

來到了遠方的生活，沒有詩，只有眼前的苟且。

第四章　追求

曉雅長得酷似香港影星周慧敏，大大的眼睛、挺括的鼻子、櫻桃小口和一頭烏黑的披肩長髮，甚至一顰一笑和整個人的溫婉氣質都很像周慧敏，又因為都姓周，男生們背地裡議論曉雅時都叫她「小周慧敏」，甚至有人直接親切地叫她「小周」或者「阿敏」。

廖智勳也是瘋狂迷戀校花周曉雅大軍中的一員，曉雅的一舉手、一投足，甚至曉雅沉思時，隨意把一隻手放到下巴上的動作，都牽動著他的心。曉雅無意中看廖智勳一眼，廖智勳都能從那雙大眼睛裡看到一汪秋水。曉雅做題時的專注模樣，全神貫注聽課時的樣子，在廖智勳看來，都那麼完美。這個漂亮的女生竟然還學習超好，每次考試都在全年級名列前茅。

廖智勳想，這個世界上，怎麼會有這麼美的女孩兒，怎麼會有這麼完美的女孩兒？我一定要追到她做我的女朋友！

有一次，坐在曉雅後排的廖智勳，上課時，兩隻眼睛，直直盯著曉雅的背影發呆，幻想著曉雅會回頭衝自己嫣然一笑。老師叫廖智勳回答問題，他完全沒有聽見，還沉浸在自己的美夢中。

「廖智勳，叫你呢！」廖智勳的同桌在桌下踢踢他的腳，提醒他。「啊？」廖智勳如夢初醒，聽到語文老師高老師正在問他：「與柳宗元並稱『韓柳』的『唐宋八大家』之首是誰？」

這麼簡單的題目，廖智勳知道，答案脫口而出：「周瑜。」「哈哈哈哈哈……」廖智勳的答案引發了哄堂大笑。高老師也忍俊不禁：「還諸葛亮呢，韓愈，韓愈，不是周瑜，上課要專心聽講，不准做白日夢。行了，同學們都別笑了，繼續上課。周曉雅，你說一下韓愈的主要代表作有哪些？」

「有《論佛骨表》、《師說》、《進學解》。」曉雅在同學們對廖智勳的笑聲中回答道。

從此，同學們經常用這件事調侃廖智勳：「廖智勳，是不是在你眼裡，大家都要改姓周啊？周慧敏的周，周曉雅的周，哈哈哈哈。」男寢裡迴盪著笑聲。

廖智勳毫不在意，反而因為同學們談論他和周曉雅，感到開心。周曉雅將來一定是他的女朋友，他一定要把曉雅追到手，追到周曉雅成了他的奮鬥目標。

「到時你們就不笑我了，就會對我追到你們的女神羨慕嫉妒恨了。」廖智勳心裡想著。

「哪個少男不鍾情，哪個少女不懷春」，高中時期正是少男少女們情竇初開之時，但迫於高考的壓力，多數男生對曉雅，都是有心動沒有行動的暗戀。頂多在熄燈後的寢室臥談會中，聊一聊曉雅，說一說曉雅的名字，曉雅就是他們高中艱苦、枯燥生活中的一抹亮色。

而且學校嚴格規定，不准學生們早戀，一切早戀的苗頭，都被各個班主任掐死在萌芽中。校方絕不允許早戀，讓其耽誤了學生們的高考。高考成績不僅關係著學生們的命運前途、家長們的殷切期望，更關係著學校的榮譽、老師們的獎金。

但已經被曉雅占滿了心房，把追到曉雅當成目標的廖智勳，已經顧不得學校的規定了，他知道，曉雅這樣的完美女孩，一定要趕快追，否則就來不及了。而且廖智勳仗著自己的父親是副校長，老師們都對他「睜一隻眼，閉一隻眼」地網開一面，開始大膽追求自己的夢中情人，以各種方式來關懷曉雅。

曉雅生病了，他會跑前跑後幫她買藥，去食堂打飯。平時還幫曉雅去水房打開水，一去打水就拎著四個暖瓶，曉雅寢室的同學也跟著借光。曉雅寢室的室友，經常會在班上調侃廖智勳：「廖同學，我們寢室沒開水了，拜託你了哈。」

廖智勳對這樣的調侃很開心，證明曉雅的室友們已經認可他幫忙打水了。俘獲曉雅的心，首先要俘獲她的室友和閨蜜的心。廖智勳還會在曉雅的書桌裡，經常放零食和小紙條給她。

「曉雅女神，你今天看起來不開心，怎麼了？要開心喲！」「曉雅女神，你今天特別漂亮。」「曉雅女神，你的笑容讓我如沐春風，再對我笑一次吧。」「曉雅女神，你今天課間操時的動作真美。」「曉雅女神，天氣預報說今天有雨，記得帶傘。」「曉雅女神，今天會降溫，記得帶一件外套。」

廖智勳的目光，始終追隨著曉雅，呵護曉雅的同時，也在威懾著其他對曉雅有想法的男生：「周曉雅是我的，你們都不要再打什麼主意了。」自從廖智勳有一次發飆後，他同寢的男同學們，臥談會再也不敢談論曉雅了。

曉雅在家庭中沒有得到什麼溫暖，廖智勳的關懷和體貼讓她很感動，讓一直以為只能自己獨立堅強的曉雅驟然發現，原來自己也可以獲得關懷，被人關懷的感覺很溫暖。

「周曉雅，你看廖智勳對你多好哇！簡直就是無微不至，哎，羡慕呀。」曉雅寢室的室長吳玲邊從暖壺裡往盆裡倒洗腳水，邊對曉雅說。

「就是，曉雅，你真有福氣。」另一個戴眼鏡的女生蘇小曼也附和道。

高考來臨，大家都在為決定命運的時刻備戰，心頭都有巨大的壓力和惶恐，每天都在書山中奮鬥，題海中遨遊，稍微想像一下高考結束後未來的人生，想像一下自己未來的那個他，對女孩子們來說，都是一種奢侈的放鬆。廖智勳，已經成了女孩們找男朋友的範本，她們希望自己未來的男朋友，對自己都能像廖智勳對曉雅一樣好。

曉雅還是拒絕了廖智勳的追求，她讓廖智勳不要再給自己的書桌裡放零食和小紙條，也不要再幫自己打開水了，她鼓勵廖智勳好好學習，把精力都放在學習上，高考之後再考慮其他。

為了感謝廖智勳對他的照顧，曉雅幫助廖智勳講解習題，借自己的課堂筆記給廖智勳。廖智勳看著工整的課堂筆記上曉雅娟秀的字型，對這個女孩更加崇拜和迷戀。

高考是決定一生命運的大事，對曉雅尤其是。當年父親和繼母堅決反對她上高中，考大學，希望她國中畢業，早早上箇專科或者職業學校就趕快上班幫忙養家。

「一個女孩子家，上大學沒有用，現在的大學生跟地裡的大白菜一樣多，畢業了一樣不好找工作，趕快學門手藝才是正道。」曉雅的繼母白月娥對曉雅的父親周天柱說。周天柱一個人養家餬口，顯然有些吃力，他也同意白月娥的說法，讓曉雅考專科或者職業學校。

「爸爸、白姨，我求求你們了，讓我上高中吧。」曉雅跪在地上，「我發誓一考上大學就勤工儉學，不再花家裡的錢。等我畢業賺錢後，我一定好好孝順你們，好好培養弟弟。」

曉雅的父親知道女兒一向學習成績優異，亡妻的心願也是培養女兒上大學，最後在曉雅提到媽媽後，周天柱在白月娥的白眼中同意讓曉雅國中畢業後繼續上高中。

曉雅知道自己學習的機會來之不易，她必須要好好珍惜。曉雅學習起來，總是心無旁鶩，全神貫注，加上天資聰穎，學習成績一直排在這所省重點高中理科班的全年級前十名。

曉雅的媽媽在世時，經常對趴在桌子上寫作業的曉雅說：「看我們的曉雅，學習多認真。」曉雅永遠記得媽媽說話時的溫柔模樣。一晃，媽媽已經離開她九年了。每次想到媽媽，曉雅的心還是痛，她還是想念。曉雅堅信，媽媽一定在天上看著她，她認真學習，媽媽一定會看到，一定會很開心。聰明勤奮的曉雅，高考成績很理想，如願考入了第一志願——省醫科大學臨床醫學專業。

曉雅九歲時媽媽因為乳腺癌去世，她抱著媽媽的遺體痛哭時，就下定決心長大要當一名醫生、一名白衣天使，幫助像她這樣的孩子救回媽媽。

媽媽走了，世界上最愛她的那個人走了，她的世界也塌陷了。都說「有媽的孩子像個寶」，小小的曉雅早早地變成了草。現在的曉雅午夜夢迴時，還常常淚溼枕邊，沒有失去過至親的人是無法明白這種痛苦的。日夜想念的媽媽，卻只能出現在夢裡。可是她每次在夢中要伸手去擁抱媽媽時，媽媽就消失了，留下驚醒的曉雅獨自黯然神傷。曉雅知道，她已經永遠失去了媽媽，失去了世界上最愛她的，也是她最愛的那個人，再也找不回了，永遠找不回了。

她受傷難過時，沒有人可以傾訴，曾經疼惜她的父親，也在繼母的挑撥下，對她越來越冷淡，甚至看她的眼神裡，有了嫌棄和刻薄。

曉雅十四歲時第一次來月經，肚痛難忍，看著短褲上的血跡手足無措，沒有人告訴她應該怎麼辦，應該注意什麼。這個女孩子一生中最重要的時刻之一，曉雅要獨自面對。曉雅憑著國中生理衛生課學到的常識，自己用衛生紙墊了起來，繼母的衛生棉，她是不敢用的。

當晚，曉雅忍著肚痛，像往常一樣刷碗。刷碗時，冰涼的水讓曉雅的肚子更疼了，曉雅的臉色煞白，豆大的汗珠滑落臉龐。

這時，繼母看到廁所裡，有一個盆子下面扣著另一個盆，掀開一看，是曉雅泡在水盆裡，還沒有來得及洗的帶血的內褲。

「臭丫頭，你以後自己的髒東西自己洗乾淨，不要放在那裡礙眼。」繼母罵著，她根本不知道，這是十四歲的曉雅第一次來月經，更不會給曉雅講講要注意什麼。

「我剛才想洗，但怎麼搓都搓不乾淨，我想泡一下再洗。」曉雅忍著肚痛說道。

「那麼大的死丫頭，東西往那兒一放，你也不嫌害臊。」

「我拿盆蓋上了，想著刷完碗就去洗乾淨。」

「就知道犟嘴，趕快刷碗，刷完去洗，洗完拿著滾回學校宿舍去，別在我面前礙眼。」白月娥狠叨叨地罵著，她根本沒有注意到曉雅痛苦的表情，或者是注意到了，故意視而不見，根本不願、不屑於理會。白月娥一直認為曉雅是拖油瓶，周天柱對這個前妻生的女兒有一絲一毫的好，都讓她不舒服，都讓她覺得周天柱沒有忘掉那個前妻，沒有百分之百地對她和兒子好。

「嗯。」曉雅強忍疼痛回答著。曉雅繼續刷碗，冰涼的水打在她的手上，也涼在她的心裡。如果媽媽還在，該有多好，肚痛難忍的曉雅，淚水潸然落下。洗碗槽正對著窗戶，窗外的一抹夕陽正將餘暉灑向天邊，依依不捨地慢慢落下。窗臺上擺著曉雅最喜歡的一盆植物——蟹爪蘭，在夕陽的照耀下顯得更加翠綠，曉雅才發現，蟹爪蘭竟然開出了美麗的花。這盆蟹爪蘭似乎也在凝視著曉雅，告訴她要堅強。祝願曉雅也像它這種植物一樣，無須精心呵護，也能頑強生長，靜靜開出美麗的花。

母愛的缺失，成為曉雅生命中最大的遺憾，也讓曉雅變得更加堅強。當年小小的她，無能為力地看著媽媽離開，現在每次夢見媽媽，曉雅都更堅定自己要當醫生的願望，這也是她拚命努力學習的原因。她堅定地認為，只有當了醫生，救死扶傷，才能彌補她人生最大的遺憾。曉雅對後母的刁難雖然感到難過，但她並不恨後母，她知道家裡的經濟條件拮据，無論如何，她要感激後母最終同意讓她上高中。

正在苦追周曉雅的廖智勳，學習成績一般，入學成績距離這所重點高中的錄取最低錄取標準差了二十多分，最終能夠入學，是因為他的爸爸是這所高中的副校長。但在曉雅的鼓勵和幫助下，廖智勳的高考成績也算不錯，考入省城的一所綜合性大學，學習經濟管理專業。

兩個人的大學「恰巧」都在距離家鄉城市不遠的省城，這當然是廖智勳打探好曉雅的志願後，選擇同一個城市的大學填報的結果，高考後，廖智勳更殷勤地追求曉雅。廖智勳知道，曉雅這樣的美女，自己必須提早行動把握，很快她身邊的男生一定會紛紛行動，展開追求，到時就不一定能輪到自己了。

除了生活上的關懷，參加了大學校園詩社的廖智勳，還經常給曉雅寫情詩，傾訴他對曉雅的愛。這回不是小紙條了，他每次寫好後直接給曉雅發微信，並配上愛心、飛吻、玫瑰的表情。「曉雅，你是我的月夜，我的星空，我的太陽，我的宇宙。」「曉雅，你我的緣分，前生已經注定，今生我追尋我們的約定而來，不會讓我們再走散在茫茫人海之中。」

雖說情詩青澀、稚嫩，卻也讓曉雅感動滿懷，這個世界上，廖智勳是對自己最好、最關心自己的人了，曉雅懵懵懂懂地以為這就是愛情。

正如廖智勳預想的一樣，長相甜美的曉雅，在醫科大學裡面，也是公認的校花，不僅人長得漂亮，學習成績還總是年級第一名。男同學們，同班的、不同班的，同系的、不同系的，都紛紛展開追求。

系主任還要把省衛生廳廳長的兒子介紹給曉雅：「曉雅，省衛生廳郝廳長的兒子郝旭明，也是我們學校畢業的，高你幾屆，現在在省醫院，已經是主治醫師了，一表人才，有空你見一見？」

焦主任一臉殷切地看著曉雅，盼著曉雅點頭，和郝廳長的兒子見一面。雖說大學裡對學生戀愛也是不提倡，不反對，態度曖昧，模稜兩可，但像焦主任這樣一個系主任，給女學生介紹男朋友的也絕不多見。

郝旭明上次和父親一起回母校參加一個活動，活動中碰見了擔當志願者的曉雅，郝旭明對這個身材高挑、容貌出眾的女生念念不忘。幾經打聽，得知曉雅是臨床醫學專業二年級的學生，郝旭明拜託焦主任給介紹一下。

「焦主任，我有男朋友了，謝謝您的關心。」曉雅鄭重地對焦主任說。

廖智勳頻頻去曉雅的學校找她，無論是曉雅的宿舍樓、食堂、教室還是圖書館，都曾經出現過廖智勳的身影，廖智勳在宣示著對曉雅的主權，他頻頻出現，是要讓覬覦曉雅的男生們知道，曉雅已經名花有主，屬於他廖智勳。

而曉雅面對各類追求，各種殷勤，各種介紹，都拒之千里，表示自己已經有男朋友了，是自己的高中同學。到大二的時候，曉雅終於正式答應了廖智勳的追求，願意做廖智勳的女朋友。

「智勳，謝謝你一直以來對我的體貼照顧，我都記在心裡。你是除了媽媽，世界上對我最好的人。」

「曉雅，我不要你對我說謝謝，我願意照顧你，關心你，對你好一輩子，疼愛你一輩子。做我的女朋友吧。」廖智勳殷切地看著曉雅，又一次深情款款地向曉雅鄭重表白。

「好的，我答應你。」曉雅羞澀地說。

「曉雅，真的嗎？是真的嗎？你是我的女朋友了！」廖智勳激動地把曉雅抱了起來。

「周曉雅是我的女朋友了！」廖智勳對著天空大喊，這喊聲是給他自己聽的，也是給曉雅聽的，更是對全世界的宣告，周曉雅從此屬於他了。

曉雅現在想來，那時的廖智勳溫柔體貼，情意綿綿，和現在的他判若兩人。

「曉雅，這是熱水袋，這是暖寶，睡覺時放在被窩裡，一個放在肚子上，一個放在腳下。」

曉雅在廖智勳那裡，體驗到了溫暖和被疼愛的感覺，體驗到了滿滿的感動。廖智勳將曉雅視為女神捧在手心裡，深為自己追求到了漂亮的夢中情人而驕傲和自豪。一直性格高冷、學習成績優異的曉雅，竟然真的成了自己的女朋友，這讓廖智勳在同學面前賺足了面子，也足足引起了大片的羨慕嫉妒恨，讓廖智勳體驗到空前的滿足感。人逢喜事精神爽，廖智勳最近走路都在吹口哨，心情無比興奮，彷彿自己贏得了一場重要的比賽。

「廖智勳，聽說你女朋友是醫大的高冷校花周曉雅，你小子也太牛了吧，怎麼追到手的？」廖智勳的寢室室友羨慕地問他。

「蒼天有眼，功夫不負有心人呀！我都被我自己感動了，追到周曉雅真不容易呀。」廖智勳得意地說。

雖然有虛榮的成分，但廖智勳的愛也不可謂不真誠，這個叫曉雅的迷人女孩，占據了他的心。雖然沒有刀光見血的決鬥，沒有你死我活的拚殺，但他廖智勳能夠突出重圍，在周圍男生的虎視眈眈下，追求到周曉雅，不啻是人生中的一大勝利。曉雅是他的初戀，他發誓要讓她過得幸福、快樂。

第五章　出國

「這怎麼行?絕對不行!」劉春枝心裡想著，自己辛辛苦苦，一把屎一把尿養大的兒子，將來是要光宗耀祖的，絕對不能娶這樣一個門不當、戶不對的寒酸家庭的姑娘。

周曉雅怎麼配得上在他們眼裡那麼優秀的兒子，怎麼配得上做廖家的兒媳婦!兒子找誰不好，怎麼能一頭陷進這樣一個破家裡去，這將來全是負擔。

「周曉雅長得再漂亮，有什麼用?」劉春枝氣不打一處來，心裡暗暗罵道。

專科畢業後一直擔任幼稚園老師，現在已經擔任園長的劉春枝，一直自認為是高尚的知識分子，自己的老公廖洪志現在又是重點高中的副校長，她無論如何也不願與曉雅家這樣的貧寒家庭做親家。

而且劉春枝查到曉雅已經去世的生母的姓名叫辛茹雅，她想起曾經聽老公廖洪志的高中同學開玩笑說過辛茹雅這個名字，還說辛茹雅是廖洪志和一幫男生的夢中情人。辛茹雅這麼獨特的名字，應該不會是重名吧，算算孩子的年齡，辛茹雅活著的話，應該和廖洪志同齡。莫非這個辛茹雅就是周曉雅那死去的媽?劉春枝一想到這裡就醋罈子打翻，更是氣不打一處來。

「漂亮女孩有的是，你怎麼就看中周曉雅了？」劉春枝氣急敗壞地問兒子，「市教委張主任的女兒張萌，也在你們學校，一直對你有好感，張主任之前還和你爸說，要把這門親事定下來，現在好，半路殺出來一個什麼周曉雅！」雖然讓劉春枝最生氣的是辛茹雅這個陰魂不散的名字，但她不能和兒子說。

「媽，你見過張萌嗎？你知道她長什麼模樣嗎？她對我有好感，我也得對她有好感吧？她爸說定下來就定下來呀？教委主任怎麼了？也不能強行嫁醜女吧？」

「可張萌家條件多好啊，獨生女，爸爸是市教委主任，媽媽是市婦聯領導，你將來娶了她，絕對不吃虧。什麼叫門當戶對懂不懂？」

「教委主任和婦聯領導，跟我有什麼關係？我才不要張萌那個醜妹呢。」

劉春枝被氣得上氣不接下氣，恨自己的兒子不懂人情世故，美貌能當飯吃嗎？門不當、戶不對的婚姻能長久嗎？

劉春枝自己和廖智勳的爸爸都在張主任的教委管轄之下，張主任愛人所在的市婦聯，也管著她們幼稚園，如果這樁親事成真，豈不是多贏局面。可恨什麼周曉雅，一個普通工人家的貧賤孩子，就生生把這門親事攪和了。

劉春枝現在不生兒子的氣，反而把罪過都怪在了曉雅的頭上，認為是這個小狐狸精讓兒子鬼迷心竅，攪沒了她給兒子策劃的好親事。看到兒子被愛情衝昏了頭腦，劉春枝不停地「棒打鴛鴦」，不停地潑冷水，甚至警告廖智勳，周曉雅的媽媽辛茹雅是罹患乳腺癌去世的，那麼周曉雅患乳腺癌的機率也很高。但無論她說什麼，怎麼恫嚇，都屢屢失敗，毫無效用，廖智勳根本聽不進去。劉春枝最後決定，兒子大學一畢業，就讓他出國留學，走得越遠越好。她想，如果最終倆人天各一方，離得遠了，感情慢慢也就淡了，她的「棒打鴛鴦」計畫就成功了。而且現在有錢人家都把孩子送出國留學，說不定智勳能在國外找到一個富家女兒，當上乘龍快婿，人生少奮鬥二十年，何苦到周曉雅家去做牛做馬，幫著拉扯那麼一個貧寒的家。

廖家雖說不上大富大貴，但也算得上是小康之家，國家越來越重視教育，老師的薪資近年來大幅上漲，擔任重點中學副校長的廖洪志收入不菲。劉春枝任園長的幼稚園，是市重點幼稚園，家長們擠破頭要把孩子送進來，劉春枝也沒少從中收好處費。而且她的揹包裡也從來不缺學生家長送的各大商場的購物卡、禮品卡。在他們所在的城市裡，廖家的生活也算非常富足，送獨生兒子出國留學的能力還是有的。

廖智勳則痛快地答應了媽媽的出國要求，他有自己的小算盤，他想去加拿大，那是個移民國家，自己去留學以後，爭取找到工作後移民留下。曉雅畢業後也申請去加拿大，倆人就可以在遙遠的太平洋另一端雙宿雙飛，少了母親阻撓的雜音，豈不是好事一樁？

而此刻的加拿大，熱烈歡迎「財神爺」——中國留學生們。每年，有超過三萬名來自中國的留學生，踏上加拿大的土地去留學、去追夢。

如今申請加拿大自費留學，簡直易如反掌，只要申請到語言學校的通知書，出示一下家裡的財產證明，能夠保障留學的費用，簽證就沒有問題。廖智勳很快就順利拿到了簽證，廖智勳和父母都很開心，但大家開心的理由則不同。

劉春枝眉開眼笑地對兒子說：「勳啊，到了加拿大，就別惦記著國內了，遇到投緣的、合適的，在那邊處個女朋友。」

「媽，您說什麼呢？我已經有女朋友了，才貌雙全的周曉雅。」

「勳啊，你是不當家不知柴米貴，找對象一定要門當戶對，經濟條件和社會地位都要不相上下，甚至要高過咱家的，要不然你一輩子都過不安生。周曉雅的家庭條件太差了，她爸我看也快失業了，她後媽現在就是一家庭婦女，弟弟才上小學，你和她在一起，就等著去給人家當牛做馬，幫忙拉扯吧。」

此刻正青春年少、激情燃燒的廖智勳是聽不進這樣的話的。即使這樣的話在他的心裡已經悄然留下了印象和成見，他也沒有覺察到。

「媽，您不了解曉雅，曉雅是一個特別完美的女孩兒，我能追到她做我女朋友，是多麼披荊斬棘、艱難不易的一件事，我請曉雅來家裡，您見見她，就知道她有多好了。」

「完美？她的家庭就不完美。我不見，見了就是認可你和她談戀愛了，我告訴你，就衝她那家庭條件，我永遠都不會同意你娶她，不會同意她給我當兒媳婦，你徹底給我死了這份心。你要娶她，就不要認我這個媽！」

廖智勳知道媽媽一向霸道蠻橫加固執，在家他和父親廖洪志從來都要聽媽媽的，心想，媽媽不見曉雅就不見吧，等曉雅將來和她一起出了國，一切就會好了，到了地球的另一端，一切都會好了。在廖智勳的腦海裡，遠方是天堂，遠方是詩歌；沒有實現的夢想，無法落地的愛情，到了溫哥華，都會實現，都會圓滿。

對於出國，曉雅原本沒有意願，她的願望是醫科大學畢業後，做一名出色的救死扶傷的醫生。

「曉雅，如果你愛我，就和我一起出國吧。」廖智勳信誓旦旦地說，「我一定給你幸福，我們遠離我媽的干擾，到加拿大快樂地生活在一起。」

在廖智勳對美好未來的描述和憧憬中，在廖智勳殷切的期盼目光下，曉雅終於點頭同意，自己醫科大學畢業後，和廖智勳一起出國了。

第六章　理想

「曉雅寶貝兒，我在溫哥華等著你！你現在就開始準備，一畢業就過來找我！」廖智勳拉著曉雅的手說道。

「好的。」曉雅點頭。礙於廖母，曉雅第二天沒法去機場給廖智勳送行，正放暑假的兩個人，就在前一天晚上，在老家的河邊告別。廖智勳緊緊擁抱著曉雅，此刻的他，萬般不捨。雖說就分別一年，但他覺得是那麼漫長。曉雅也依偎著廖智勳，兩人的心裡，都充滿著離別的憂傷。

戀愛中的人，「一日不見，如隔三秋」，更何況，這一別將是三百六十五個日夜，廖智勳飽含深情地吻著曉雅，這一吻裡有濃濃的愛和深深的不捨。

「曉雅，我去溫哥華為我們的幸福生活打前站，我在溫哥華等你。」

第二天，廖洪志、劉春枝和家裡的眾多親戚，將廖智勳送到了機場，飛往北京。廖智勳到北京後，再轉機前往溫哥華。走入安檢大門，回頭和父母、親人告別的那一刻，廖智勳有些捨不得，有些傷感，但更多的是興奮，他要出國去闖天下了，他要去那裡為自己和親愛的曉雅未來的幸福生活奮鬥了。

二十二歲的廖智勳帶著對異國的憧憬、逃離家人的興奮和對曉雅的依戀，來到了溫哥華——這個地球另一端遙遠的城市。雖然遙遠，但廖智勳已經在網上將溫哥華的資料查個透，他知道溫哥華多次被評為全世界最適宜居住的城市，而且華人非常多。

從北京飛了近十個小時，飛機即將降落溫哥華。空服人員已經收走了最後一餐的餐盤，飛機廣播中傳出：

「女士們，先生們：本架飛機預定在三十分鐘後抵達溫哥華，地面溫度是二十三攝氏度。」

廖智勳完全沒有感覺到長途飛行的疲勞，精神相當亢奮，對他來說一切都是新鮮的。他從飛機的舷窗望出去，溫哥華的地貌清晰可見。

「溫哥華，我來了！」廖智勳興奮地想著。三十分鐘後，廣播再次響起：「女士們，先生們：飛機正在下降。請您回原位坐好，繫好安全帶，收起小桌板，調直座椅靠背。謝謝！」

播音員的聲音，在廖智勳聽來如音樂般悅耳動聽，彷彿是為他登陸溫哥華譜寫的序曲。

「就要到溫哥華了！溫哥華，我來了。」廖智勳在心裡自言自語著，難掩興奮。

雖說對未來的生活也有一絲緊張，但年輕的廖智勳，相信自己能夠在這裡有一番作為，能夠和曉雅在這裡共築愛巢，「從此王子和公主幸福地生活在一起」。

下了飛機，廖智勳隨著人流走進了多次被評選為北美最佳機場的溫哥華國際機場。宏偉的大廳內，首先映入眼簾的是兩個高大的木雕圖騰柱，廖智勳以前了解過，知道圖騰柱反映的是北美原住民的文化。機場指示牌上，除了英文和法文，還赫然印有中文。這讓廖智勳一下子覺得親切無比，對溫哥華的第一印象非常好。

他用機場的 WiFi，透過微信給父母和曉雅分別發了訊息，告訴他們自己已經平安抵達，不要惦記。此時的國內還是凌晨，廖智勳卻很快就收到了父母和曉雅的回信，原來他們都在等待他報平安。廖智勳分別告訴父母和曉雅都趕快睡覺吧，自己一切都好。當然還不忘給曉雅送上熱辣辣的吻，剛剛分別一天，廖智勳已經開始想念曉雅了。

「曉雅寶貝兒，我想你，我在溫哥華等你！」憑藉著出國前充分的準備，廖智勳順利透過了海關，辦妥了手續，正式入境加拿大。接機大廳內，有留學仲介公司幫著介紹的人——老李，舉著牌子來接廖智勳。近五十歲的老李是北京人，一看就是典型的北京侃爺形象，留一板寸兒頭，身穿中式短袖兒汗衫，大褲頭兒，腳上拖著一雙趿拉板兒涼鞋。

看到寫著自己名字的牌子，廖智勳走到老李身邊說，「李大哥，我就是廖智勳。」倆人握手寒暄。

「兄弟，我代表溫哥華人民歡迎你。」老李幽默地說。

「哎呀，那我太榮幸了。」廖智勳笑著回答。

老李指著牌子上的名字說：「兄弟，你這仨字兒可夠複雜的，我家印表機沒墨了，我在紙殼上寫了半天。」

廖智勳被老李給逗笑了，他看著老李牌子上「廖智勳」仨字兒說：「哥哥，父母給的，沒辦法，小時候一考試寫名兒我就頭疼，別人兩道題都答完了，我的名字還沒寫完。」說完兩個人都哈哈大笑。

雖說兩個人是第一次真人見面，但之前已經透過微信聊天，聊了很久，老李已經在微信裡很熱情地給廖智勳介紹了溫哥華的很多情況。廖智勳今天見到老李，覺得他非常親切，在這人生地不熟的城市，一下飛機就有個說著母語的人接應，廖智勳很是感激。

出了溫哥華國際機場，就進入了大溫哥華地區的衛星城市之一列治文市。廖智勳好奇地從車窗看向外面，沒有想像中那樣有高聳入雲的摩天大廈。相反，街道兩旁的建築物都不是很高，但乾淨、整潔。城市綠化非常好，八月的盛夏，到處都是綠樹和鮮花，姹紫嫣紅，美不勝收。天空碧藍如洗，空氣也潔淨得就像在氧吧內。而且讓廖智勳驚訝的是，街邊的商店、餐廳，到處都是中文招牌，多數是中英文雙語招牌，甚至還有招牌就是純中文的。

廖智勳問老李：「李大哥，這全是中文招牌，華人這麼多？」操著一口京電影的老李笑著說：「列治文一半以上人口都是華裔，在這裡咱中文是主流。之前還有老外向列治文市議會提出抗議，說他們看不懂中文招牌，他們在列治文被邊緣化了，他們受到歧視了。有一老外，追著一輛公車跑了一條街拍照，就是為了向市政府檢舉，那輛公車上的廣告是純中文的，一個英文字都沒有。」

「真的呀？真是沒想到，中文的力量這麼大了！那我還用學英語嗎？」

「用啊，兄弟，你哥哥我就是吃了英語不好的虧了，只能在華人小圈子裡混，你得好好學英語，將來衝出華人小圈子，打入主流大圈子，那才叫牛掰！」

老李移民到溫哥華快二十年了，出國前在北京一家知名雜誌當攝影師，出國後因為英文不好，沒能在英文媒體找到工作，幹了幾年中文報紙攝影師，又嫌棄給的薪資低。

乾脆辭職，自己開起了北京風味兒小飯店，每天起早貪黑地忙活，累得夠嗆，錢卻沒賺多少。溫哥華的人工太貴，除了給大廚和服務生薪資，去掉房租水電，最後自己和老婆也就落下個每人賺個服務生的薪資。

十一歲的兒子倆人還沒時間管，送回了中國讓爺爺奶奶照顧，本來十歲才來加拿大，英文還沒說溜的兒子，轉學回國後，英文又變得夾生了，三年後再回到加拿大，很難適應。

兒子變得極度叛逆，老李管教孩子時遵照了「棍棒底下出孝子」的原則，認為不打不成器，卻被兒子撥打911報了警。雖說孩子沒有被兒童廳帶走，但從此社工時常上門，監督孩子是否再被家暴。夫妻間的關係還因此惡化，最終離婚收場，兒子判給了老婆，老李付撫養費。

老李一氣之下關了不景氣的餐廳兒，開始和移民公司合作，做起了移民安頓服務。說白了就是接機，幫忙安排住宿等雜事，但他不再當老闆，落個省心。

「溫哥華人工太貴，溫哥華的哪個老闆不是身兼數職？哪個不是孫子？當孫子受的罪，只有老闆們自己知道。」

正坐在列治文一間中餐廳裡，陪廖智勳一起吃麵的老李，一打開話匣子就剎不住車了。老李也難得找到一個這麼有眼力見兒的投緣聽眾，他開始掏心掏肺地警告廖智勳：「小廖哇，你可得吸取我的教訓，溫哥華好是好，但賺不著錢啊，賺的都是辛苦錢。我最終還落得個妻離子散。我要是當年不出國，現在在北京也是雜誌社裡數一數二的人物了。我悔就悔在出國出早了，錯過了在國內發財的機會。」

廖智勳耐心地聽著老李訴說革命家史。

「當年我的小徒弟，小跟屁蟲，現在都混成副社長加攝影總監了。小廖，你說我來溫哥華是為什麼呀？我自己到現在都沒整明白，趕出國潮，趕上這波潮為了什麼呀？」

廖智勳聽了卻不以為然，都說「好漢不提當年勇」，是金子到哪裡都發光，他相信自己在溫哥華能有所作為，能闖出一片天地。

本來就特愛聊天的老李，又覺得自己和廖智勳頗為投緣，如祥林嫂一般抖摟自己的移民辛酸史。

「我二十年前剛來溫哥華那會兒，比你們現在苦多了，那時哪有什麼接機專業服務，下了飛機兩眼一抹黑，誰都不認識。」吃一口面，老李接著說，「好不容易奮鬥奮鬥吧，買輛幾百元加幣的破車，老壞，一壞就得有人幫著推車。那個時候溫哥華的人也比現在善良，不用吱聲，人家就停車到路邊幫你推車。那時候開車，哪有什麼GPS全球定位地圖幫你找路，手裡拿張地圖，你就自己找去吧。有一次，我認識的一個姐妹兒，地圖拿倒了，方向開反了，徹底迷路了。最後爬到車頂，找溫哥華的山。溫哥華的山在北邊，只要看到山，就找著北了。」

老李說的這個訣竅，還真讓廖智勳在今後的找路中，受用不少，找著溫哥華的山，就找著北了。

「那個時候的治安也好，有一次我錢包丟了，落在商場的購物推車裡，過倆小時想起來回去找，推車被人放到了一邊，錢包還在上面，愣沒人動。」

「真的假的？」廖智勳不敢置信地問。

「真的，哥們兒的親身經歷。不信吧？那時候真那樣，現在可不行了。再沒有『路不拾遺，夜不閉戶』嘍。現在在機場，都得把行李看好了，說有犯罪團夥，專門偷旅客行李，還專愛偷中國人的行李和揹包，知道咱中國人有錢。還有盜竊團夥，專門盯著中國人的豪宅偷，防不勝防。現在全世界都知道中國人有錢，中國人是財神爺。真是天翻地覆的變化，我那時候出國，是想到國外淘金，哪想到風水輪流轉，現在中國遍地是黃金，到處是發財的機會。都說『天下熙熙，皆為利來，天下攘攘，皆為利往』，我這不是來往反了嗎？十多年前我回國探親，那叫一個風光，現在我再回國，就跟劉姥姥進大觀園似的，看哪兒哪兒新鮮，看國內什麼都覺得那麼先進，那麼高大上，我整個就是一個從溫哥華農村回到北京的土老帽兒。我回國出門還帶一堆現金，連我媽都說我土，她老人家到菜市場買個菜，都掏出手機，掃碼支付了，你說我這活得，連我媽一個老太太我都比不上。」

老李無限感慨，顯然認為自己出國是個錯誤，而且是個極大的錯誤。感慨歸感慨，老李擦擦嘴，把麵碗一推，接著給廖智勳介紹溫哥華的情況。

「普遍說的溫哥華是指大溫哥華，這裡的華人通常叫大溫地區，大溫裡有二十一個城市，其中就包括溫哥華市，其實這二十一個城市就相當於中國各個區的概念，幾十萬人口的地方愣管自己叫市，還有市長和一堆市議員，在咱國內，一個縣的級別都不到。」

吃完這頓痛說自己的革命家史，外延到介紹溫哥華歷史地理政治人文的麵條，老李仗義地買了單。

「李大哥，還是我來買單，應該我請您，我這一下飛機，就遇到個不是親人勝似親人的您，讓我表表心意。」

「別價，兄弟，我老李請頓麵條的錢還是有的，而且咱倆投緣，我這嘚吧嘚地和你嘮了這麼半天，你都不嫌煩。這頓我請，算是給你接風，咱哥倆來日方長。」

拗不過老李，廖智勳只能客隨主便，表示感謝。出了餐廳上車，老李將廖智勳拉到了一處位於列治文市內的別墅前。別墅外觀雖說並不宏偉，但卻透著精緻，院裡的當季鮮花怒放著，草坪綠油油的，柵欄後的樹牆也經過精心修剪，一看這房屋的綠化就是花了心思的。老李和房主打招呼，兩個人看起來很熟。

「老嚴，小廖我接回來了。」「好的，好的，老李辛苦了！我這教學生畫畫剛下課，來，小廖，我幫你拿皮箱，帶你去房間。」

老李跟老嚴一起，幫廖智勳把行李搬進了從別墅後門獨立出入的出租房間。

「小廖，你就踏踏實實在老嚴這裡住著，老嚴是好人，沒說的，這是我電話，需要用車你就給我打電話或者發微信，肯定比的士便宜，我還給你打折。」

「謝謝李大哥，真是太感謝了。」

「甭跟我客氣，你好好休息，咱哥兒倆以後有空再聊。」老李收了廖智勳五十元加幣，和廖智勳、老嚴告別後開車走了。送走了老李，廖智勳和房主打招呼，看了看房間，乾淨整潔，便交了第一月的房租五百加幣，還交了二百五十元加幣作為押金。

房主姓嚴，是上海人，五十多歲，戴著黑框眼鏡，樣貌和藹可親。「小廖，你叫我老嚴就行。」「我得叫您嚴叔叔。」廖智勳管老李叫大哥，管比老李大不了幾歲的老嚴叫叔叔，這輩分真是亂了。

但儒雅的老嚴和老李的氣質的確不一樣，讓廖智勳恭恭敬敬地叫叔叔。

「剛坐完長途飛機，辛苦了！」老嚴說著帶有上海口音的普通話。這樣的溫暖關心，讓廖智勳很感動。

老嚴的別墅一層出租部門裡有三間客房，一個大客房是帶洗手間的套房，兩個小客房的洗手間則在房間外面，需要公用，還有一個公用廚房，廖智勳住的是兩個小間中的一間。

「這房子附近就有超市和餐廳，走路十分鐘就到，買菜、購物很方便。」老嚴告訴廖智勳，「這房子特別好出租。多虧老李和我很熟，要不你一下飛機，還真很難租到這麼好的房子。」

廖智勳也覺著自己很幸運，遇到了老李和老嚴這些同胞，讓自己的出國第一步非常順利。

廖智勳放好行李，鎖上房間門，問老嚴附近是否有手機店，自己要去買一張本地的手機卡。

「附近的商場裡就有，你剛來不熟悉情況，我陪你去。」「那怎麼好意思？還得麻煩您！」「都是自己同胞，別客氣。」老嚴熱心地陪廖智勳走到了商場，果真只有十分鐘的路程。

老嚴帶著廖智勳，找到一家華人經營的電訊商店，買好了電話卡，簽約了手機計畫，老嚴還做了廖智勳計畫的擔保人。廖智勳謝過老嚴，說想逛一逛，老嚴告訴了廖智勳自己的手機號碼，叮囑廖智勳有事打電話，就先回家了。

廖智勳在商場裡逛了起來，商場裡面基本都是華人面孔，耳邊混雜著廣東話、普通話的交談聲。廖智勳真沒找到身在異國的感覺，甚至有些懷疑，這裡是國外嗎？怎麼看不到外國人的面孔？

「我是出了一個『假的國』吧。」廖智勳自嘲道，但看著處處是同胞，心裡覺得很踏實。商場裡的各類店鋪上，都有中文招牌。中文書店、服裝店、電器商店、床上針織用品商店、中藥參茸行、按摩椅店，商品琳瑯滿目，應有盡有。

廖智勳走進了商場裡的一個超市，看到各類中式食品、蔬菜、水果一應俱全，廖智勳甚至在貨架上看到了東北出口來的酸菜，上海出口來的年糕，武漢出口來的鴨脖，自己家鄉省份出口到這裡的多種調料和火鍋底料。

最令廖智勳嘖嘖稱讚的是，他竟然還在熟食區發現了溫哥華本地製作的、加工得乾乾淨淨的他最愛吃的豬大腸，還有看著十分誘人的麻辣鳳爪。

「天，我真的出了一個『假』的國。太好了，看來不用擔心虧待我這中國胃了。」廖智勳很是開心，各買了一盒豬大腸和麻辣鳳爪，準備當作晚餐。

溫哥華的中國食品太豐富了，之前自己擔心到國外吃不慣，看來完全是多餘的。而且食物天南地北，中國進口來的，東南亞進口來的，南美進口來的，美國進口來的，墨西哥進口來的。

「簡直太豐富了，比我在國內逛的超市，品種還豐富。」廖智勳開心地想著，他又買了點麵包和水果，出了商場，沿著一條大道，廖智勳走回了老嚴的別墅。

廖智勳進入自己的小房間，把行李拆開，從皮箱裡拿出一套嶄新的床上用品和枕頭，在床上鋪好、放好，開始矇頭大睡。從家鄉坐飛機到北京再轉機飛溫哥華，前後一共折騰了近二十個小時，現在終於平安抵達了，先好好睡上一覺吧。廖智勳是真的累了，飛機上的他太亢奮，怎麼也睡不著，一路上看了好幾部電影。現在頭沾上枕頭就睡著了，睡得特別沉。

迷迷糊糊睜開眼睛，廖智勳看了一下手機，已經是溫哥華時間晚上七點多了，但看見外面天色還大亮，他爬起來走到臥室外，看見寬敞的公用廚房裡有一對男女在忙著做飯。

他走上去自我介紹：「你們好，我叫廖智勳，英文名 Raymond（雷蒙德），我今天剛到溫哥華，以後請多關照。」

這對夫妻和老李、老嚴一樣，非常友善，分別自我介紹叫李大勇和丁伊娜，都來自東北。「歡迎來溫哥華，之前聽嚴叔說你今天到，以後我們就是室友了。有什麼事情需要幫忙，儘管吱聲，別客氣。」一看塊頭就知道是東北大漢的李大勇說道。

「對，都是祖國同胞，有事吱聲。」身材嬌小的丁伊娜帶著東北口音熱情地說。「沒吃飯呢吧？我們正做飯，做好一起吃吧。」

廖智勳也欣然同意，從冰箱裡拎出了自己下午在商場買的豬大腸和麻辣鳳爪，問李大勇和丁伊娜：「這是我下午在商場買的，你們喜歡吃嗎？」

李大勇和丁伊娜一看樂了：「口味一致，口味一致。」李大勇憨笑著說道。三個人坐下來一起吃飯，邊吃邊聊天。李大勇和丁伊娜是東北一所知名大學的同班同學，大學畢業後都繼續攻讀電腦專業研究生，研究所畢業以後結婚，工作兩年後以夫妻身分一起申請技術移民到了溫哥華，又都很幸運地先後找到了電腦專業工作。倆人現在分別在兩個電腦軟體公司工作，李大勇主攻電腦遊戲開發，丁伊娜主攻防火牆軟體。剛來溫哥華兩年多，他們已經憑自己的能力付了頭期款後，貸款買了一套公寓的預售屋，還有一年房子竣工，兩個人就能搬進去。

廖智勳聽了他們的經歷，羨慕不已，這就是他理想的技術移民之路和生活啊！

「哎呀，你倆就是我和我女朋友的藍圖、範本、榜樣和奮鬥目標了！」廖智勳由衷地感慨道。

「哪有，我們就是比較幸運。」李大勇憨憨地謙遜地說。

「運氣是一方面，實力才是最重要的，否則就算機會擺在面前，也未必抓得住，你們倆的實力，用你們東北話說，就是槓槓的！」廖智勳放下筷子，伸出兩個大拇指點讚。

廖智勳希望自己和曉雅，有一天也像李大勇和丁伊娜兩口子一樣，靠自己的努力，在異國他鄉打拚出理想的生活。廖智勳把自己和曉雅的情況向李大勇和丁伊娜介紹了一下。

「你們兩個條件這麼好，前途一定比我們更好。」丁伊娜真誠地說。

「和李哥、丁姐這麼有緣，一下飛機就同居在一起，三生有幸！以後請多多指教！」廖智勳很是慶幸自己一下就交到這麼好的一對朋友。

「沒說的，都住在一起了，還有啥說滴，相互指教，相互指教。」丁伊娜大大咧咧地笑著說。

一餐飯愉快地吃完了，廖智勳覺得溫哥華真是個天時地利人和的好地方。

另一間小房間內住著一個中國留學生叫小夏，但廖智勳來的一週裡，只見過一次小夏。原來小夏神龍見首不見尾、日夜顛倒地天天宅在房間裡打遊戲。小夏的父母辛苦送兒子來留學，哪曾想到兒子變成了上「遊戲大學」。小夏不願回覆父母的微信，父母還以為兒子是在用功努力地學習呢。

只要沒人阻攔他打遊戲，小夏對廖智勳這個新來的和他共用一個洗手間的室友毫不關心和在意，他彷彿生活在自己的遊戲世界裡，將外界的一切都遮蔽。

在李大勇指點的公交網站的幫助下，廖智勳已經知道如何乘坐公車和 Skytrain（架空列車）出遊了。一個週末，李大勇和丁伊娜夫婦友情開車一起陪同廖智勳遊覽。

他們到了高樓大廈林立的溫哥華市中心，參觀了 2010 年冬奧會用於新聞中心的溫哥華新會展中心，在中心外面的廣場上，看到當年的奧運火炬，屹立在廣場中心，廖智勳興奮地在火炬面前留影。

到了溫哥華市中心，外國面孔多了起來，除了白人，還有印度裔、中東裔、菲律賓裔等多個族裔。

「溫哥華歆是個多元文化的城市，據說再過二十年，大溫哥華地區會有百分之七十的居民是少數族裔，到時白人就該被稱為少數族裔了。」李大勇介紹道。

廖智勳感嘆造物主如此偏愛大溫哥華這塊寶地，這裡有山、有海、有湖泊、有河流，步步美景，處處怡人。正值盛夏，卻溫度適宜，舒服清爽。怪不得世界各地的人民都願意來溫哥華。

抬眼望去，到處是植物，草坪、綠樹、紅花，乾淨的街道，向北望去，能看到連綿的遠山。據李大勇和丁伊娜介紹，山上分布著三個滑雪場，等冬天來的時候，他們可以帶廖智勳去滑雪，三個世界級的滑雪場，開車都半個多小時就能到達。

當天晚上，廖智勳還和李大勇、丁伊娜一造成位於溫哥華市內的英吉利海灣，觀看了溫哥華煙火節中國隊的煙花表演。每年的煙火節，主辦方都會邀請不同國家的煙花隊前來參加，之後評出冠軍隊伍。

雖然表演晚上十點才開始，但人們都攜家帶口，帶著沙灘椅、太陽傘、野餐裝備，早早來到海灘上，占好有利地形，等著看晚上的煙花絢麗奪目地綻放。

盛夏的溫哥華，陽光明媚，孩子們穿著泳衣，拿著挖沙子的小桶和小鏟子，在海邊挖著沙子，堆著城堡；大人們或在水裡暢遊嬉戲，或坐在沙灘椅上享受著碧海藍天的美景，好不怡然自得、愜意舒適。

廖智勳向李大勇感嘆道：「這就是我想要的家庭生活呀，帶著老婆孩子，在沙灘上無憂無慮、開心地玩耍。」

「是呀，溫哥華的節奏就是這樣慢悠悠、怡然自得的，特別適闔家庭生活，這也是我的理想生活方式，兄弟，看來我們『英雄所見略同』，都想過『老婆孩子熱炕頭』的日子。」李大勇調侃著廖智勳。

「哎呀媽呀，這是我最愛聽的話了，就喜歡你這個偉大的理想。」正在往野餐墊子上擺放吃喝用品的丁伊娜衝著自己的老公來了個飛吻。

三個人在沙灘上野餐完畢吃飽喝足後，坐在自帶的沙灘椅上聊著天，曬著日光浴，和周圍的人群融為一體，享受著悠閒的週末時光。

夜幕降臨，中國隊煙火表演在晚上十點如約開始。表演開始前，現場先分別奏起了加拿大國歌和中國國歌。中國國歌奏響的時候，廖智勳無比激動，在異國他鄉，竟然聽到了國歌，恐怕只有海外遊子們能夠體會當時的心情。廖智勳和周圍的很多中國同胞一樣，跟著節奏在唱著國歌。這對廖智動來說是非常新奇的體驗，在溫哥華的英吉利海灣，和至少三十萬各個族裔的民眾一起，聆聽中國國歌和加拿大國歌，讓他體驗到了世界大同的感覺。

煙花表演正式開始，海面之上，夜空之下，煙花璀璨奪目地綻放著，紅色、金色、紫色……五彩繽紛，花朵形狀、瀑布形狀、噴泉形狀……儀態萬方。海水裡映出煙花的倒影，一切美輪美奐，讓廖智勳彷彿置身仙境。

多次奪得冠軍的中國煙花隊的表演真不是蓋的，太精彩了，廖智勳聽到耳邊傳來陣陣歡呼喝采聲，加上音箱裡傳來的音樂伴奏聲，配上奪目的煙花，廖智勳不知道該怎麼用語言形容，他將這美景錄下來，發給曉雅看。此刻，他真希望曉雅就在自己的身邊，他會將她擁入懷中，一起感受這壯麗的美。

「曉雅寶貝兒，溫哥華太美了，我迫不及待地等你來，我要和你一起暢遊，帶你到海邊，帶你去爬山，帶你欣賞這裡的好山好水。真想你！」戀愛中的人，恨不得把看到的一切美好事物都分享給愛人。

倒完時差，廖智勳的開學日期也到了，他按照預定計劃，到一間社群學院先學習語言，準備考過雅思後再在學院裡申請讀一個兩年制好找工作的專業，畢業後爭取找到工作，工作一年後就申請移民。廖智勳知道他想留在溫哥華並不容易，所以學習起來也很刻苦，他知道自己肩負著和曉雅兩個人的希冀。

第七章　小夏

「小夏，你好！」小夏心不在焉地回了一句「你好」。廖智勳熱心地詢問小夏來溫哥華多久了，在哪裡上學，小夏支支吾吾地沒有認真作答，一副心不在焉的樣子，端著泡麵杯趕快回屋了。

廖智勳覺得有些奇怪，但想可能小夏比較內向害羞，也沒有太在意。

後來廖智勳從房東老嚴那裡知道，小夏在這個房子裡已經住了快兩年，起初一年半白天還出去，和廖智勳一樣，到一所語言學校學英語，準備考雅思合格後，申請正規的學院或者大學。

但最近這幾個月，不知怎麼就迷戀上了打遊戲，課也不去上了，幾乎天天黑白顛倒地打遊戲。老嚴看著著急，也聯繫不上小夏的父母，問小夏他父母的聯繫方式，小夏也不給，並很生氣地對老嚴說：「我高中畢業就來溫哥華了，現在已經二十一歲了，是成年人了，什麼事情和我說就行，為什麼要聯繫我父母？」

「說自己是成年人了，可做的卻不是成年人該做的事呀，成年人得對自己負責呀。」好心的老嚴和老伴兒很替小夏著急。

小夏剛來租房時，小夏和老嚴講價時說過，他來自中國的一個二線城市，父母都是中產打工族，收入一般。老嚴當時還真給看著很憨厚的小夏房租打折了。

如今，看著小夏天天躲在房裡打遊戲，也不去上學，老嚴也是看著乾著急，使不上勁兒，多次勸小夏，李大勇、丁伊娜也沒少幫著勸。

「小夏，你現在二十出頭，記憶力好，正是學習的好時候，現在學到了安身立命的本事，將來才能自力更生。」

「小夏，你不能就這樣天天打遊戲的呀！你能打一輩子遊戲嗎？等到追悔莫及時，就晚了。父母省吃儉用、辛辛苦苦供你出國，趁著年輕，你要好好學習，才對得起父母啊。」

起初小夏還曾面露愧色，但漸漸地似乎已經習以為常，把老嚴和他老伴兒楊庭蕊的話、李大勇和丁伊娜的話都當成耳旁風，變得根本不在乎好心房東和室友的苦口婆心，還表現得越來越不耐煩，一副認為大家都「狗拿耗子——多管閒事」的模樣。

有一次小夏還懟老嚴：「我不就打個遊戲嗎？我以前的同學還有去賭場賭博成癮，把爸媽給的錢全輸光，又借高利貸，最後他爸媽只能幫他還債後，把他帶回國的呢。」

「這是極端的例子，你怎麼不跟上了好大學，用功讀書的學生比呢？你怎麼不跟邊學習邊打工，減輕爸媽負擔的學生比呢？」老嚴以長輩的口氣教訓小夏。

「極端？比這還極端的有的是，你沒看新聞，還有留學生把來探親的媽媽給殺了的呢！」

老嚴倒吸了一口涼氣，自己的說教在小夏這裡根本不管用，自己說一句，他有十句在那裡等著。

「我住在這裡，是按月付租金的。對，你是房東，但你沒有管我每天做什麼的權利，我有我的自由。我父母都不會這樣管我，你有什麼資格管我，你這是在干涉我的自由和隱私，我警告你，你再這樣叨叨，我就另找房子搬走。」

「你父母知道你在溫哥華成天打遊戲嗎？你敢把現在的行為告訴你父母嗎？你父母知道你這樣還不管你，那就是不稱職的父母，但我有義務讓你父母知道實情，否則他們還以為你在溫哥華上大學認真學習呢。你就這樣在溫哥華上『遊戲大學』，混了幾年，文憑也拿不到，工作也找不到，灰頭土臉地回去，讓你父母情何以堪，你怎麼對得起他們辛辛苦苦培養你！」老嚴苦口婆心以長輩的身分好心規勸。

可小夏把老嚴的好心當成了驢肝肺，認為老嚴是阻止他過吃喝玩樂逍遙快活留學生活的最大障礙，覺得這個房東真是討人厭，煩死人。

「我父母知不知道都不關你的事，你既不是我的親人，也不是我的監護人，我已經是成年人了，你總干涉我的生活，這是在侵犯我的自由和個人隱私，小心我報警告你騷擾。」

伶牙俐齒的小夏把老嚴噎得說不出話來，氣得老嚴胸口疼，老嚴想：「是呀，在這孩子眼裡，我就是一個收完租金，該幹嘛幹嘛去的房東。我吃飽了撐地瞎操這份心，都是為了什麼呀？」

老嚴一氣回了屋，和老伴兒楊庭蕊說：「現在的孩子都怎麼了？自己就打打遊戲，還引以為榮了？自己沒賭博，還引以為榮了？自己沒殺了父母，還引以為榮了？」

老嚴摸著自己被氣疼的胸口，繼續說道：「小夏的父母一定不知道，寶貝兒子在加拿大上的是

『遊戲大學』。父母要是知道，得多心寒。這樣的孩子真是來討債的，不知道爹媽的辛苦，不知道將來自己走上社會要有一技傍身，難道你要父母養你一輩子?你就當一輩子的啃老族，當一輩子的寄生蟲，還當得那麼理直氣壯?」

楊庭蕊也重重地嘆了一口氣：「真不是每個孩子都適合出國留學，沒有自律性的孩子，一下脫離了父母的管束，信馬由韁地放縱自己，對父母滿嘴謊言，父母遠在國內，還被矇在鼓裡，毫不知情，這怎麼行?」

在國內一直教書育人的老嚴和老伴兒商量，任小夏放任自流下去絕對不行，他們雖然只是房東，但不能就眼睜睜地看著小夏玩物喪志，把自己給毀了，必須想辦法找到他父母，告訴他們小夏在這裡的實際情況。

第八章　分歧

這一年裡，廖智勳和曉雅幾乎每天都要微信視訊，哪怕只有幾分鐘的時間，能看到對方，能說說話，能傾吐一下思念，聊以慰藉對彼此的思念，他們就很知足了。

國內的曉雅以優異的成績從醫科大學畢業了，廖智勳剛剛結束語言預科的學習，申請入讀了兩年制的物流專業，聽說這個專業好找工作，而找到工作就意味著離他的移民夢想更近了一步。

曉雅在畢業前就開始申請溫哥華這邊大學的醫學院，但醫學院不接收國際留學生，必須是加拿大公民或者移民。而且入讀醫學院難如登天，就連加拿大本國的學生，都是擠破腦袋想要入讀，但醫學院的錄取門檻極高，錄取率極低。最要命的是，中國醫學院的學位並不被承認，曉雅相當於要在加拿大重新來讀，而且必須攻取醫學博士學位，再在醫院實習後，才能取得醫生執業資格。

但曉雅並沒有望而卻步，執著的曉雅不想因為出國就放棄自己的醫生夢想，那是媽媽去世時，她抱著媽媽的遺體許下的諾言啊。曉雅決定努力爭取，在加拿大當醫生。哪怕再用十年的時間，待到自己三十三歲才能考取醫生執業牌照，也不會放棄。曉雅一直堅信，當醫生才能告慰媽媽的在天之靈。

廖智勳在這點上和曉雅產生了分歧，他覺得考取醫生牌照的過程太過漫長，而且其中還存在諸多不確定性，他勸曉雅放棄，改學其他快捷、方便，找工作容易的專業，比如改學社群學院就有的護士專業。他還在倆人視訊通話時，告訴曉雅，溫哥華其實臥虎藏龍，但多少人到了這裡，都放棄了專業工作，甚至從白領改到藍領，夢想是需要屈從於現實的。

「幫李大勇、丁伊娜兩口子搬家的一個搬家公司工人，以前是××大學航天工程專業的碩士，移民來溫哥華後，都找不到專業工作，為了養家餬口，也不得不幹起了體力工作。我常去的那間華人超市裡，殺魚、切肉的也不乏大學生、碩士生甚至博士生。印度、巴基斯坦移民來的博士也滿大街開的士。我的房東老嚴，移民前是上海知名美術學院的大學副教授，現在就在家裡開班教畫畫，學員以小學生居多。老嚴的夫人，在國內是大學中文系講師，詩詞歌賦，無所不通，來到溫哥華，在中文學校裡教小學生們 abcd，橫豎撇捺。老嚴對我感慨過，說這也就是在溫哥華，要是在國內，他們怎麼會教小學生？哪個小學生有這份福氣讓兩個大學老師來指教？」

廖智勳教育曉雅：「有得必有失，『魚和熊掌，不可兼得』，既然要出國，就要有所放棄，想要『得』必須要『捨』。」

以前他出國，只想到了和曉雅能夠躲到天邊雙宿雙飛，但現在出來一年，看到溫哥華的藍天白雲、好山好水，每天呼吸著清新的空氣，即使不是為了愛情，他也已經下定決心留在這裡。

執著的曉雅則還是按照自己的意願，申請了溫哥華一所著名大學的生命科學專業，為進入醫學院做準備，並且被順利錄取了，還拿到了全額獎學金。隔著太平洋，廖智勳沒能阻止住曉雅的申請，他只有忍耐，等曉雅來了溫哥華再說吧。

廖智勳一直知道曉雅性格堅強、執著，以前他將曉雅的執著看成優點，現在他卻覺得曉雅有一些固執和倔強，不聽他的勸。他想，等曉雅來了溫哥華，自己再想辦法說服她吧。

第九章　相見

「甜蜜蜜，你笑得甜蜜蜜，好像花兒開在春風裡，開在春風裡，在哪裡，在哪裡見過你，你的笑容這樣熟悉，我一時想不起，啊……在夢裡，夢裡夢裡見過你，甜蜜笑得多甜蜜，是你，是你，夢見的就是你……」

這是廖智勳心情的真實寫照，他最近經常做夢夢見曉雅，曉雅在夢中甜蜜蜜地向他微笑。廖智勳現在眼睛裡看見的溫哥華的風景更美了，呼吸的空氣更清新了，就連喝的水都覺得更清甜了。一切的美好都因為曉雅要來了，朝思暮想的曉雅終於要來了，他的女神曉雅終於要來了。他覺得之前自己的學習之苦和相思煎熬，都在曉雅要到來的這一刻化解了。

陽光明媚，廖智勳開著用五千加幣剛買的二手豐田轎車，到機場接曉雅。一路上他邊開車邊微笑，腦海裡全是曉雅漂亮的臉蛋兒和甜蜜蜜的笑容：「甜蜜蜜，你笑得甜蜜蜜，好像花兒開在春風裡，開在春風裡……」

廖智勳到了機場停車場停好車，興沖沖地衝往國際接機大廳。時間尚早，看著大廳裡人來人往，看著其他人接到親朋好友的興奮，廖智勳也沉浸在這濃濃的喜悅之中。他手裡還捧著之前在花店買好的鮮花——九朵紅玫瑰，象徵著他濃濃的愛意，象徵著和曉雅紅紅火火的愛情。

廖智勳目不轉睛地盯著大廳的監控電視，裡面能看到取完行李的國際抵達乘客。看到了，看到了，是他的曉雅，那個身材高挑，披肩長髮，穿一襲白色長裙的女孩，正推著行李車朝安全門走來，曉雅就要出來了，就要到達接機大廳了。出來了，出來了，曉雅出來了。「曉雅、曉雅！」廖智勳喊著曉雅的名字。

曉雅推著行李車一走入接機大廳的旅客通道，就看到了手捧紅玫瑰的廖智勳。曉雅笑容甜蜜地朝廖智勳裊裊婷婷地走過來。

「智勳」，一年沒見，兩個人想見的一刻，激動不已，即使之前就曉雅的專業選擇倆人發生過爭執，但一見面，所有的不快都煙消雲散了，起碼暫時忘卻了。廖智勳激動地擁吻曉雅，曉雅雖然有些害羞，也沒有推開他。

廖智勳問曉雅：「寶貝兒，想我嗎？」

一向沉靜內斂的曉雅，嬌羞地說：「想。」最是那一低頭的溫柔，廖智勳看著曉雅的模樣，心花怒放，心中充滿甜蜜，兩個人依偎著上車，很快就回到了廖智勳租住的老嚴的房子。

李大勇、丁伊娜兩口子已經搬入新買的公寓，廖智勳就退了小房間，換到大房間，有自己的廁所，曉雅來了以後也方便。

兩個人下車，廖智勳幫曉雅把行李搬入房間，又帶著曉雅去見老嚴夫婦，把曉雅從家鄉帶來的特產送給他們。老嚴夫婦熱情地煮了上海黃魚麵，請廖智勳和曉雅吃。

「小周，你來了就好了，和小廖互相有個照料。」老嚴說道。

「小廖可真有福氣，有這麼個漂亮的女朋友，你們倆真般配！」老嚴的老伴兒看著廖智勳和曉雅由衷地說。

都說「上車餃子下車麵」，吃完麵就預示著一切都順利了。倆人吃完謝過老嚴夫婦，回到一樓自己的房間。關上門後，廖智勳急不可耐地吻曉雅，又開始熱切地在曉雅的身上撫摸，手一點一點試探著小心翼翼地靠近曉雅的胸部，曉雅激靈了一下，但她沒有拒絕。

兩個人之前在國內還沒有突破最後一道防線，曉雅希望等到結婚後。雖然廖智勳當時就急不可耐，但礙於曉雅堅決的態度，他也不敢強求。但現在到了溫哥華，一年的思念，再加上兩個人已經注定要生活在一個屋簷下，廖智勳理所當然地覺得不必等到結婚後，曉雅也知道自己不能再拒絕了，兩個人生活在一個房間裡，怎麼可能維持柏拉圖式的愛情。

她感受到了廖智勳的熱情如火，但曉雅理智地對廖智勳說，「一定要有防護措施」。廖智勳則變戲法一樣地從抽屜裡拿出了早就準備好的保險套。曉雅的臉紅得像蘋果，廖智勳醉了。

這是倆人間的第一次，也是他們各自人生的第一次，雖不完美，甚至有些笨拙，卻也水乳交融、刻骨銘心。多年以後，廖智勳仍然難以忘懷她的女神曉雅第一次的美麗和嬌羞。

雖然廖智勳不同意曉雅繼續學醫，但在兩個人的卿卿我我、你儂我儂中，他阻止的決心也減弱了，甚至他還信誓旦旦地誓言幫助曉雅實現人生理想，自己爭取盡快畢業，趕快找到工作供曉雅入讀醫學院。

曉雅感動得熱淚盈眶，當年同意廖智勳的追求，就是覺得他是世界上對自己最好的那個人，現在這個高大的形象再次昇華，曉雅覺得自己這樣幸運，遇到了廖智勳。她願意和廖智勳在人生的道路上並肩前進，共同創造屬於他們的美好生活。

第十章 結婚

廖智勳的學費和生活費家裡出，曉雅的學費有獎學金，但生活費家裡根本幫不上忙，曉雅還會把她賺的錢每個月寄回家裡一些，補貼家用。而且兩個人還想著攢一些錢，也像李大勇、丁伊娜一樣，靠自己的能力，付首付後，貸款買一套公寓。

廖智勳和曉雅花錢都非常仔細，蒐集各類商品打折資訊，只買對的，不買貴的。買菜也是趕上哪個菜打折，就吃哪個菜。兩個人會仔細研究，什麼時候肉會打折，什麼時候魚蝦會便宜。雖然辛苦忙碌，但也過得充實快樂，生活不富裕，但兩個人的幸福指數卻很高。兩個人凝望彼此的眼光中，都充滿了愛意。

「曉雅，多吃點排骨，你都累瘦了。」廖智勳關心地對曉雅說。

「你也多吃點。」曉雅微笑著將一塊兒排骨夾到廖智勳碗裡。

廖智勳和曉雅還和已經成為好朋友的李大勇、丁伊娜兩口子，時不時聚一聚。無論是一起海邊燒烤、林間露營，還是一起跑步、爬山，四個年輕人無憂無慮，對前途充滿憧憬，對生活充滿激情。

逢年過節，熱心的老嚴夫婦還會請老李、李大勇、丁伊娜、廖智勳、曉雅，還有其他朋友一道，一起在家聚會，讓大家在每逢佳節倍思親的時刻體驗到家的溫暖。

這是廖智勳和曉雅最幸福和甜蜜的時光，兩顆心緊貼在一起，都深深體會到幸福的滋味。愛人間相濡以沫、親密無間，彼此真誠相待，這一切和物質無關，和金錢無關。

一晃兩年就過去了，廖智勳從物流專業畢業了，還獲批了三年加拿大工作簽證。只要找到工作，攢夠了工作資歷，就可以申請移民身分了，美好的生活畫卷就鋪展在眼前，溫哥華嫩藍的天空向他張開了懷抱。

但找工作並不如想像中那般順利，經過一番坎坷，他最後在一家華人老闆開的物流公司找到了工作，薪資不高，幾乎剛達到省政府訂立的工人最低薪資標準。但廖智勳已經很滿足，起碼在溫哥華有了第一份專業工作，工作一年後，他就可以開始著手辦移民了。

曉雅則刻苦學習，加上從國內轉過來的部分學分，曉雅預期再有一年的時間，就可以獲得生命科學專業學士學位，並申請醫學院了。廖智勳和曉雅一商量，兩個人乾脆領結婚證吧，一年後，兩個人以夫妻的名義一起申請辦移民，得的分數會更高，成功的把握會更大。

申請醫學院，需要修滿符合規定的九十個學分，而且成績優異，再透過難如登天的 MCAT（醫學院入學考試），就有錄取的可能了。曉雅勤奮學習，快馬加鞭，就是為了在申請醫學院之前，先取得加拿大本地的學士學位，這樣和廖智勳兩個人一起辦理移民時，就會把握更大、成功率更高。

兩個人上網找到了一位政府登記機構委派的證婚人，相約老嚴夫婦、李大勇夫婦、老李，還有其他幾位相熟的同學一起，在一家中餐廳的包廂裡，大家見證了他們人生中最重要和幸福的時刻。

「I, Liao ZhiXun, take you, Zhou XiaoYa, to be my lawfully wedded wife, to have and to hold, from this day forward, for better, for worse, for richer, for poorer, in sickness and in health, to love and to cherish until death do us part.」

「我，廖智勳，今天娶周曉雅為妻。從此不離不棄，無論順境逆境、無論貧窮富有、無論疾病健康，一生同心永結，直到生死相隔。」曉雅聽著廖智勳的結婚誓言，這是她一生中聽過的最美的承諾。

曉雅也重複著：「I, Zhou XiaoYa, take you, Liao ZhiXun, to be my lawfully wedded husband, to have and to hold, from this day forward, for better, for worse, for richer, for poorer, in sickness and in health, to love and to cherish until death do us part.」

「我，周曉雅，今天嫁給廖智勳。從此不離不棄，無論順境逆境、無論貧窮富有、無論疾病健康，一生同心永結，直到生死相隔。」

此刻兩顆年輕的心緊緊貼在一起，如此純真，如此動情，兩個人深深地親吻彼此，從這一刻起緊緊依偎，直到白頭偕老。「山無陵，江水為竭。冬雷震震，夏雨雪。天地合，乃敢與君絕。」最終走入婚姻的兩個人，此刻最大的願望就是白頭偕老、天長地久。

來當見證人的朋友們也深深感動，在曉雅和廖智勳宣誓結束後，包廂裡響起了熱烈的掌聲，大家都沉浸在喜悅之中。在國外沒有親人的見證，好友的祝福更顯得彌足珍貴。

平時大老爺們模樣的老李，此刻眼圈卻紅了，流下了激動和感慨的淚水。「我也不怕大傢伙兒笑話，今天是真替小廖和小周高興，倆人郎才女貌，太般配了。」老李說，「聽到你們剛才的結婚誓言，我也想到了當年我的婚禮，在北京辦得那叫一個風光，現在怎麼就把日子給過成這樣呢……不說我了，不說我了，大夥見笑了，我就是反面教材，今天是小廖和小周大喜的日子，來，我們一起乾杯，祝福他們舉案齊眉，白頭偕老，和和美美，早生貴子！」老李舉杯帶領大家一起祝福這一對天成佳偶。

大家紛紛舉杯祝福，真誠地希望廖智勳和曉雅幸福永遠。酒桌上，李大勇問老嚴：「嚴叔叔，小夏最近怎麼樣？他回國後，你們還有聯繫嗎？」

老嚴說：「有聯繫，我發微信問過他父母小夏回國後情況怎麼樣，他父母也是不容易，省吃儉用把這孩子送出國，哪想到這孩子到最後除了打遊戲成癮，對什麼都不感興趣。回國以後也還是那副唯遊戲獨尊的樣子，父母給他找心理醫生，讓他參加戒除遊戲成癮的培訓課程，但到最後都收效甚微。最後逼得他父母把小夏送到部隊上去當兵了，家裡管不了他，自然有人管得了他，結果還真不錯，據說小夏現在真就戒了打遊戲，在部隊上表現得還挺好，正複習文化課，準備考軍校呢。」

「太好了，嚴叔叔，如果沒有你這個房東管著，小夏真不知道將來會怎麼樣。小夏和他父母都幸運，遇到了你這麼個好人。」李大勇端起了酒杯，「來，嚴叔叔，借花獻佛，敬你一杯，好人一生平安！」

原來當初，老嚴和老伴兒雖然只是房東，但也實在看不下去小夏天天上「遊戲大學」，就「動之以情，曉之以理」，再加上嚇唬小夏，說如果小夏不告訴他父母的聯繫方式，他就向移民局舉報他，不上課，天天打遊戲，下次他肯定拿不到學生簽證的續簽。別說還真靈，最後他到底問出了小夏媽媽的電話。

老嚴打電話告訴了小夏媽媽她兒子在溫哥華的真實情況，小夏的爸媽大吃一驚，一直以為兒子在溫哥華用功學習，還盼他學業有成呢！真實的情況竟然是這樣！

「嚴大哥，太感謝您了！」小夏的父母對老嚴千恩萬謝。

後來小夏的父母到溫哥華把小夏接回了國，對老嚴感激涕零，他們感恩這個好心的房東向他們通報情況，否則這個兒子真的就廢掉了，而他們遠隔萬里，還一直被矇在鼓裡。

「老嚴，你功德無量，沒鑽到錢眼裡，沒一心想著收房租，還幫助家長監督，功德無量，簡直就是加拿大的活雷鋒，不對，你是把加拿大的白求恩精神發揚光大。」此時有些喝高了的老李豎起大拇指誇獎老嚴，大家也都由衷地誇獎老嚴是個好房東。

這一晚，大家舉杯暢飲，老李帶來的一瓶二鍋頭和老嚴帶來的紅酒都被喝光了。異國他鄉，難得有這樣的熱鬧，難得遇到可以說說心裡話的朋友。

開心地喝完喜酒，大家又一起來到老嚴的別墅，老李牽頭做遊戲，什麼紅繩吊著蘋果讓新郎新娘吃，什麼頂著氣球「夫妻雙雙把家還」，各種遊戲，玩得好不熱鬧，直到晚上十一點多。

「好了，就到這裡吧，我們這喜氣也沾足了，人家小兩口也該入洞房了，是不是，小廖？」老李意猶未盡地調侃道。

「是呀，李大哥。」廖智勳笑著回答，曉雅的臉上飛起兩朵紅雲。

「大家都撤吧，各回各家，開車注意安全。」老嚴細心地叮囑。大家紛紛向廖智勳和曉雅祝福道別。

送走了朋友們，回到房間，洞房花燭夜，自是一番柔情蜜意。廖智勳忘情地吻著曉雅，曉雅女神終於成為他名正言順的妻子了，這個清純堅強的女孩，從此將和他廖智勳攜手共度一生。

第十一章　破壞

尤其是曉雅的繼母白月娥，本來還指望著將來曉雅結婚，向婆家要一大筆彩禮呢，這下曉雅連要彩禮的機會都不給她，直接就和人家扯了證兒，讓她的如意算盤落了空，白月娥的心裡恨恨地。「這個死丫頭，真是白養她了，就這麼把自己給賤賣了，不值錢的東西。」

劉春枝這邊也是一肚子不快和不滿，棒打鴛鴦的計畫非但沒有成功，反而促成了兒子和那個家裡窮得要命的周曉雅在一起。

但廖洪志則很贊成這門親事，作為曉雅曾經就讀的重點高中副校長，他知道曉雅聰明、勤奮又自立，是不可多得的好女孩。

他對劉春枝說：「其實是咱兒子高攀了人家，周曉雅這個女孩子非常不錯，原先在我們高中是有名的好學生。」

劉春枝則一臉不屑地說：「你別手臂肘往外拐，什麼高攀她，好學生頂什麼用，你看看她那破家，那個窮酸的破家。告訴你，周曉雅的媽辛茹雅已經死了，你不要再念念不忘！」

廖洪志一驚：「什麼辛茹雅？你怎麼知道辛茹雅？」

「要想人不知，除非己莫為，我可是看到過你寫給辛茹雅的情書，也聽你們同學說過她是你們的校花，是一大堆人的夢中情人。我也知道，她是周曉雅的親媽，現在已經死了，你就不要再自作多情了。現在兒子又和她女兒結婚了，咱麼這一家人算是都搭給這可惡的娘倆了。我告訴你，即使他們結婚了，也保不齊會有離婚的一天。」劉春枝惡狠狠地說。

「你真是不可理喻，我和曉雅的媽媽清清白白。」

「清清白白？我相信。你們清清白白，那是因為人家辛茹雅根本就沒看上你，你倒是想和人家不清白，人家不給你機會呀。辛茹雅要不是家裡條件不好，高中畢業就進工廠，你還不會死心呢吧？」

「你，這已經是二三十年前的事情了，你還翻個什麼舊帳？現在是兒子和曉雅的婚事，你不要跑題！」

「曉雅，一口一個曉雅，瞧你叫得這個親熱，是不是叫一聲曉雅，就想起你的辛茹雅一次？是不是看到曉雅的樣子，就想起你的辛茹雅一次？」

「你這個女人，真是不可理喻！」廖洪志勃然大怒，摔門而去。

「你給我滾！有本事永遠不要回這個家！」劉春枝潑婦般地喊道。劉春枝一肚子恨意，覺得周曉雅和她媽媽一樣，辛茹雅偷走了她丈夫的心，辛茹雅的女兒周曉雅又偷走了兒子的心，她詛咒這娘倆。但是縱使一肚子不願意，覺得自己英俊瀟灑、儀表堂堂又有才的兒子就這樣被周曉雅偷走了，但木已成舟，兩個人竟然揹著她把結婚證都領了，天高皇帝遠，她鞭長莫及，不禁悔恨自己當年讓兒子出國這步棋走錯了，不但沒有分開他們，反而給他們創造了條件。真是人算不如天算！

廖洪志做主，和周家相約一起吃了頓飯，雖然劉春枝百般不情願，但好歹也是親家了，總不能老死不相往來。但這頓飯吃得並不愉快，最後也不歡而散。

「老周，你家周曉雅可是上輩子燒了高香了，嫁給我們家智勳，智勳從小就仁義，人又聰明，從小就是個小帥哥，長大了就更帥，我看不次於那些演員呀明星呀，周曉雅這可真是高攀了。」

曉雅的父親周天柱聽了心裡雖然不舒服，但嘴慢的他還沒來得及說話，曉雅的後媽白月娥就已經開始搶白劉春枝了。

「哎喲喂，這年頭男的帥有什麼用，我們家又不是找小白臉，帥能當飯吃嗎？再說我們家曉雅也漂亮啊，一百七十公分的大高個，學習又好，將來是大醫生。追我們家曉雅的人，隊都排到學校大門外二里地去了，你們家廖智勳才是燒了高香了呢，怎麼能說曉雅高攀，你家是有王位可以繼承啊，還是有億萬家產的豪門啊？」白月娥不屑地說，沒有收到彩禮的她本身就一肚子氣，認為廖家小氣和小氣，聽到劉春枝的話，她就更氣不打一處來，也極盡挖苦諷刺地回應。

「你……」一向嘴巴不饒人的劉春枝被白月娥的話揶揄得差點一口氣沒上來，「一口一個你們家曉雅，好像是你生的一樣。」劉春枝惡狠狠地瞪了白月娥一眼。

白月娥倒是不以為然，繼續說道：「我說親家和親家母哇，我們也不用遵守老輩的規矩要彩禮，但我們家這麼好的一個大姑娘，嫁給了你們廖家，你們怎麼也要有個說法吧。」

廖洪志一聽，從兜裡拿出裝著錢的紅信封，遞給白月娥：「一點心意，不成敬意。」

白月娥竟然把一沓錢拿出當面數起來，數完後，嘴一撇說道：「一萬塊？真是不太成敬意，我們家黃花大閨女，就值這麼點錢？你們也好意思。」

「你們家是賣姑娘嗎？真好意思。現在社會都平等了，我們這也就是講個禮數。該給的錢，自然會給我兒子，憑什麼要給你們呢？我們家也不是福利機構。」

劉春枝一把就要拽回信封，白月娥卻快她一步，將信封揣進揹包裡。這頓飯就在雙方的明槍暗箭中吃完。

吃完飯，白月娥讓服務生把剩菜全部打包，最後和周天柱拎著大包小包走出飯店的門。請客的劉春枝心裡更多了一層鄙夷，劉春枝在心裡暗哼一聲。

「真是人窮志短，看那副窮酸相，爛泥扶不上牆，這樣的家庭，能教育出什麼好閨女！」

回來的路上，廖洪志問劉春枝：「我那個信封裡明明裝了兩萬塊錢，怎麼就變成一萬了？你什麼時候把錢抽出來的？」

「憑啥給兩萬啊？給了就打水漂了，那個破家就是個無底洞，憑什麼我們幫著拉扯？就你窮大方。給一萬塊我都覺得虧！」

都說好的婚姻要得到祝福，婚姻不僅僅是兩個人的結合，更是兩個家庭的結合，曉雅和廖智勳的婚姻，卻從一開始就不被雙方家庭看好。會完親家後，劉春枝更對曉雅這個兒媳多了一層厭惡和鄙視。

「什麼藤結什麼瓜，什麼樹開什麼花，這樣的破爛寒酸家庭能教育出什麼好姑娘？」劉春枝氣哼哼地和廖洪志嘟囔著。

「周曉雅是個非常不錯的姑娘……」

「閉上你的嘴，我沒長眼睛嗎？我看人最準了，就衝她這爹媽，她也好不到哪裡去！」劉春枝吵吵著，發洩著心中的不滿和不甘。

第十二章　婆媳

各家的寶貝，父母捨不得動一個手指頭，送到幼稚園讓老師照顧著，怎麼就送進了渣滓洞，進了魔掌呢？家長們不幹了，媒體也在曝光這天理不容的事件。

接受採訪的家長們氣得渾身發抖：「針扎，膠布封嘴，老師是把我們的孩子當成了不共戴天的敵人了嗎？即使對待戰俘，這樣都屬於虐囚，更何況是對祖國的花朵，對著一張張稚氣未脫的小臉，那一副副可愛的小模樣，老師們怎麼下得了手，太缺德了！這樣的老師一定要嚴懲，要法辦，給我們所有家長和孩子們一個交代！」

虐童事件在社會上引發了巨大的反響，全社會都在聲討這家喪盡天良的幼稚園，要求徹查、嚴懲。本來劉春枝還在包庇，說是家長和老師發生矛盾後誣告老師，並對幼稚園造謠中傷，但狡辯顯然帶來更大的憤怒和聲討，謊言怎能掩蓋真相。

心虛的劉春枝還帶著禮品，到市教委張主任家，一把鼻涕一把淚地求張主任和他在市婦聯工作的愛人幫幫自己。

「張主任，崔大姐，我在幼教系統工作了三十年，當上了幼稚園園長，全靠我辛苦工作，任勞任怨，當幼師多辛苦哇。」

「劉園長，我們理解當幼師的苦，也一直非常尊重幼師。但現在出了這樣的事情，如果調查屬實，你的確存在管理失職啊！」張主任回答道。

「那些家長故意找媒體，曝光事件，哪有他們說得那麼嚴重，孩子們不都好好的？」劉春枝繼續辯解。

「劉園長，將心比心，如果是你的孫子、孫女，在家捧在手裡怕摔著，含在嘴裡怕化了，送到幼稚園，卻遭到虐待，你說你能忍著？是，孩子們表面看起來都好好的，沒缺手臂，沒少腿兒，但他們幼小心靈受到的傷害，會影響他們未來的人生，甚至是一輩子啊。」在婦聯工作的崔大姐語重心長地說。

「張主任，崔大姐，那兩個老師頂多算是體罰，怎麼能說是虐童呢？我們小時候，哪個不聽話的孩子，沒有捱過家長的打？沒有受過老師的體罰？怎麼就成了虐童了？」

「劉園長，你這觀念明顯有問題，用針扎孩子，用膠布封嘴，這不明顯是虐待兒童嗎？而且社會在進步，教育孩子要用愛和同理心，讓他們明白道理和規矩，怎麼能用這麼嚴酷的體罰方式呢？」

「張主任，崔大姐，看在我這麼多年在我們市幼稚園勤懇工作的份兒上，沒有功勞還有苦勞，你們就高抬貴手，幫幫我，把這件事平息了吧。」

「群眾和政府的眼睛是雪亮的，不會冤枉好人，也不會放過壞人。平息這件事的唯一方法，就是讓事實說話，讓正義得到伸張。」張主任堅定地說道。張主任讓劉春枝把禮物帶走，劉春枝心裡咯噔一下，她知道這是要公事公辦了，自己完了。

市教委調出了幼稚園的監控影片，配合公安機關徹查了事件，開除了涉案的兩個老師，兩位老師還將受到法律制裁。劉春枝這個園長，雖然沒有參與虐童，卻因為翫忽職守，監管不力，受到了處分，在全市教育系統通報批評。劉春枝一下子就像霜打的茄子——蔫兒了。

劉春枝恨兒子廖智勳當初不聽自己的話，如果娶了張主任的姑娘，她和張主任、崔大姐就是親家了，現在這事，兩位親家肯定就會幫她兜著。如果當初廖智勳聽她的話，自己的老公廖洪志也早就轉正，當上重點高中的正校長了。

她把怨氣和憤怒全部轉移到周曉雅的身上，認為是周曉雅這個狐狸精破壞了她的計畫。她甚至扭曲地認為，自己的倒楣都是因為周曉雅。劉春枝卻沒有想一想，幼稚園虐童這種泯滅人性、引起民憤的事件，就算張主任和崔大姐是她的親姐姐和姐夫，甚至親爹親媽，也是沒辦法和沒本事幫她兜住的。

受到處分和通報批評後，劉春枝大受打擊，想到快退休的自己竟然攤上這樣的倒楣事兒，晚節不保，真是一輩子的名聲都被毀了。一向爭強好勝、趾高氣揚的劉春枝已經無心工作，申請了提前退休，開始辦理前往加拿大探親的訪問簽證。

「哼，我還不稀罕幹了呢！有什麼了不起的，我去加拿大，去溫哥華，看我兒子去。」

劉春枝沒想到加拿大張開熱烈的懷抱歡迎中國遊客，簽證官一下子給了她十年多次往返簽證。這下讓最近一直愁眉苦臉、唉聲嘆氣的劉春枝樂了，覺得自己可以去加拿大避避風頭，去看看兒子，去會會周曉雅。而且每次一去就能待上半年，還能十年內多次往返，簡直太方便了。

「哼，周曉雅，你不聲不響就把我兒子給奪走了，還偷偷領了結婚證，壞了我的計畫，我不會讓你過得舒服、過得逍遙的。你等著。」劉春枝看著自己的簽證，心裡惡狠狠地想著。

廖洪志為了避嫌，也正趕上高考前備戰，忙得抽不開身，沒有和劉春枝一起申請簽證，劉春枝就隻身一人先赴溫哥華探望兒子。

廖智勳知道媽媽要來，就和曉雅退了老嚴的房間，租住了一個獨立的一室一廳公寓，這樣獨門獨戶一家人更方便一些。

「曉雅，我媽的脾氣一向不太好，她來了，如果說你什麼，你不要放在心上，不要在意啊。」非常了解自己母親的廖智勳給曉雅打著預防針。

廖智勳太清楚自己的母親了，他知道劉春枝從一開始就不喜歡曉雅，嫌棄曉雅家庭條件不好，現在自己偷偷和曉雅在溫哥華領完結婚證，才敢告訴家裡，媽媽是不會輕易善罷甘休的。廖智勳已經想好策略，媽媽一向吃軟不吃硬，自己只能採取迂迴手段智取，不得強攻。讓老媽看到自己和曉雅過得不錯，曉雅不僅貌美有才華，還賢惠善良，劉春枝就不會在意曉雅的家庭了。廖智勳打定主意，老媽說什麼就是什麼，絕不頂撞。

劉春枝推著兩個大皮箱走進機場接機廳的通道，就看到來接機的廖智勳和曉雅。劉春枝蹬蹬快走到兩個人身旁，拽住廖智勳，大喊「兒子，兒子」，卻連身旁的曉雅看都不看一眼。

這次是劉春枝第一次和曉雅面對面。廖智勳擁抱完劉春枝，表達了熱烈歡迎媽媽來溫哥華的慰問後，轉身向劉春枝介紹道：「媽，這是曉雅。」他又轉頭對曉雅說：「曉雅，快叫媽。」

曉雅趕快溫柔地叫了一聲「媽」，劉春枝帶著敵意地看著曉雅說：「不必了，我沒有那個福氣。你經我同意了嗎？就叫我媽，你是誰呀？」

廖智勳沒想到自己的媽，一下飛機就黑著臉給曉雅來一個下馬威。他看劉春枝難看的臉色，就知道劉春枝在為他和曉雅先斬後奏結婚的事不滿意，也知道劉春枝因為幼稚園的事故不開心，心想，不急在這一時半刻讓劉春枝立刻接受曉雅，先回家慢慢再說。

「媽，坐了十個小時的飛機，您肯定累了吧，我們回家，吃完飯您好好休息休息。」廖智勳拉著劉春枝向機場大門外走去。

曉雅也沒有挑理，幫著推行李車，一起走到停車場廖智勳的車旁。劉春枝跟在曉雅後面，看著曉雅高挑的背影，一頭秀麗的披肩長髮，心想：「家庭條件不好，有那樣兩個拿不上檯面的父母和一個拖油瓶弟弟，長得再好，也配不上我們家。」劉春枝還使勁兒在心裡「哼」了一聲。

三人回到廖智勳和曉雅新租的一室一廳，小公寓被曉雅收拾得乾淨整齊，一塵不染。廖智勳和曉雅住在裡間，而在客廳裡，廖智勳和曉雅巧妙地用屏風隔了起來，這樣屏風裡就像一個單獨的房間，有床、桌椅和簡易衣櫥。

廖智勳說：「媽，我們條件有限，不好意思，只能先委屈您了。」

劉春枝哼了一聲：「我有什麼委屈的。兒子娶了媳婦忘了娘，有你媽睡覺的地方，沒把我趕到溫哥華的大街上，我就知足了。」

廖智勳賠著笑臉說：「媽，我怎麼會那樣，您放心，娘大過天，我媽在我心裡永遠是第一位的。」廖智勳拍著胸脯保證道：「媽，您先休息一下，我和曉雅去做飯。」

曉雅和廖智勳一起去廚房做飯，去機場之前米飯就燜上了，他們還燉了一鍋雞湯，菜也洗好切好，廖智勳很快就炒好了幾個菜，一家三口坐下來吃飯。

劉春枝吃著飯菜，問：「誰炒的菜？」廖智勳趕忙說：「您兒媳婦炒的。」劉春枝本想，要是兒子的手藝，就誇誇兒子，再藉機狠狠數落一下曉雅怎麼能不做飯；如果是曉雅炒的，就說菜炒得難吃，狠狠批評她一下。

一聽是曉雅炒的，劉春枝馬上說：「這菜怎麼炒這麼淡，火候也不對，可比我的手藝差遠了，這一看就是對付的。」

廖智勳聽著自己炒的菜，被媽媽抨擊得一無是處，心裡也很憋悶，但也賠著笑臉趕快說：「等媽倒好時差，要給我們露一手，媽炒菜那叫一個好吃，大師級別。」

劉春枝則嗔怪地看著廖智勳：「媽給你和你爸做了一輩子飯，做夠了，不想再做了。到了溫哥華，該歇歇，享享清福了。」

廖智勳趕忙說：「那是，那是，辛苦了一輩子，是該歇歇了。」廖智勳打定主意，採取一切順從母親的策略，說什麼、做什麼，都在附和並聽命於劉春枝。曉雅在人際關係上雖然比較遲鈍，但她在旁邊看著，也看出了劉春枝對自己來勢洶洶的敵意。

劉春枝來溫哥華以前，由於曉雅大學的學業更重，廖智勳就承擔了做飯的任務。但劉春枝來了以後，廖智勳為了向母親證明自己在家中的男子漢地位，就成了甩手掌櫃，當著母親的面，不再進廚房。而打定主意到國外享清福和向曉雅示威的劉春枝，也是十指不沾陽春水，三人的伙食問題一下子就落在了曉雅的肩上。

早餐還好辦，牛奶、麵包、荷包蛋就可以了。中午，原本曉雅和廖智勳都帶塊三明治就把午餐解決了。

「就這麼麵包夾片肉和菜，還有這夾的是什麼？」劉春枝用手巴拉著一個小塑膠袋，問正在給兒子準備午餐三明治的曉雅。

「這裡裝的是 Cheese 片，就是乳酪片。」

「這夾在一起就是午飯了，冰涼的，能吃嗎？這不是對付嗎？」劉春枝瞪著曉雅說，「你帶什麼我不管，我兒子可不能這麼對付，必須帶熱菜熱飯，葷素搭配。」

「媽，其實三明治的營養也很均衡，我們周圍的同學同事都這樣帶飯。」

「不要為你的懶惰狡辯，三明治能和熱乎飯菜比嗎？智勳可是吃著熱飯熱菜長大的，你不要對付我兒子！」

從此後，曉雅每天早晨都需要起得很早，除了準備早飯和自己帶的三明治，還要把廖智勳帶的午飯和廖母吃的午飯也一起做出來。最離譜的是，晚飯也是等曉雅放學進門再做。

做了一輩子飯的劉春枝，到了溫哥華，突然好像失憶，不會做飯了一樣，在家看一天電視或者在電腦上玩一天紙牌遊戲，也堅決不會幫忙準備晚飯。曉雅一週有四天，回家做好晚飯後，還要趕去餐廳打工。劉春枝鐵了心讓曉雅受累，從來不會幫忙，她就是要讓曉雅辛苦，要折磨這個搶了自己兒子的人。開始變得愚孝的廖智勳也不敢說什麼。

從來家裡都是劉春枝說了算，廖智勳一直也都很聽劉春枝的話。只有和曉雅結婚這件事上，廖智勳違背了劉春枝，他一心彌補和贖罪，所以處處對劉春枝妥協。廖智勳忘了自己有戀愛自由的權力，忘了雖然母親養大了自己，也不應該將養育之恩凌駕於兒子的幸福之上。

雖然表面上順著母親，但廖智勳在自己的小房間裡會給曉雅按摩，嘴裡還安慰曉雅：「寶貝兒，對不起啊，我媽就來待兩三個月，等她走了，我們就一切恢復正常，到時還是我做飯，你負責好好學習就行了。」

「沒事，別擔心我。」善解人意的曉雅，不想讓廖智勳左右為難。曉雅盡力成為一個好兒媳婦，除了拚命學習，將家裡的家務全包攬，但心裡始終帶著偏見和怒氣的劉春枝卻是諸般挑剔，怎麼看曉雅都不順眼。曉雅做再多，她都覺得是應該的，而且給了她更多挑剔的機會。

再加上兒子已經上了班賺了薪資，曉雅還在學校裡面學習，劉春枝更加認定是曉雅拖了兒子的後腿，把生活的壓力都丟在兒子身上，而曉雅學醫的道路還遙遠漫長，不知什麼時候是個頭兒。劉春枝戴著有色眼鏡對曉雅橫挑鼻子豎挑眼，怎麼看都不順眼。

溫哥華的風景都看得差不多了，劉春枝開始逐步體會到退休的無聊和失落，加上在家又無所事事，劉春枝最大的樂趣就是每天「雞蛋裡挑骨頭」，變著法兒地在兒子面前搬弄是非，數落曉雅的不是，曉雅雖然委屈，但倔強的她又不願多解釋。

廖智勳白天的工作很忙很煩瑣，晚上到家還要處理婆媳關係，雖然曉雅從來一言不發，都是劉春枝在惡人先告狀，而且都是些芝麻蒜皮的小事，但久而久之，廖智勳也開始不勝其煩。

「周曉雅怎麼連用洗衣機洗衣服都洗不好？看我這白襯衣怎麼被染上色兒了？我這可是很貴的襯衣。你這娶的什麼媳婦，簡單的家務都做不好。」

「周曉雅做的飯怎麼這麼硬？不知道我的牙不好嗎？」

「周曉雅做的飯怎麼這麼軟？這是粥還是飯？」

「周曉雅告訴我溫哥華扔垃圾得分類扔，什麼有機廚餘要扔到綠桶裡，塑膠要扔到藍桶裡，紙盒要扔到黃桶裡，我看她就是沒事吃飽撐的，你看你們家的這個小廚房，光分類桶就好幾個，這麼占地方，有什麼用，我就通通都扔到黑垃圾桶裡了，她還每次都給我挑選出來，還說環保人人有責，她這分明就是跟我挑釁！」

「周曉雅一天到晚就知道學習學習學習，這異國他鄉的，我連個說話的人都沒有，你媽我的命怎麼這麼苦哇！」

廖智勳剛上班，在公司裡也是一堆事兒，老闆為了節省成本，僱的員工根本不夠，一個人要幹幾個人的工作，弄得廖智勳手忙腳亂，焦頭爛額。家裡的婆媳關係更讓他心煩意亂，一邊是母親，一邊是媳婦，自己哪一個都得罪不得。廖智勳雖然也覺得媽媽有些過分，但一想到她也就來探親兩三個月，只能先委屈曉雅了，到時媽媽走了，自己再好好給曉雅賠罪就來得及。

本著這一原則，廖智勳在處理家中的婆媳關係時，完全一邊倒地偏向廖母。廖母一看兒子都護著自己，任自己欺負刁難曉雅，就更加有恃無恐、肆無忌憚起來。你永遠叫不醒一個裝睡的人，而一個從一開始就對曉雅有成見的婆婆，有心拆散他們婚姻的婆婆，無論曉雅怎樣孝順和逆來順受，都始終得不到婆婆的認可，並且她越來越變本加厲地欺負曉雅。

本來認為曉雅完美無瑕的廖智勳，在劉春枝的不斷離間下，也開始對曉雅有了看法，認為曉雅情商不夠，處理不好和婆婆之間的關係。

有一次，廖智勳竟然問曉雅：「曉雅，你是不是媽媽去世得早，不懂得如何和女性長輩相處啊？你要嘴甜一點，好好哄哄我媽。」

曉雅甚至也懷疑自己做得不夠好，也努力嘗試要和劉春枝溝通，畢竟是自己的婆婆，而且自己從小沒有了親生母親，她希望能夠和婆婆相處得親如母女。家裡有什麼好吃的，她都先端給婆婆；家裡的活，曉雅搶著幹；她還經常努力找到她認為婆婆應該感興趣的話題和婆婆交流。

「媽，我去借書時，看到圖書館前面經常有很多華裔老人一起聊天，您沒事也去聊一聊，省著在家待著無聊。」曉雅向婆婆通報訊息。

「我無不無聊不用你操心，管好你自己就得了。我說你是不是趕快找工作，別讀那個破書了，讀到什麼時候是個頭！」劉春枝搶白曉雅。

曉雅給劉春枝買一件衣服，本來以為劉春枝會高興。「媽，這是今年最新款的，伊娜也給她婆婆買了一件，我們都覺得很好看。」

劉春枝馬上就說：「人家丁伊娜花的是自己上班賺的錢，那是真的孝心，你花的是我兒子的錢，性質完全不一樣。以後我喜歡我自己買，不用你給我買。不用你花我兒子的錢來討好我。」

其實曉雅完全可以為自己辯解，她晚上在餐廳打工的薪資和小費賺得也不少，但曉雅忍住了，她不想和劉春枝爭辯。

一心認為是曉雅拖累了自己兒子的劉春枝，帶著深深的成見和怨氣和曉雅生活在一起，她待在溫哥華的目的就是想挑撥兒子離婚。任憑曉雅再努力，劉春枝都不為所動，而且和曉雅說的每一句話，都刀刀見血，句句直插曉雅的心。

「周曉雅，你從小沒有媽，和繼母生活在一起，是不是受過虐待，看你一副唯唯諾諾的樣子，真招人煩。」

「周曉雅，你就是利用我兒子，供你上學，你不心疼老公，我還心疼兒子呢！」

「周曉雅，你不要一副委屈的模樣，我說你幾句怎麼了？又不是什麼公主，還說不得了？」

「周曉雅，你知不知道，張萌那丫頭倒追我兒子，我兒子怎麼就瞎了眼，看上了你？」

劉春枝處處找碴激怒曉雅，讓曉雅和自己大吵一架，這樣她就可以藉機大鬧一場，逼兒子離婚，休了曉雅。無奈曉雅被她刺激得再難受，也從來不會和她大吵大鬧，頂多流著眼淚背上書包出門，去圖書館學習。

劉春枝面對曉雅這個兒媳婦，完全沒有棋逢對手的快感，卻是滿腔「英雄無用武之地」的失落。

曉雅感到了深深的絕望，劉春枝來之後的家，已經不再像家，她甚至害怕回到那裡，那裡有無盡的冰冷，面對她的永遠是劉春枝的挑釁和羞辱。

廖智勳和曉雅的關係在劉春枝的挑撥下，逐漸出現了裂痕。有時曉雅向廖智勳說說自己的委屈，廖智勳馬上反駁曉雅：「我媽就是刀子嘴，豆腐心，你是晚輩，讓著她點。」

「說你做的飯硬了，你就多擱點水，說你做的飯軟了，你就少擱點水，不就得了嗎？有什麼大不了的。我一天上班累死累活的，不想回到家就聽到這些雞毛蒜皮的破事兒。」

曉雅的心更涼了。曉雅心裡明白，自己擱多少水，都是不對的，飯的硬度，永遠不會符合劉春枝的要求。劉春枝的挑剔並不可怕，可怕的是廖智勳對自己的態度，讓曉雅心寒。

在劉春枝的挑唆下，廖智勳也開始覺得曉雅的醫生路太漫長，自己這樣供她讀書真不知何時是個頭。

「曉雅，要不你考慮一下，你馬上就畢業了，馬上拿到學士學位了，申請工作簽證，直接找工作吧，幹嘛非要當醫生？」曉雅在其他方面可以退讓，但在當醫生這件事上，她卻不能，這是她的夢想，是她對媽媽的諾言。

曉雅和廖智勳一起聯合申請了移民，正在按部就班進入審批程序，如果一切順利，不出差錯，應該很快就會獲批成為加拿大永久居民，拿到加拿大的綠卡——楓葉卡。

劉春枝已經明確表示，等廖智勳的移民一獲批准，就要幫她和廖洪志辦家庭團聚類父母移民。但申請父母移民，子女需要經濟擔保，政府要確保子女有足夠的收入保障父母的生活，才有擔保資格。廖智勳在物流公司剛上班一年多，薪資並不高，加上曉雅在餐廳打工的收入，距離符合擔保資格還差得很遠。

劉春枝認為曉雅畢業後，除了晚上在餐廳打工，白天也應該找個全職工作，而不是繼續上醫學院，這樣將來擔保她和廖洪志移民過來，收入就夠了。

而且劉春枝還經常對廖智勳說：「她這樣讀書讀書，你們什麼時候可以要孩子？我好多同學都抱孫子了！我和你爸當年生你就不早，她這樣拖著不生，讓我六十多歲再抱孫子呀？要不你趕快找個聽話的，她不生，我們換人生。」劉春枝試探著兒子的口風。

「媽，我們還年輕，不急著生孩子，事業還沒穩定呢。」廖智勳雖然嘴上和媽說不著急，但心裡也在思索，「是呀，什麼時候才能要孩子？都說加拿大是老年人和兒童的天堂，這家裡什麼時候才能有可以領牛奶金的兒童呢？」曉雅一週四天晚間五點半到十點半在一間中餐廳打工，擔任服務生。廖智勳則自從劉春枝來了以後，晚上已經不再打工，只是每天十點半開車到餐廳將曉雅接回家。

劉春枝還是覺得自己的兒子太累了，上了一天班，十點多還要去接曉雅，太辛苦，於是主張曉雅自己來回坐公車。

「接什麼接？又不是公主，還天天要人接，自己不會坐公車回來嗎？」

廖智勳也就真的聽劉春枝的話，不接曉雅了，曉雅下班後，自己坐公車回家。曉雅沒有說什麼，她已經習以為常，自己從小就是過這樣的生活，凡事靠自己。長大後，廖智勳對自己曾經憐香惜玉的疼愛，彷彿已經是很遙遠的事情了，恍若隔世。廖母劉春枝來溫哥華之後的每一天，對曉雅來說，都度日如年。

廖智勳以前在床上，對曉雅也是萬般呵護和溫柔。劉春枝來了以後，由於怕住的木頭公寓不隔音，夫妻生活也變得簡單草率，廖智勳從來沒有任何前戲，他自己的慾望來了，也不管曉雅同不同意，直接翻到曉雅身上，無聲無息地進行完，廖智勳倒頭就睡，留下曉雅睜著眼，望著天花板發呆。還有一次，廖智勳死活不戴保險套，曉雅不同意，兩個人爭執了半天，最後乾脆各自矇頭睡覺。兩個人的關係進入了此前從未有過的冰冷時期。

另一邊，劉春枝則延期了機票，說是喜歡溫哥華的好山好水好空氣，要欣賞夠了美景，呼吸夠了好空氣，再回國。而事實是，本來心裡還不放心把廖洪志一人扔在家裡的劉春枝，看到廖智勳和曉雅的關係，已經不像自己剛來時那麼親密了，暗自開心。劉春枝想乾脆一鼓作氣，趁熱打鐵，把倆人挑撥離婚再走。

曉雅能說什麼？又能做什麼呢？在劉春枝看來，這裡是他兒子的家，不關兒媳婦什麼事，她願意住多久就住多久，這是她的權利和自由，根本不用管兒媳婦的感受。劉春枝要繼續住下去，曉雅也只有忍氣吞聲，繼續受劉春枝的羞辱和折磨。

第十三章　冰點

曉雅特別羨慕李大勇和丁伊娜的完美家庭生活，每次去兩個人的家，都能感受到兩個人的默契和愛意。

「伊娜姐，你都沒和大勇姐夫吵過架吧？你們兩個簡直是太完美了。」曉雅羨慕地對伊娜說。

「嗨，妹子，你是不知道哇，咋沒吵過架呢，沒少吵，買輛新車還需要磨合呢，何況兩個人，太多需要磨合的地方了，但我們倆結婚前把該吵的架都吵完了，婚前的每次吵架都為婚後的和諧奠定了堅實的基礎。」伊娜邊說還邊幽默地伸出了手臂，做了一個加油的手勢。

「真的嗎？想像不出你倆吵架的樣子。」

「嗨，我脾氣急，大勇脾氣慢，但心細，我經常嫌他做事磨磨蹭蹭、磨磨嘰嘰，一言不合就罵他，但人家老先生也不和我急，慢工出細活地把事情做好，用事實向我證明。現在我們倆把對方都了解個底兒掉，比了解自己都了解對方，也越來越欣賞和接納對方，這兩口子過著過著，就過成了一個人兒。我倆就是兩種性格的互補組合，就像齒輪齧合著前進一樣，你會把他當作另一個自己，也是知己，兩口子首先必須是無話不談的好朋友、好兄弟，才能同甘共苦、相濡以沫、不離不棄。

哎呀，你看我，一不小心成婚姻哲學家了。」

「你說得真好，伊娜姐，你應該把你們的生活經驗寫成一本書。」曉雅由衷地說。

「嗨，我程式設計行，寫書可就不會了，每家都有自己的生活經驗，說白了就是兩口子一起使勁兒把日子往好了過；人和人之間就是兩好並一好唄。就這兩句話就夠了。」伊娜笑著說。

伊娜還告訴曉雅，她和大勇在一起，完全不用擔心做錯事後會受到訓斥或者責備，這讓她產生了從未有過的安全感。

「我從小在非常嚴厲的家庭中長大，稍有疏忽和差池，招來的總是一頓罵，尤其是我媽，『刀子嘴，豆腐心』，罵我的時候，句句扎心，雖然每次罵完我，我媽對自己暴風驟雨地發作都很後悔，但罵也罵了，我也只能小心翼翼，生怕犯錯。但是自從和大勇在一起，我才發現，唉，我是可以犯錯誤的，犯了錯誤之後是可以不被訓斥和責備的。大勇總是在我犯錯後，說一句『沒關係』，幫我補救錯誤，還幫我分析犯錯的原因，以便吸取教訓，下次不再犯同樣的錯誤。所以我犯了錯誤後，比如上次在停車場把人家的車蹭了，第一個想到的人永遠是大勇，我覺得大勇就是上帝給我派來的守護天使。」伊娜說到動情處，眼裡有點泛起了淚光。

伊娜還說，大勇總是給她帶來沁人心脾的溫暖和呵護，他還總有辦法讓伊娜笑，那種髮自心底的笑、無憂無慮的笑，讓伊娜覺得這個世界因為有了大勇而美好、而溫暖。

現在伊娜已經懷孕八個多月，大腹便便，很快就要生了。伊娜的臉上，洋溢著準媽媽的幸福。本來就光潔的皮膚，在婆婆精心的孕期食譜調養下，更顯得紅光滿面。伊娜的婆婆柳阿姨特意從國內帶了好幾本書，裡面有孕期食譜、產後食譜等等，柳阿姨每天變著花樣地為伊娜調理，伊娜每天上班的時候，就盼著下班吃婆婆做的飯菜，喝婆婆做的營養湯粥，一下班就立刻開車往家跑。李大勇和他的父母都對伊娜照顧有加、呵護備至。公婆的那種關愛發自心底，完全是把伊娜當作女兒般疼愛。伊娜在家庭溫暖的籠罩下，性格也更加開朗活潑，一家人其樂融融。

「伊娜，快去坐著去，媽可知道，懷孕最辛苦了，有媽在，這些工作都不用你管，曉雅，你是客人，你也別忙活了，快去坐著和伊娜吃水果，說說話。」伊娜的婆婆對吃完飯，準備幫忙把盤子、碗拿到廚房的伊娜和曉雅說。

「就是，就是，快進屋坐著，這有我們忙活就行了。」正往廚房端盤子的伊娜的公公也說著。

伊娜拉著曉雅到客廳的沙發上坐下。曉雅羨慕地對丁伊娜說：「伊娜，你的命真好，不僅有個愛你的老公，還有那麼疼你的公婆，你上輩子一定是拯救了地球。」

「拯救地球倒不一定，可能救過李大勇吧！哈哈哈哈。」伊娜說完爽朗地笑了。「是呀，我知道自己很幸運，我也很知足。這世間的關係，都是兩好並一好，他們對我好，我自然也對他們好。」丁伊娜帶著東北口音幸福地說，「現在是我最困難和需要幫助的時候，他們像對親生女兒一樣待我，我都記在心裡，等將來他們老了，我一定會加倍回報，也像親生女兒一樣，給他們養老。」伊娜接著問曉雅：「你婆婆最近對你怎麼樣，還在沒事找事嗎？」

曉雅低頭不語，但臉上現出了憂鬱的神色，一言難盡的悲哀全都寫在眼底。

「你婆婆遇到一個你這麼好的兒媳婦，一點都不知道珍惜。你要是嫁到別人家，婆婆都要高興地把你這個才貌雙全的女神供起來了。曉雅，你婆婆就是欺負你老實，脾氣好，要是遇到我，她就不敢這樣了。算了曉雅，別管你婆婆了，只要廖智勳對你好就行，就圖他一個人吧。」伊娜安慰著曉雅。

曉雅沉默不語，此時的曉雅，心裡已經不確定，廖智勳還是之前那個對自己無比關心體貼的愛人嗎？還是那個自己結婚時要託付終身的丈夫嗎？每次自己和劉春枝有不愉快時，廖智勳永遠都是一邊倒地向著劉春枝，他有時甚至明明知道劉春枝是在雞蛋裡挑骨頭，卻揣著明白裝糊塗，從來不幫曉雅說話。雖然事後廖智勳也會偷偷向曉雅道歉，但他每次在劉春枝面前的表現，卻讓劉春枝變本加厲。

夫妻間的感情也是靠一點一滴的恩情累積起來的，曉雅總是記得戀愛時廖智勳對自己的好，所以廖智勳現在對自己的不好，她都盡量忽略和忘記。可是回憶裡的那些溫暖，已經快被現實的冷酷抵消了，曉雅不知道這樣冰冷的日子什麼時候是盡頭，還是自己的餘生都要這樣度過。曉雅雖然並不想和婆婆成為對立面，但婆婆卻永遠把自己當成敵人，而廖智勳卻永遠站在婆婆的那一邊，在愛情和親情面前，廖智勳毫不猶豫地選擇了親情，彷彿他和曉雅的愛情在偉大的親情面前不值一提，哪怕失去愛情，他也在所不惜。每每想起這些，曉雅的心疼痛不已。曉雅選擇將全部精力放在學習中，忘記生活中的傷痛，也不去和劉春枝計較。

但曉雅的內心深處，對丁伊娜和諧的家庭關係羨慕不已，她離開丁伊娜溫暖的家，回到自己的家之前，暗自神傷。曉雅想起了潘美辰唱的那首歌，《我想有個家》：「我想要有個家，一個不需要華麗的地方，在我疲倦的時候，我會想到它。我想要有個家，一個不需要多大的地方，在我受驚嚇的時候，我才不會害怕。誰不會想要家，可是就有人沒有它，臉上流著眼淚，只能自己輕輕擦，我好羨慕他，受傷後可以回家，而我只能孤單地，孤單地尋找我的家……」

自從媽媽去世後，曉雅就再也沒有體會到長輩的親情關愛，父親雖然也愛女兒，但有了厲害的繼母和可以給家裡傳承香火的弟弟後，曉雅和爸爸的交流也變得越來越少了。

曉雅將近國中畢業之時，繼母主張曉雅考專科或職業學校，趕快賺錢貼補家裡。學習成績優異的曉雅，那是第一次違背了父親和繼母的意思，偷偷報考了重點高中，父親得知後，還狠狠地打了曉雅。

「你是越大越有主意呀？連和家裡商量都不商量，就偷偷考了高中，不考專科，你說，你的膽子怎麼這麼大？」父親手裡握著雞毛撢子問曉雅。

「就是，吃著我們的，喝著我們的，最後幹什麼都不和我們商量一下，這個死丫頭。」在繼母的嘴裡，曉雅永遠是那個死丫頭。

別的事情，曉雅都可以答應，都可以忍讓，但在這件事情上，曉雅絕不退縮，她跪地苦苦哀求。

「爸爸，我當年就對媽媽的遺體發過誓，我長大後要當醫生，幫著別的孩子救媽媽。爸爸，我求求你，你就讓我上高中吧，我保證考上醫科大學，上大學以後我就不再花家裡的錢，等我工作了，我會好好孝順您和白姨。」

父親想到了亡妻，心一下軟了下來，終於同意曉雅繼續讀高中。曉雅回憶著往事，再想想婆婆對自己的冷言冷語，曉雅的心都是涼的。曉雅特別嚮往李大勇和丁伊娜那樣的家庭生活，一大家人相親相愛，溫暖、幸福，和錢財物質都無關。

諷刺的是，劉春枝也經常拿李大勇和丁伊娜來教訓曉雅，說：「你看看人家兩口子，比你們沒大幾歲，倆人一起工作還貸款，現在房子、車子、孩子都有了，再看看你們倆，要什麼沒什麼，還有一個沒個正經工作，上學、上學、上學，什麼時候是個頭兒？」

曉雅從生命科學專業畢業的時候取得了全A成績，在醫學院入門考試MCAT中也取得了優異的成績，還有她已經獲批的移民身分，終於為她打開了進入醫學院的大門。曉雅向醫學院提出申請後，朝思暮想的通知書終於到了。曉雅興奮莫名。

「智勳，我接到錄取通知書了。」曉雅第一時間給廖智勳打電話，在電話裡激動地告訴廖智勳。沒想到，電話另一端的廖智勳不冷不熱地說了一句：「我在忙，晚上下班回家再說吧。」

留下曉雅聽著電話裡傳出的忙音。曾經那麼支持自己的廖智勳，聽說自己被夢寐以求的醫學院錄取了，竟是這樣冷冰冰的態度，連一句敷衍的祝賀都沒有，曉雅從頭到腳感到徹骨的寒冷。這還是那個曾經信誓旦旦要給她幸福和快樂的廖智勳嗎？連自己的快樂，他都不願意分享了。

廖智勳的心裡則在想，曉雅一上醫學院，意味著漫長的六年開始了，而且六年還是最少的，如果曉雅想拿專科醫生的牌照，可能要八年以上的時間。

加拿大的醫學院是四年制，畢業後授予醫學博士學位，之後至少要在醫院實習兩年，才有資格申請考取家庭醫生的牌照。

如果想成為專科醫生，例如心臟科、腎臟科、婦科醫生等，入院實習的時間還要多加幾年，之後才有資格申請專科醫生牌照。廖智勳想到這些實在高興不起來，漫漫征途，他望而卻步。他已經忘記了他當初承諾曉雅讓她好好讀書時的豪情萬丈和肝膽相照。現在的廖智勳，滿腦袋裡都已經是對生活的斤斤計較，他開始懷疑，自己當初答應讓曉雅上醫學院，簡直就是腦子壞掉了、進水了。

已經是第二次來溫哥華探親的劉春枝，聽到曉雅被醫學院錄取的訊息，一肚子氣。這個死周曉雅，不聽自己的勸，不去找工作，趕快賺薪資擔保她和廖洪志移民，一門心思地要讀醫學院，耽誤自己移民，耽誤自己抱孫子，真該千刀萬剮。劉春枝對曉雅的臉色更難看了。可恨兒子還沒有下定決心離婚，他這麼好的兒子，要讓周曉雅拖累到什麼時候？在劉春枝的心裡，她從一開始就和周曉雅勢不兩立，她一直以來的任務就是要將周曉雅趕出廖家的大門。如果周曉雅順從她的旨意，趕快找工作生孩子，可能還有商量的餘地，現在曉雅一門心思讀書，也不生孩子，劉春枝更是火冒三丈，必須讓兒子休了周曉雅。

「周曉雅，我們家智勳是上輩子欠你的了？這輩子來還債來了？讀書讀書，人該幹什麼的時候就幹什麼，奔三十的人了，讀書讀個什麼勁？真是有病，病得不輕！周曉雅，『聽人勸，吃飽飯』，你這個死倔的樣子，智勳就該休了你。」

聽著劉春枝的咒罵，周曉雅已經麻木了，她知道在劉春枝的心裡，自己就像繼母眼中的她一樣，完全是個多餘的人，完全是個累贅，是她拖累了廖智勳。正是盛夏，陽光明媚，曉雅卻感到了深深的寒意，刺骨的寒冷。

但生活還要繼續，不開心的日子也要一天一天地過，曉雅繼續著努力學習、勤奮打工的生活，讓自己忙得像陀螺一樣，就會忘記煩惱，忘記憂愁。有一天晚上曉雅在餐廳打完工，正在等公車，一個喝得醉醺醺的男人走了過來。

「Hey, Girl, How are you doing？」（嘿，女孩，你好嗎？）說著，手還不安分地向曉雅伸過來。曉雅嚇得撒腿就跑，男子踉踉蹌蹌地跟了幾步，嘴裡叨咕著：「Hey, Don't trun away, go home with me, Hey……」（嘿，別跑，跟我回家，嘿……）

個子高高的曉雅，又穿著運動鞋，跑得很快，終於甩開了那個喝得踉踉蹌蹌的色狼。曉雅竟然跑到了公車的下一站。好不容易等來車，回到家後，曉雅把自己驚險逃脫的經歷告訴了廖智勳，讓廖智勳也頗為緊張，嘟囔著「溫哥華的治安怎麼越來越差」，不得不又不情願地開始接曉雅下班，曉雅對廖智勳非常感激，又感受到了一絲溫暖。

劉春枝一看不高興了，這怎麼行？這不是又在破壞自己棒打鴛鴦、挑撥離婚的計畫嗎？劉春枝極力催促曉雅趕快學會自己開車，學會以後，晚上就可以開著已經下班的廖智勳的車去打工了，省得兒子接。

於是就有了廖智勳教曉雅開車的那一幕。而且那天劉春枝剛剛在家裡興風作浪地數落了曉雅的不是，廖智勳也開始覺得曉雅渾身不是，本來學車算很快、表現不錯的曉雅，那晚在廖智勳眼裡，也是無比笨的女司機。

心裡覺得特別委屈的曉雅一路堅強地含著眼淚，克制自己不讓眼淚掉下來，專心開車，但最終還是追尾了李天豪的瑪莎拉蒂。

第十四章　轉行

馬忠和劉佳都是廖智勳的校友，廖智勳是經濟管理專業，馬忠是電腦專業，劉佳則是中文專業。馬忠比廖智勳高兩屆，當年廖智勳班上的男生寢室少了兩個床位，廖智勳和另外一個同學就被分到了馬忠的寢室住，廖智勳住在馬忠的上鋪。

當年兩個人關係不錯，馬忠來自邊遠農村，家庭條件貧困，但人特別忠厚樸實，寢室裡打水掃地的工作都是他在做，像個大哥哥一樣，照顧著每一個人。

馬忠當年是縣裡的高考狀元，在學校也勤奮刻苦，以電腦專業年級第一名的成績畢業。畢業後馬忠和女友劉佳來到了劉佳的家鄉上海，進入一家電腦軟體公司工作，劉佳則擔任高中語文老師。

馬忠不僅名校畢業，而且技術過硬，踏實肯幹，他的為人受到了老闆的賞識，兩年後他就成了公司的技術主管。公司業務大踏步前進，發展得越來越好，規模越來越大。馬忠的公司占據了天時地利人和的條件，正好趕上中國網路蓬勃發展、經濟高速騰飛的時代，國家的政策也鼓勵科技公司發展創新。又過了幾年，馬忠所在的公司成功上市，馬忠作為技術總監，拿到了原始股，一下子就獲得了經濟上的自由。劉佳也懷孕生子，兩個人的兒子小寶已經兩歲多了。擔任高中語文老師的劉佳，身在教育體制中，知道學生的課業壓力太沉重，不想讓孩子將來也背上這麼沉重的負擔，加上汙染和霧霾，就和馬忠商量移民到加拿大。馬忠一直尊重劉佳的意見，倆人經濟上又有了自由，就辦了投資移民，倆人的打算是移民登陸後，馬忠當「太空人」回到國內繼續自己的事業，劉佳則留在加拿大帶孩子。

他們的登陸，讓廖智勳很開心，有個大學的好哥們來溫哥華做伴；另一方面，他心裡卻有些酸溜溜的，當年老實巴交的馬忠，怎麼一下子就發達了。現在的馬忠比上大學時自信多了，人也一下子挺拔起來，雖說馬忠並沒有在廖智勳面前擺闊，但廖智勳微妙地感覺到，他和馬忠的關係已不再像從前。那時的廖智勳家庭條件比馬忠優越很多，從來都是自己把家裡帶來的好吃的好用的分給馬忠，現在他在馬忠面前，再也找不到優越的感覺了。

這幾天，他陪著馬忠給劉佳買車，看的都是BMW、賓士，再看看自己開的二手豐田，廖智勳心裡開始失衡了。自己來溫哥華是選擇錯了吧？如果留在國內，自己混得不會比馬忠差吧？自己當年出國，真是錯過了國內熱氣騰騰的發財機會，錯過了那個朝氣蓬勃的環境，錯過了一波又一波的創業高潮。連馬忠這樣的人，都發了大財，真是造物弄人。廖智勳心裡有無數假設，越想越覺得後悔。

廖智勳現在明白了老李，理解了老李，當年自己還笑話老李成天說他在北京的風光，其實每個人心中都有一個英雄夢，此地沒有實現的，就會假設如果我在彼地，早就實現了，這樣的阿Q精神也未嘗不好，可以作為精神上的自嘲慰藉。但處理不當，太當真，則會非常糾結，廖智勳這幾天就時刻被這個想法困擾著，心裡很不舒坦。

看著馬忠為劉佳母子添置家具和細軟，廖智勳總覺得馬忠是在炫耀和顯擺，是在向他示威，「我馬忠比你混得好，混得強」。如果是旁人，廖智勳不會受到這麼強烈的衝擊，但是當年上下鋪的兄弟，一下子飛黃騰達，廖智勳心裡開始怨天尤人。其實馬忠完全沒有炫耀的心理，他非常感激廖智勳的幫忙，在異國他鄉，能夠有一個學弟幫忙照應著劉佳和孩子，讓放心不下的他心裡多了一絲安慰。幫劉佳和兒子小寶安置妥當，馬忠就打道回國。

「智勳、曉雅，我沒有辦法，必須得趕回上海了，以後麻煩你們多多關照劉佳母子，有你們在，我就放心多了。」馬忠在機場拜託廖智勳兩口子。

「放心。」廖智勳回答。

「放心吧，馬忠哥，我們會好好照顧嫂子和小寶。」曉雅真誠地說道。

送走了馬忠，廖智勳也暗暗下了一個決心，自己也要賺錢、發財。「亡羊補牢，為時未晚」，他要趕快找到快速賺錢的方法。名利心被重重激發起來，廖智勳寢食難安，他認為自己以前在溫哥華安於現狀過過小日子的想法簡直太天真和幼稚了。他思來想去，自己有能力從事的溫哥華最賺錢的行業就是地產經紀人了，廖智勳開始準備轉行。

現在劉佳母子還是租房住，馬忠說他幾個月就會回來買房，那他到時如果已經拿到地產經紀人牌照，第一個客戶就已經有了。廖智勳發現，現在溫哥華的房地產市場簡直可以用如火如荼來形容，因為連續多年被評為全世界最宜居的城市，溫哥華的地產市場不僅僅是本地人的，而是世界各地人的，來自全球各地的富人們都希望在這個宜居城市裡安家、投資。而地產經紀人的門檻並不高，但如果做到頂尖的經紀人，所賺取的佣金，卻比醫生、律師、會計師等專業人士的待遇還要高。溫哥華的頂尖經紀人們，都是豪車豪宅，渾身頂級名牌。但地產經紀人屬於伺候人的工作，尤其是在起步階段，很多有專業工作的人，例如李大勇、丁伊娜等都不想轉行。

天賜的賺錢良機，自己一定要趕快抓住，廖智勳學習了仨月就考取了地產經紀人牌照。他開始在大報小報上做廣告，招攬生意。萬事開頭難，初入行想盡快找到生意並不容易，由於地產經紀的入行門檻不是太高，競爭也就非常激烈。

大溫哥華所在的不列顛哥倫比亞省內，做地產經紀的已經超過兩萬人，但財運亨通、賺得盆滿缽滿、富得流油的經紀人也就是一小部分，一大部分經紀人則要自求多福了。

廖智勳很幸運，拿到地產經紀人牌照不久，馬忠果然就回到溫哥華，陪劉佳買房了。兩口子的要求就是一定要是好學區，孩子的教育是第一位的，雖然小寶這時剛滿三歲，但馬忠和劉佳已經在規劃他未來要上世界名校的前途了。

馬忠自己就是「知識改變命運」的最好詮釋，馬忠感謝中國的高考制度。他也知道「寒門出貴子」的唯一途徑，就是要靠知識和奮鬥。雖然小寶已經不再出身寒門，但馬忠和劉佳下定決心好好培養孩子。廖智勳幫馬忠兩口子查詢了好學校的資料，馬忠最終以五百多萬加幣的價格，在頂級學區——溫哥華西區購買了一套別墅。

廖智勳作為地產經紀人，雖然對馬忠羨慕嫉妒恨，但也開心地賺到了第一筆佣金，雖然已經給馬忠打了個大大的折扣，但他這一單交易賺的錢已經是他以前一年薪資的兩倍多，這讓廖智勳覺得自己轉行做經紀人，簡直太正確了。

第十五章　虛華

曉雅清晰地記得，三個願望分別是：「第一個，讓你成為最美麗的人；第二個，讓你成為最有錢的人；第三個，讓你成為最出色的醫生。」

曉雅在夢裡毫不猶豫選擇了第三個願望。這是日有所思、夜有所夢，曉雅把自己的夢告訴了廖智勳。

廖智勳聽了，不以為然，難以理解，譏諷曉雅：「你怎麼能不選第二個願望？直接一步到位。當醫生不也是為了賺錢？」

曉雅卻堅定地搖頭，說：「不，我想當醫生不是為了賺錢，這是我的理想！」

廖智勳摸了一下曉雅的頭熱不熱，是不是在發燒說胡話，自己搖搖頭，說：「理想？理想在這個到處拜金的社會裡值多少錢？」

廖智勳最近變得有些玩世不恭，本來在溫哥華生活得清靜如水，知足常樂，沒有對金錢的過多追求。但馬忠投資移民過來，以及他轉做地產經紀人後，接觸到的有錢人越來越多，多數是最近幾年投資移民到溫哥華的祖國同胞，這讓廖智勳的心理越來越不平衡。

自己的家庭原本屬於小康，自己花錢也從不用考慮太多，但看到了那些有錢人的生活，他才明白，自己的生活只是滿足了基本需要，距離大富大貴的路尚遠，二手豐田車是永遠無法和瑪莎拉蒂、藍寶堅尼比的。

社會心理學家馬斯洛把需求抽成生理需求、安全需求、社會需求、尊重需求和自我實現需求五個層次，廖智勳將賺錢、富有當成了自己的尊重需求和自我實現需求，他認為只要有了錢，自己的人生自然就會圓滿。

他對曉雅一心要救死扶傷、濟世救人的理想很不屑。加上每次劉春枝來溫哥華探親，都催促曉雅應該找個工作、生個孩子，不要想著當醫生，去讀個護士專業也不錯，短、平、快，薪資也很高，廖智勳也覺得有道理。

曉雅也對自己耽誤了幫廖家傳宗接代感到抱歉，但她想，從登陸溫哥華開始，就算花上十年的時間考取醫生執業資格，到時自己也才三十二歲，再生孩子也來得及。

至於經濟上，她的學費有獎學金，每天晚上她還在中餐廳打工，幫助養家，實際上她對家裡的經濟分擔並不少。而且在家裡曉雅以贖罪的心態，承擔了一切家務。

戀愛和新婚時的濃情蜜意早已退卻，廖智勳和曉雅的價值觀、人生觀、世界觀的分歧也開始在生活的現實前顯露得越來越明顯，兩個人在同心同德這條路上漸行漸遠。

曉雅每天上課、學習、打工，那些艱深的醫學英文詞彙，天書般的厚厚的英文教材，在她看來並非障礙，而是需要攀登的高峰，她知道憑藉自己的毅力和能力，完全可以攻克這高峰，最終到達峰頂，實現自己的理想。而且她在中國學習了五年臨床醫學，在加拿大繼續攻讀，更發現了無限的學習樂趣。

廖智勳每天則是開車在路上陪客戶東跑西顛地看房子，幫助客戶安排家裡的瑣事，甚至孩子上學報名、去家庭醫生診所看病、去 OUTLET 買打折品這些事情，也需要他幫忙，地產經紀人的工作已經遠遠超出了看房、買房、賣房這樣的範圍，遇到素質不高的客戶，他還要承受臉色。

有一次，他幫忙賣的一個房子有人給出報價，出價不錯，廖智勳趕快給房主打電話，房主正在賭場裡賭博，讓廖智勳帶著合約到賭場找他。哪知廖智勳到了之後，本來手氣不錯的房主突然開始輸，最後把之前贏的幾萬都輸了回去。

「你這個掃把星，帶衰運！」房主責怪廖智勳破了他的好運，氣哼哼地在合約上簽了字，攆廖智勳趕快走。廖智勳當時一肚子的委屈，但拿著房主簽了字的合約，他又轉怒為樂了。

「被罵一頓有什麼了不起，拿到手的真金白銀才是硬道理。」廖智勳自言自語道。

在加拿大，地產經紀人的佣金是根據所賣房子的價錢按比例提成，一年多賣幾套價值過百萬的房子，佣金就堪比金領打工族的薪資。

廖智勳看到了大筆進帳的鈔票，幹勁十足，哪怕寫出價合約要寫到半夜，哪怕承受富豪的臉色，自己要跟個孫子一樣點頭哈腰、卑躬屈膝賠笑臉，哪怕買擦手紙這樣的事也要他幫忙，他都不辭辛苦。他心想，為了賺錢，辛苦點，就算當孫子又怎樣，有了錢，自己就可以出去讓別人當孫子。

而且在國內同學的眼裡，廖智勳這小子在國外幹得風生水起。起碼在廖智勳的微信朋友圈裡，大家看他成天炫耀自己正在賣的豪宅，簡直就是高大上，他還時不時秀一下自己陪富豪一起參加的超級跑車、豪華遊艇展覽，他又娶了當年最美的高中校花當老婆，這讓國內的同學們羨慕不已。

廖智勳特別感謝微信這個社交媒體，自己的風光、自己的志得意滿，都可以在微信裡秀出來給國內外的親友、同學看，他極度需要大家的喝采，看著朋友圈裡自己發表的照片下面，同學們的評論和流著口水的羨慕，昔日漂亮女同學送上的恭維，他的虛榮心得到了極大滿足。在廖智勳看來，這不就是人生奮鬥的意義嗎？成為別人眼中的人上人，而支撐這人上人地位的，無非就是一個「錢」字。廖智勳現在把自己包裝得渾身名牌，享受著「錢」給他帶來的喜悅和快感。

都說西方是民主社會，其實這民主的背後，也離不開錢的支撐。每四年政黨輪替選舉前，無論全國的聯邦大選、各省的省選還是各市的市選，每個候選人都要有強大的財力支撐，才能在「廣告時段就是金錢」的媒體上買廣告，展開宣傳攻勢，拉抬選票。各個候選人傾盡全力親民的競選活動也要靠資金來支撐。

借「錢」的光，廖智勳也成了不少政黨和政治人物籌款晚宴的座上賓，他購買數百加幣甚至上千加幣一張的晚宴餐券，無非是想在這非富即貴的場合遇到更大的潛在客戶，還順便和各路政治人物合個影，放在微信上，這簡直就是活廣告。

政治人物來者不拒，面帶微笑，甚至勾肩搭背地和籌款晚宴的 VIP 來賓們合影。畫面看起來其樂融融，氣氛友好，交情不淺，其實政治人物們可能根本不認識要求和他們合影的人，照完相，揮揮手再見，不帶走一片雲彩，根本不知道你是誰。

但廖智勳把他和政治人物某某部長、某某廳長的合影，一發到微信上，總會引來一片讚嘆聲，尤其是不明就裡的國內的親朋好友們，以為廖智勳在加拿大混成了大人物。

劉春枝又開始趾高氣揚起來，總是第一個在兒子的微信下面點讚，自己的兒子混得好，老娘自然很有面子，讓她也在親朋好友中間出盡了風頭，一掃之前幼稚園出事，自己捱了處分的晦氣，頗有揚眉吐氣的感覺。

廖智勳還成立了一個加拿大××商會，名頭不小，其實就他一個光桿司令，當時拉著朋友幫忙充當人頭註冊了空殼商會。註冊成功後他自己擔任會長，但印在名片上，可是很唬人，把那些初來乍到還不了解溫哥華行情的富豪移民們，忽悠得以為他們自己傍上了個大人物。廖智勳開始對溫哥華的這類門道瞭如指掌，自己也在其中游刃有餘。

有一天，廖智勳還在一個華人社團晚宴上碰到了老李，老李紅光滿面，掏出名片給廖智勳。

「×× 攝影協會會長」，廖智勳讀出了聲，「老李，可以呀，都當會長了。」

「得了吧，你就別寒磣我了，廖會長。」

兩個人相視哈哈大笑，放眼望去，這晚宴會場裡，至少有幾十個會長吧？剩下的可能還是副會長或祕書長。協會的名頭也一個比一個大，加拿大××協會、北美××聯會、世界××總會。

有部分協會是真做實事的，祖國地震時、加拿大森林大火時，振臂一呼，組織賑災籌款。老鄉有事了也是義務幫忙，之前有留學生失蹤，同鄉會會長帶著會員幫著心急如焚的家長到處尋人。老李的攝影協會，也還真有二十多個攝影愛好者，沒事時，大家一起揹著相機，拍拍風景，拍拍人物，切磋切磋攝影技術。

但也有相當一部分的協會是空架子，會長、主席就是光桿司令，出國在外，沒有實現的抱負、夢想，全在這一聲會長、主席的稱謂中實現了；所有的失落、徬徨，也都被甜蜜化解了。即使這光鮮亮麗的背後是花架子，但聊勝於無，在不知情的人面前，尤其是新來的移民和國內同胞面前，也賺足了面子，裡子到底怎樣，誰又會深究和在意呢？誰又會有火眼金睛識別虛實呢？

第十六章　杜月

杜月比老李小十八歲，從陝西一所普通大學專科畢業後到北京北漂，在一家公司當文員。雖然比五十歲的老李小十八歲，但其實三十二歲的杜月已經不年輕了，「高不成，低不就」地就成了剩女。

在陝西老家的父母、七大姑、八大姨都替杜月著急，這在老家，像她這個年齡的婦女，孩子都上小學了，杜月還八字沒一撇。每到過年回家，杜月煩透了身邊七嘴八舌的嘮叨和旁敲側擊。

杜月和老李的堂姐李一鳴在一個公司工作，老李離婚後，李一鳴的二嬸，也就是老李的媽媽，一直拜託李一鳴給堂弟介紹對象。

「一鳴啊，你們公司有沒有合適的，給你軒弟介紹一個，他五十歲的人了，在異國他鄉的，身邊連個知冷知熱的人都沒有，將來我和你二叔一蹬腿兒，也放心不下啊。」老李的媽媽一說起兒子，眼淚差點沒掉下來。

一向願意做媒的李一鳴很上心，把自己公司裡面的女同事，除了結婚了的，捋了一遍。有離婚的女同事，但帶著個拖油瓶，不行；太年輕的，也不行，不踏實。經過篩選排查，發現大齡剩女杜月最合適，雖說胖了一點，但那是富態，一看就有福氣。

「杜月，李姐跟你說個事兒。」「您說，李姐。」杜月對人事部的李姐很客氣。

「我堂弟，李一軒，人在加拿大，一表人才，出國前是雜誌社的著名攝影師，現在在加拿大那邊，是攝影協會的會長。介紹你們認識一下啊。」

幾年前，經常有人給自己介紹對象，那時候，自己還嫌煩，但隨著年齡的增長，介紹的越來越少，杜月雖然嘴上和父母說著不急不急，但心裡早就開始打鼓了，自己難不成真要當「老姑娘」了？難不成就這樣待字閨中一輩子？

每天早晨照鏡子，杜月都會自己看看鏡子裡的自己，眼角是不是又長細紋了？皮膚裡的膠原蛋白是不是又流失了？是不是又不經意地冒出了一根白頭髮？歲月的流逝，讓杜月越來越清楚地知道，自己作為「80後」，選擇範圍越來越小了，「90後」已經在忙著感嘆自己老了，「00後」很快就要出來搶市場了，自己已經錯過了女人的黃金待嫁期，以前不切實際的擇偶標準必須降低了，世界上沒有那麼多高富帥騎著白馬等著自己，自己日漸發福的身材也注定等不來騎著白馬的王子了。

杜月一聽李姐的介紹，頗為心動，忘了問老李的年齡。李一鳴也沒著急告訴杜月堂弟的年齡，心想先讓倆人聯繫上，起碼先把二叔二嬸兒交給自己的任務完成了，有沒有緣分，就靠堂弟自己的造化了。

杜月也一直想出國，但家裡條件一般，沒法供自己出國留學；辦技術移民，她的學歷又不夠；辦投資移民，錢又不夠。老李在加拿大的公民身分，對她頗有吸引力。再加上李一鳴把堂弟誇得天花亂墜，杜月透過李一鳴發過來的微信名片，和老李成了微信好友。杜月透過微信看到了老李發在朋友圈裡他拍攝的溫哥華的風景照片，照得確實好，技術確實不錯，溫哥華也太美了，像仙境一樣，這讓杜月一顆一直嚮往出國的心更加騷動。

老李的風趣和幽默也很對杜月的胃口，兩個人透過微信語音、影片，頻繁互動。老李一下子找到了一個可以說話的知心人兒，杜月的眼前則赫然打開了一扇通往溫哥華的窗。聊了兩個月，杜月才想起來問老李多大了，老李俏皮地說：「你猜？」

「四十三四？」老李一陣高興，心想：「哎呀，我這麼顯年輕嗎？」老李還是實話實說：「妹子，哥哥剛過完五十歲生日，不過哥哥年輕著呢！我們家的人都長壽，我爺爺九十多了，身體倍兒棒！」

杜月心裡咯噔一下子，比自己整整大十八歲，這大得多點兒了吧？但一向有些假小子性格的杜月轉念一想老李的好，大得多點兒有什麼了不起？年齡不是問題，只要我杜月喜歡。

老李沒想到自己五十了，竟然走了桃花運，一定是老天爺看自己的前半生太悽慘了，讓自己後半生改改運。

老李的兒子李小君已經長大，正在溫哥華一所社群學院——相當於藍翔職業學校，學習水管工技術，將來會當個水管工人。雖說是藍領，但這種有技術的藍領工人，在溫哥華賺得可不比白領少，甚至更高，老李對兒子可以放心了，小子起碼有自力更生、安身立命的本事了。

老李那個英文不錯，當年是移民主申請的前妻，也已經改嫁給了一個在教堂認識，年齡相仿，五十多歲的老外。老外還是個公司的管理人員，薪資不低，老李已經不用再付前妻撫養費。老外離異，他自己和前妻沒有孩子，和老李前妻邢雲結婚，一副白撿了個兒子的樂呵勁兒。老外對李小君真不賴，當成自己的親兒子一般，這不剛給小君買了最新款手機。在小君嘴裡，這個後爹上山滑雪，下海潛水，無所不能。小君講到後爹的時候，還帶著一臉的崇拜，讓老李很是酸溜溜了一陣。

要說四五十歲離婚的女人，想再嫁並不容易。老李之前還帶著愧疚想和前妻破鏡重圓，畢竟是原配夫妻，不能把她就那麼撂到半道上了，讓她一箇中年婦女以後孤苦伶仃的，自己心裡也不落忍。但沒想到，老婆竟然再嫁了！而且嫁得相當不錯！

老李還被邀請去了溫哥華一家上等酒店，參加了婚禮。婚禮上好不熱鬧，老外的親朋好友從各地趕來參加。

「不好意思啊，我這邊的朋友不多，把你也叫來，湊個人頭，也算我的娘家人吧。」此刻穿著婚紗的老李前妻邢雲，在精緻妝容和髮型的映襯下，顯得特別年輕漂亮。

被稱為娘家人的老李心裡一酸，自己怎麼就成了娘家人！以前怎麼沒看出來，上了年紀後的邢雲還這麼漂亮，還這麼光彩照人！和自己在溫哥華一直過苦日子的邢雲，不是已經變成黃臉婆了嗎？

「你今天真漂亮，以前我脾氣不好，對不住你和兒子，以後跟著 Chris，好好過吧。」說這話時，老李辛酸得眼淚差點沒掉下來，雖說兩個人當年沒少掐架，但畢竟「一日夫妻百日恩」，兩個人一起在溫哥華相互扶持著度過了最艱難的移民時光。

「老李，你是個好人，你真不該出國，這裡不適合你，埋沒了你的才華。我也為自己當年一心出國，沒考慮你，對你感到抱歉。」邢雲的眼裡也閃著淚光。

「算了，咱倆就別在這裡憶苦了，今天是你思甜的日子，今後好好過，我沒給你的，希望Chris都能給你，祝你們幸福！」老李替邢雲拽了拽頭紗，由衷地祝福。

「老李，我們都老了，一晃就人到中年，現在才知道，一輩子太短了，還沒怎麼樣，已經年過半百了。別怪我先走一步，我能抓住的幸福，不多了。我也想過咱倆再複合，但一想起來你發脾氣的樣子，我就害怕，人都說想見不如懷念，好聚好散，還能留個念想，再在一起過，過不好，剩下的就都是恨了。現在我把你當作自己的親人、自己的哥哥，你是好人，你也一定會找到屬於你自己的幸福的。」邢雲充滿感性地說完，擦乾眼角的淚，離開了老李，去陪Chris（克里斯）和其他客人打招呼。

看著邢雲和Chris，老李替前妻高興，但也不捨。「留戀處，蘭舟催發。執手相看淚眼，竟無語凝噎」，沒想到前妻竟然先邁出了再婚的這一步。老李當晚把自己喝得酩酊大醉，眼前浮現著自己和邢雲婚姻中的一幕一幕，「酒入愁腸，化作相思淚」。

這些老外們，怎麼好像都不在乎女人的年齡一樣？怎麼不在乎女人是否有婚史？怎麼不在乎女人是否帶著個拖油瓶？老李想不明白。無論如何，前妻邢雲這一頁是要徹底翻篇兒了，破鏡再難重圓了，老李得繼續往前看了。當年離婚時，打得不可開交的兩個人，如今能夠再見亦是朋友，亦是親人，心裡還唸著對方的好，老李就很知足了。

現在老天爺賜給了他杜月，前一次婚姻受挫的老李，當下懂得了珍惜，也懂得女人的心了，而且現在年齡一大，老李的脾氣也不像以前那麼火爆，點火就著了。從上一次婚姻走出的老李，已經被生活淬鍊得磨去了稜角，到了杜月這裡，火候和韌度剛剛好。

愛情的真諦，往往只是在對的時間遇到對的人，在杜月心裡，老李是個知冷知熱、知疼知暖、風趣幽默的魁梧男子漢，又是溫哥華有名的攝影師、攝影協會會長，這樣的人，夫復何求？時機成熟，老李回國和杜月面對面相親，倆人一見如故，都怕夜長夢多，一拍即合，直接領了證。

杜月還把老李帶到陝西老家見了父母，也沒有告訴父母老李的真實年齡，謊稱老李比她大十二歲，長得年輕的老李還真騙過了杜月父母的眼睛。杜月的父母也慶幸自己家的這個「老姑娘」和「胖姑娘」終於嫁了出去，還找了個加拿大華僑，皆大歡喜。

老李父母對杜月也異常喜歡，天上掉下個好兒媳，自己的兒子再也不用孤苦伶仃，孤獨終老異鄉了。而且兒媳婦年輕，說不定還能為李家添磚加瓦，再生個一男半女的，老兩口的嘴都快笑得合不攏了。

「軒子，你可得好好待杜月，這孩子我看著就喜歡，實誠，是個過日子的好姑娘。」老李的媽語重心長地教育老李。

「媽，我知道了，當年我和邢雲都年輕氣盛，不懂得珍惜，現在不會了。」

「我和你爸，小時候就是太慣你這個老兒子了，邢雲也是家裡的老姑娘，你們兩個脾氣被慣得一個比一個火爆，誰也不知道讓著誰，什麼事兒非得爭出個你長我短、你強我弱來，日子哪能那麼過呀？家哪是講理的地方呀，家是講情的地方，也真難為你倆還過了那麼些年。」老李的媽媽替兒子總結著上一次失敗的婚姻，不勝唏噓。老李聽著媽媽的總結，覺得非常精闢，非常在理。

李媽媽接著說：「你和邢雲現在都有主了，都又找到了知疼知熱的人兒，就是可憐君君，這孩子從小也沒享到什麼福，該和父母親近的年齡，你和邢雲都忙，把他扔給我們，孩子在北京雖然生活上不愁，可是缺爹少娘的。你們最後忙得離了婚，你以後要好好待君君，好好補償君君。」

「媽，你放心，我知道我虧欠君君太多了。」老李對兒子君君也充滿了愧疚。

第二次老李回國，就和杜月就把婚事辦了。

「月兒，謝謝你肯下嫁給我這個流浪在溫哥華，沒發大財，沒走大運的北京爺們兒。」

「一軒，我喜歡的是你這個人，我不在乎你發不發大財，走不走大運，只要你對我好，我就對你好。」杜月仗義地說道。

沒有海誓山盟，但在老李聽來，這就是最動人的情話。老李在國內住了四個月，才依依不捨地離開小媳婦杜月回到溫哥華。老李一到溫哥華，就著手給杜月申請夫妻團聚移民。

聽說現在的移民官都學聰明瞭，怕是假結婚騙移民身分，分別對夫妻兩口子單獨盤問，怎麼認識的，為什麼結婚，對方生活習慣的細節都要查。杜月和老李在一起生活的時間不長，怕經不住盤問，於是倆人成天透過微信，交換生活細節，連刷完牙，牙刷頭是朝下放到杯子裡，還是朝上放到杯子裡，這樣的細節都互相交換一下。萬全準備下，杜月的夫妻團聚移民終於批下來了。

期待杜月到來的同時，老李心裡還是有一些擔憂，他和杜月的愛情能經得住考驗嗎？他不知杜月是否拿和自己結婚當作跳板。如果杜月到了溫哥華把自己蹬了，自己不就成了「移民」搬運工了嗎？現在很多人還利用假結婚來溫哥華，老李之前就被問過，是否願意假結婚，幫國內的一個女孩移民過來，等女孩拿到移民身分後再離婚，事成之後酬金三萬加幣，老李雖然想賺錢，但絕不會賺這樣昧良心的錢，而且一旦被加拿大政府查到，還可能會有被起訴欺詐的風險。

雖然有少許擔心，但老李對他和杜月的感情還是有信心的，畢竟是否被人愛是能夠感覺出來的，老李相信杜月對他肯定是有真感情的，他也相信杜月不是那種過河拆橋、卸磨殺驢的人。無論如何，先把日子過起來，老李有了第一次婚姻的慘痛經歷，現在總結起來，事在人為，如果當初自己脾氣不那麼火爆，如果當初自己再溫柔一點，如果當初自己懂得珍惜，也許就不會走到離婚這一步。

杜月終於成功以夫妻團聚名義拿到了移民身分，來到了她嚮往的溫哥華，一下飛機，杜月就被溫哥華潔淨的空氣給折服了，辦完移民登陸手續，在接機大廳，見到了朝思暮想的老李，杜月和老李緊緊擁抱。

「月兒，你終於來了，想死我了。」老李一手摟著杜月，一手推著行李車，走向了停車場。

老李的心裡了樂開了花，媳婦兒杜月來了，他的新生活也開始了。他要真心相待、溫柔呵護杜月，老李知道，這是老天爺給他的第二次機會，自己不能再給搞砸了。杜月也一心一意和老李過起了小日子，但生活中難免會有磕磕絆絆。

「李一軒，你的臭襪子怎麼又隨便亂扔。」女漢子杜月從來都對老李直呼其名，沒有生氣的時候是一軒，生氣了就是李一軒，完全忘了他們相差十八歲。

老李也願意被杜月喊名字，這樣彷彿自己又年輕了，杜月怎麼訓他，他都樂在其中，不會像從前對前妻那樣，勢均力敵地吵回去。老李現在始終銘記母親告訴他的，「家不是講理的地方，家是講情的地方」。而且小媳婦的好處就是有先天優勢地撒嬌蠻橫，被訓斥的一方還樂此不疲地願意接受。但前提是兩口子都懂得互相感恩，都想把日子過好，在這樣的基調下，吵吵鬧鬧的小插曲才影響不了和諧的主旋律。

杜月心靈手巧，把老李的小公寓收拾得乾淨清爽，打扮得煥然一新，就連廁所裡的抽水馬桶都光亮得像新買來的一樣。

「噹噹噹噹，怎麼樣？漂亮嗎？」杜月鬆開捂著老李眼睛的手，興奮地問剛回家的老李。

「太漂亮了，月，你真能幹。這還是我那個小破公寓嗎？我都不認識了。」

「怎麼不是呀，但我來了就不一樣了，就不再是小破公寓了，是咱倆溫馨的家。」

「月，你太棒了，真是賢妻，有了你，這個家就不一樣了，不再是陋室了。」

「老李，也謝謝你，給我一個家，讓我可以好好裝點這個家。」倆人說著說著，變成了互相告白了。

「好了，洗手吃飯吧，我今天可是做了你最愛吃的西北拌麵。」杜月邊說邊走到廚房去端麵條。

老李跟著杜月也進了廚房，不停絮叨著：「你哥哥我在溫哥華唯一做對的一件事，就是十幾年前，早早貸款買了房，要不然現在漲成這樣，根本買不起了。雖說離婚時分了一半給邢雲，把原先的三室一廳換成了現在的兩室一廳，但也多虧賣了之後，跟邢雲分完錢趕緊又買了，現在想想都後怕呀！要是當年賣了房，沒再買房，現在可就慘了。」老李感嘆道。

「可不是，現在哪哪的房價不都是噌噌噌長，溫哥華的房價漲得還不如北京多呢，有一次我在北京的一家餐廳裡上廁所，聽隔壁的人在手機裡嚷嚷，我把房子賣一平方公尺，就夠全家去歐洲旅遊一趟。」杜月邊拌著面邊說。

「北京的房價咱是比不了了，不管咋樣，我能在溫哥華有套小公寓，就知足了。」現在的老李知足常樂，不像以前那麼「憤青」，那麼怨天尤人了。

「一軒，我也知足，這輩子我跟著你，不求大富大貴，只要有這麼一個小小的溫暖的家，你一輩子對我好，我就知足。」

老李一把將杜月摟到了懷裡，杜月的話，比任何情話都動聽，他一定會好好愛杜月。

胖女漢子杜月有著江湖女傑般的豪氣：「老李，你對我的情、我的好，我都銘記在心，你放心，我會好好和你過日子，我杜月說到做到，引用一句我剛在微信上看到的肉麻的話『你若不離不棄，我必生死相依』！」

老李緊緊地摟著杜月，他知道他遇到了寶，幸福，不就是找一個溫暖的人過一輩子嗎？他要把自己的下半輩子，都用來溫暖杜月，珍惜杜月。

倆人山盟海誓完了，坐下吃飯。杜月廚藝不錯，能變戲法一般地做出各類麵條，湯麵、炒麵、蒸麵、拌麵，讓本來最愛吃麵條的老李，樂開了花。

今天杜月做的西北拌麵可是不簡單，光原料就有牛肉絲、洋蔥、蒜薹、油菜、胡蘿蔔片、大蔥、辣椒、碎花生米、芝麻等等，杜月把拌麵做得那叫一個噴香可口，老李垂涎欲滴，連吃三碗。

「月兒，要不咱開一個麵館吧，你完全可以當大廚。太好吃了！」老李嘴裡邊嚼著面，邊對杜月的西北拌麵讚不絕口。

「行啊，可以考慮考慮，咱餐廳就叫月軒麵館，杜月和李一軒開的麵館。」杜月從小就愛做飯，跟著做廚師的老爸學得一手好手藝，把自己也給養得紅光滿面，珠圓玉潤。老李的胃被杜月牢牢抓住，心也被杜月牢牢抓住，兩口子的生活煙火氣十足，把柴米油鹽醬醋茶的生活過得有滋有味兒，老李對杜月更是疼愛有加，杜月也回報老李以關懷和體貼。

日子在甜蜜與幸福中過得飛快，不久，杜月懷孕了，老李聽到訊息後欣喜若狂，他為自己的雄風不減開心，為小媳婦爭氣的肚子開心，為了他的幸福新生活開心，老李覺得，老天爺終於開眼了，他之前一直不太如意的人生，終於如意了。他來溫哥華的所有失落，在這一刻都得到了彌補。就像前妻邢雲說的那樣，他終於找到了屬於自己的幸福。外人看來不會太般配的老李和杜月，卻把日子過得有滋有味，婚姻這雙鞋子裡的四隻腳，舒舒服服、踏踏實實地往前走著，奔著。

第十七章　華人

雖然過年時該上班的還得上班，該上學的還得上學，但年還是要熱熱鬧鬧地過的，好友一定要湊在一起吃頓大餐，才能慰藉中國心和中國胃。正好今年的中國新年趕上週末，熱心的老嚴和夫人楊庭蕊在家裡準備了豐盛的年夜飯，請大夥兒到家裡熱鬧熱鬧。

老李帶著小媳婦杜月，春風得意地赴約。李大勇、丁伊娜帶著父母和寶寶，廖智勳、周曉雅，還有老嚴相熟的其他好友，包括一對畫家張柳生夫婦和在溫哥華中文電視臺工作的劉震夫婦都帶著孩子，開開心心來赴宴。在海外，親人大多不在身邊，逢年過節，幾家要好的朋友能湊在一起熱熱鬧鬧過個節，非常幸福。

老嚴夫婦還特意把房子也裝飾得喜氣洋洋的，過年的氣氛十足。大門正中央，還倒貼上了從華人商場買來的大大的「福」字，寓意「幸福到了」。進門的玄關牆上，懸掛了一幅紅鯉魚的畫，是老嚴自己親手畫的，寓意「年年有餘」，旁邊還拉上了五顏六色的小綵燈做裝飾。畫的下方，靠牆的小桌上，擺著蝴蝶蘭、金桔樹，上面還掛著紅包做裝飾，一派喜氣洋洋。

「嚴叔叔，楊阿姨，您二位把家裝飾得太漂亮了，看著真親切，特別有過年的氣氛。」曉雅和廖智勳一進門就感嘆道。

「真是漂亮，在國內時還不覺得，這出了國，看到這樣的裝飾，真是親切呀。」

「老嚴不愧是搞繪畫的，這裝飾得太有藝術氛圍了，有句話是什麼了？越是民族的就越是世界的，老嚴把咱中國藝術在海外發揚光大了。」陸陸續續到來的客人一進門，都讚賞這有濃濃年味兒的裝飾。

廚房的爐子上，烤箱裡，煎、炒、烹、炸、烤，老嚴夫婦以各種方式加工著熱氣騰騰的佳餚。老嚴夫婦準備得非常豐盛。而每家來赴宴的也都帶來了拿手好菜和酒，這頓年夜飯太豐富了。有老嚴夫婦做的上海菜、廖智勳和周曉雅做的川菜、李大勇父母做的東北菜、老李做的北京菜、老李小媳婦做的西北拌麵、張柳生的香港太太Mary（瑪麗）做的粵菜、劉震太太曉梅做的湖北菜。天南地北的菜匯到一起，欣賞起來別有一番風味。餐桌上，色、香、味、形、器，都散發著濃濃的中國情、家鄉韻，眾人紛紛拿出手機拍照，要記錄下這樣的美好。

「太豐盛了，這一定要發朋友圈。」

「就是，就是，誰能想到，我們在溫哥華過年，能過得這麼熱鬧，這麼道地，這麼有人情味兒，這麼豐盛。」

大家在餐廳的長條形大桌上落座後，老嚴夫人楊庭蕊為大家斟滿酒，有喝白酒的，有喝紅酒的，還有喝果汁的。老嚴首先提議：「親愛的朋友們，歡迎各位賞光，來到寒舍慶祝春節，各位的到來，讓寒舍蓬蓽生輝。今天是大年三十，新的一年馬上就要到來了，祝各位新年快樂！萬事如意！

也為我們來自祖國的大江南北，有緣在溫哥華相聚，乾杯！友誼地久天長！」

「乾杯！」

「乾杯！」

東道主敬酒，大家舉杯暢飲，都為這難得的緣分和友誼乾杯。之後大家開始品嘗各道風味十足的菜餚，美食佳釀，親朋好友，一派其樂融融。

「祝大家新的一年財運亨通！幸福美滿！」老李紅光滿面，拉著小媳婦杜月一起給大家敬酒。

「老李，像你和小嫂子倆一樣幸福，我們就美滿了！」廖智勳調侃著老李。

老李很是受用，把杯子裡的二鍋頭一飲而盡，老李懷孕的小媳婦杜月也夫唱婦隨，把杯子裡的芒果汁豪爽地幹了。

「來，我們大家一起敬嚴大哥和楊大姐一杯，『每逢佳節倍思親』，謝謝你們的盛情款待，讓我們像回到了大家庭一樣。」劉震提議道。「謝謝嚴大哥，謝謝楊大姐。」

大家舉杯共謝，感謝熱心善良的老嚴和老伴兒，總是給大家提供一個溫暖的聚會場所。酒過三巡，菜過五味，大家你一言我一語地暢聊著，窗外悽風苦雨，室內則溫暖如春，喜氣洋洋。熱鬧的氛圍，緩解了每個人的思鄉之情。

劉震太太曉梅講起了九歲兒子成成學中文的一些趣事，把大家逗得前俯後仰。成成出生在加拿大，這樣的孩子被稱為 CBC，「Canadian Born Chinese」，在加拿大出生的華裔。

曉梅和劉震深知作為華裔，一定要學會講中文，否則長大後，成成會很遺憾，長著一張中國臉，卻不會說中文。所以兩口子從來沒有放鬆過讓成成學習中文，除了在家堅持和成成講中文，還把成成送進了每週上一次課的中文學校。但成成平時在學校的大環境裡，都是說英文，所以主要語言還是英文，中文不是那麼純熟，經常會鬧出一些可愛的小笑話。

有一次，成成吃完幾個芒果，和媽媽說：「哎呀，媽媽，芒果吃多了，會著火吧。」曉梅和劉震笑得直不起來腰，原來曉梅以前和成成講過，芒果是熱性水果，吃多了會上火，哪想到，成成把「上火」講成了「著火」。

有一天早晨，成成看見媽媽把前一天晚上吃剩的一盤餃子，要放進微波爐裡加熱，成成趕快大喊：「媽媽，你炒一炒，炒一炒。」原來成成最愛吃煎餃，但炒和煎的英文都是「Fry」，成成的意思是讓媽媽把餃子用油煎一下。

媽媽有一次給成成講《賣油翁》的故事，並介紹了成語「熟能生巧」，講完之後，媽媽問成成，媽媽剛才說的那個成語叫什麼？成成歪著小腦袋，想了一下，回答媽媽道：「老頭兒賣油」。大家忍俊不禁，這小 CBC 也太可愛了。

李大勇的媽媽柳阿姨也講了一個關於中文翻譯的笑話，兒子兒媳婦之前曾帶著她和老伴兒乘坐遊輪旅遊，從溫哥華去阿拉斯加看冰川。遊輪豪華大氣，就像漂浮在海上的一棟大樓。船上光餐廳就十多個，各種風味，從中餐到法國餐，從日餐到義大利餐，還有幾個自助餐，琳瑯滿目，應有盡有。

柳阿姨和老伴兒最喜歡光顧的還是自助餐廳，品種繁多，種類齊全。而且該艘遊輪上華裔遊客眾多，很多是遠道隨旅行團從中國出境遊的旅客。所以自助餐廳的菜，在英文名稱下面，都配有中文菜名翻譯，柳阿姨和老伴兒覺著想吃什麼，拿什麼，非常方便。

有一天，在自助餐廳裡，柳阿姨和老伴兒看到一道菜名的中文翻譯，差點兒沒笑岔氣。該道菜被翻譯成「牛肉脫去衣服」。老兩口叫來李大勇和丁伊娜一起看，小兩口也哈哈大笑。

原來這道菜的英文名稱是「Beef Strip」，翻譯成「牛肉條」就好了。「牛肉脫去衣服」，這顯然不是人工翻譯，是電腦自動翻譯的。這個笑話讓大家笑了好久，正好老嚴家的餐桌上就有一道紅燒牛肉，大家紛紛說，快吃，快吃這「脫了衣服的牛肉」。大家你一筷子，我一筷子，很快就把「脫了衣服的牛肉」吃光了。

老李則講起了自己二十年前剛到溫哥華時的情景。英語聽力不好，去超市購物時，收銀員問他：「Do you need a bag ?」（要不要塑膠袋?）收銀員說得超快，他愣是聽不懂。到麥當勞吃飯，想跟服務生要個吸管，愣想不起來吸管應該怎麼說，於是就跟服務生說：「Can I have a pipe ?」（我能有個管子嗎?）弄得服務生丈二和尚摸不到頭腦。老李的故事讓大家哄堂大笑。

畫家張柳生則說：「嗨，老李，那你也比我當初來的時候強。我跟著Mary從香港移民過來，我之前在國內學的是俄語，英語二十六個字母都背不全，在香港又跟Mary學粵語，英語一直沒有學，剛來時根本聽不懂老外說什麼，和他們說中文，他們也聽不懂。真是雞同鴨講。有一次，我和Mary散步，看見一個老外在訓練狗，說讓狗坐著，狗就坐下，說讓狗握手，狗就握手，說讓狗去撿玩具，狗就跑出去把玩具撿回來，我當時就跟 Mary 說『那條狗的英文聽力都比我強』。」

「哈哈哈哈，老張，你這也太謙虛了吧？老張，你現在聽力怎麼樣了？再找條小狗兒比一比呀？」老李調侃著老張。

「我們這些老移民，剛來的時候，哪一個沒有一把辛酸淚呀？當年的溫哥華，可沒有這麼多的華人同胞，哪像現在，不說英語，走遍溫哥華都不怕。」老嚴感嘆著。

「對呀，現在中國強大了，學中文的老外也越來越多了，你看美國總統川普的外孫女，中文說得那叫一個溜。」

「對呀，還會唱茉莉花呢。還有華爾街金融巨鱷羅傑斯的兩個女兒，中文都說得特別流利，那天我看影片，他的一個女兒在那裡背誦『一去二三里，煙村四五家。亭臺六七座，八九十枝花』，我都給驚到了，發音特別標準，現在中文太流行了。」

「現在香港同胞們也都會說普通話了。」在中文電視臺工作的劉震說，「以前，我們來自香港的新聞總監開會時都說粵語，我的粵語聽力就是這麼練出來的，不會粵語不行啊，沒法工作啊。現在，我們總監都改說普通話了，還經常跟我請教普通話的發音。」

聊著聊著，大家的話題從移民生活的衣食住行、家長裡短，逐漸變得嚴肅深刻起來。老嚴問劉震：「Jason（傑森），你們電視臺還在跟進報導仇恨華人傳單的事吧？」

劉震說：「是呀，最近我在做一個紀錄片，深度分析傳單事件。嚴大哥，你家信箱裡當時也收到了傳單，願不願意接受採訪，講講感受？」

老嚴說：「可以呀！這事一定要重視，傳單明顯是要掀起對華人的仇恨，這可不是什麼好苗頭。」

「我在報紙上也看到了，傳單上面竟然還印著一張姚明的頭像。」曉雅說。

老嚴說：「我還留著傳單呢，我去拿來。」

老嚴拿來傳單，大家傳著看，傳單上赫然煽動性地呼籲白人加入一個「白人至上」組織，說白人在他們先輩建設的列治文市被邊緣化，還抨擊華人不講英文，華人導致白人買不起房。

「以前也聽說過歧視的個案，但像這樣往各家信箱裡派發傳單的也太膽大妄為了吧。」李大勇憤憤地說。

「說華人讓他們買不起房，房價貴怎麼可能全是華人的錯？」張柳生說完，氣憤地喝了一口酒。列治文，包括整個大溫地區的房價最近是噌噌上漲，因為買家們基本都是「買漲不買跌」，最近的房地產市場真是要用如火如荼來形容。

「就是呀，怎麼能是華人的錯！市場自由，有賣的就有買的。而且很多本地西人老人，不就是靠著賣了自己的別墅，賺得盆滿缽滿，幸福退休了嘛！他們其實是最大的受益者。」劉震的太太曉梅感嘆道。

「房價高，最本質的原因還是供不應求，供需不平衡。」廖智勳以專家的口吻說，「大溫環海臨山的地形，導致土地有限，而在有限的土地上，大家看看，全是大片大片的獨立別墅區，密集型居住房屋——公寓和城市屋數量明顯不足。可人還是烏泱烏泱地來呀，全世界人民都往這裡奔，可不光是咱華人，還有加拿大其他省份，很多哥們兒嫌冷，找個暖和地方，就搬到溫哥華來了。房屋供應量不足，房價當然高了。傻子都懂啊。」

「大陸同胞真是有錢了，到哪還都想買房安家，他們隨隨便便賣掉一套北上廣的公寓，在溫哥華歆買一套別墅，或者兩三套公寓。我們住的那個公寓樓裡，現在很多都是留學生，一來留學，父母先給買好一套房，甚至買兩套，一套自住，一套出租，賺的租金直接給孩子當生活費。他們真有錢，根本不在乎海外買家還要多交百分之二十的稅。反正買房比租房合適，房價要是繼續漲，不但白住，還能賺一筆，就這樣，房價能不高嗎？」張柳生的香港太太用有些生硬的普通話酸溜溜地說道。

「但導致房價高的原因絕不是華人的錯，在溫哥華買房子的又不都是華人，世界很多地方的人都在這裡投資置業。政府就應該重新規劃，縮小獨立別墅區，增加多戶房屋區。供求關係一平衡，房價自然就合理了。」劉震反駁 Mary。

「但華人炒房的也的確很多呀，這不僅是溫哥華，世界很多城市比如洛杉磯、西雅圖、雪梨、墨爾本的房價，都是讓有錢的大陸同胞給炒起來了。Raymond，你是經紀人，你最清楚。」Mary 杏眼圓睜，看著廖智勳，指望著廖智勳能幫她說說話。

「當然有炒的，但炒房的可不僅是大陸同胞，世界各地的都有。但在溫哥華買房的，大多數還是自住或者出租長線投資，短期翻炒的只是極少數。不論是移民的，還是留學的，人家奔你這來了，你開放國門，歡迎人家來為你的經濟做貢獻，為你的人口增長做貢獻，為你的大學招生做貢獻，總得讓人有地方住啊。」廖智勳回答。

「現在咱中國強大了，富強了，海外的爺們也挺起了胸膛，但ㄚ有人看不慣了。」老李有感而發，「我們家鄰居的老爸來探親，在自己家小區過馬路走得慢點了，竟然被一個白人司機開車窗罵『滾回中國去』，正好被另一位懂英文的鄰居聽見了。我要在現場，我就暴打那個司機一頓。你ㄚ有什麼資格讓我們滾回中國去，你ㄚ白人占的是人家原住民的土地，大家都是後來的，都是移民。」

「就是，追溯起土地的所有，應該是早就生活在北美的原住民；論建設，華裔做出的貢獻功不可沒。」一直在電視臺任記者和製片人的劉震，對加拿大華裔早期歷史研究得非常透澈，「1885年11月建成的橫穿加拿大的橫加鐵路，華人居功至偉，當時有一個說法：每建築一公里鐵路，就要有一個華工死亡。橫加鐵路在推動加拿大聯邦政治建設、經濟振興上都有舉足輕重的關鍵作用。而且在二戰時，加拿大華裔積極參軍，浴血沙場。」

「對呀，唐人街中山公園對面的雕像，不就是紀念這些歷史的嗎？」老嚴的夫人楊庭蕊點頭贊同。

「說到唐人街，1907年，在溫哥華唐人街發生過排華暴亂，是當年種族歧視不斷累積的爆發點，將近九千人的白人隊伍舉著寫著『為了白人的加拿大(For a White Canada)』的標語挺進唐人街打砸搶燒，完全沒有顧忌，赤裸裸的種族歧視。當時的中國羸弱多難，根本無力保護海外僑民。」劉震把自己知道的歷史講給大家聽。

「現在咱祖國強大了，誰還敢欺負華人？」

「是呀，中國強大了，讓海外華人也挺直了腰板，很多祖國同胞也財大氣粗，在溫哥華最貴的區買下豪宅。這也讓很多本地人有仇富心理。現在在溫哥華西區，還出現了『Kill Chink（殺死中國佬）』的塗鴉，而且溫哥華西區針對富有華裔家庭的盜竊案不斷。」劉震憂心地說。

「天啊，會不會再有排華暴亂啊？」伊娜擔憂地問。

「出現大規模排華暴亂的可能性倒是不大，畢竟當今的社會已經是法制民主的社會了，那些塗鴉也是個別種族歧視者和仇富者的洩憤，但是歧視事件不可避免地會時有發生。」劉震說道。

「唉，我們也只想在溫哥華平平安安地過日子，並不會去招誰惹誰，你不去招惹別人，別人也來招惹你。」楊庭蕊無奈地說。

「這個世界上有人群的地方就有矛盾，就有歧視，就有反抗。」張柳生感嘆道。

「很多大陸移民、留學生來了炫富，也會引起當地人的反感。我女兒就讀的私校，以前聖誕節時，學生們頂多給老師送一盒巧克力，送一張二十元錢的星巴克咖啡卡，感謝老師一年的辛苦工作，現在可好，大陸來的家長，給老師送LV包，出錢讓老師去中國免費旅遊，你讓我們怎麼辦？把風氣都給帶壞了。」Mary氣鼓鼓地說。

「真的假的，這也太誇張了吧！」伊娜瞪大眼睛問。

「當然是真的，我的牙醫和我講，他五歲兒子幼稚園的大陸同學，都過來問他，『我穿的鞋是Prada的，你的是什麼牌子的？』我牙醫的兒子一臉天真地回答，『我的鞋是蜘蛛俠的』。你說說，這都什麼風氣啊？五歲的孩子，就開始拜金攀比名牌了，這長大了怎麼得了啊？」Mary繼續抱怨著。

「是，不排除有個別人做了不受歡迎的事，破壞遊戲規則的事，但你不能一竿子打翻一船人，說所有大陸同胞都不好吧？我們在座的，除了你，可都是大陸同胞，你老公不也是大陸同胞。」老李義憤填膺地說。

「好了，好了。」張柳生看到老李對Mary劍拔弩張，趕快打圓場，「香港都回歸大陸了，都是祖國同胞，都是華人，不分彼此，不分彼此。」

「對呀，其他族裔看我們，不會抽成內地、港、臺，在他們眼裡，我們都是華裔。」劉震接著說，「我們華裔自己能做到的就是『When in Rome, do as the Romans do』，入鄉隨俗，遵守本地的規則，積極融入和參與到本地社會的建設中，樹立華裔的健康正面形象，和各族裔融洽相處。也時刻保持著我們都是這塊土地上的主角的心態和責任感。」

「對，Jason說得對，我們都是這塊土地上的主角，我兒子就出生在這裡。將來，我一定要讓我的孩子參政，參與到立法和制定社會政策中去，我們也是這個國家的主人。」丁伊娜抱著兒子胖胖，撫摸著胖胖的頭和大夥說著，也對自己表了決心。

「是呀，當醫生好，當律師好，當會計師好，當我們這樣的電腦軟體工程師好，但能影響到的人畢竟有限，要當政治人物，影響大環境和時代。」一直受制於玻璃天花板，事業上覺得無法完全施展的李大勇，同意媳婦丁伊娜的意見。

這頓飯的後半部分，大家都在討論時事政治和國家政策，並達成一致，每個人在說話做事時，都想著自己代表著華人的形象，代表著整個華裔社群，不能給華人丟臉。大家也都表示，已經入籍成為加拿大公民的人，都應該珍惜手中的選票，用選票在這個國家發聲，維護自己的利益，讓自己的意見受到重視，不能做不發聲的「啞裔」。

第十八章　爭吵

廖智勳的地產經紀人事業越來越上軌道。他大篇幅地打廣告，吸引客戶。而原先相熟的朋友，社團活動裡又認識的朋友，很多人都很欣賞這個精明能幹、辦事效率高的小夥子，紛紛找他幫忙買房、賣房，廖智勳忙得不亦樂乎，帳戶裡也有大筆進帳。

這一天，廖智勳接到了老嚴的電話，說找廖智勳幫忙，買一套兩室一廳公寓。廖智勳有生意當然心花怒放，問老嚴：「嚴叔，您投資啊？現在公寓市場正是好時候。」

「小廖，一言難盡呀，我們見面時說吧。」電話那端的老嚴顯然憂心忡忡，滿腹心事。

廖智勳從上次春節聚餐後，一直沒再見到老嚴，一個原因是廖智勳自己太忙，還有一個原因就是，好客的老嚴已經很久沒有張羅著讓大夥到他家聚餐了。

廖智勳帶著符合老嚴要求的公寓資料來到了老嚴的家，門外的花花草草看起來有些雜亂，比廖智勳剛來加拿大時，看到老嚴家院子裡的奼紫嫣紅、生機勃勃的樣子差遠了，而且走進門的廖智勳發現氣氛很是凝重壓抑，一向開朗的老嚴夫婦現在都愁眉緊鎖。

「嚴叔，楊姨，你們這是怎麼了？」老嚴的老伴楊庭蕊眼圈一下子紅了：「小廖，我們倆的命苦哇！」楊阿姨開始向廖智勳哭訴，原來事情和老嚴夫婦的女兒有關。老嚴夫婦有一個他們三十多歲時才懷孕得來的寶貝女兒嚴文靜。初三時文靜和父母一起移民來到溫哥華，來了之後文靜一直適應得不好，融入不了，學習成績也上不去。老嚴夫婦除了自己親自上陣輔導，還給文靜請了輔導老師，但效果都不顯著，文靜的學習成績還是原地徘徊。

文靜高中畢業勉強考入一所社群學院的幼師專業，出國前都是大學老師的老嚴夫婦雖然並不滿意，但也沒辦法替女兒學習，就這麼一個寶貝女兒，從小也是太溺愛了，就隨她吧，職業不分高低貴賤，當個幼師也很不錯。

二十一歲的文靜畢業後在一所不錯的幼稚園裡找到了工作，老嚴夫婦也放下心來。下一步就是幫女兒物色一個好男朋友了，這邊老嚴夫婦還在到處幫文靜找合適的對象，沒想到文靜那邊已經和國內的一名網友，談網戀談得如火如荼。還借回上海探望爺爺奶奶的時候，悄悄跑去X省和網友見了面，回來不到兩個月，就發現自己懷孕了。

彷彿晴天霹靂，震驚得老嚴夫婦也沒有了辦法，老嚴唉聲嘆氣，老伴兒哭天搶地，也難以把煮成熟飯的生米再變回生米，雖然百般規勸，楊庭蕊要帶著文靜去找醫生打胎，但文靜鐵了心，死活不去，說什麼也要保住這個孩子，甚至絕食相逼。老嚴夫婦怎麼能看著寶貝女兒絕食下去，只得被迫同意文靜留下孩子，趕快和網友結婚。

「文靜，我和你爸爸一直寵你，捧在手心裡怕摔了，含在嘴裡怕化了，恨不得摘下天上的星星給你。你現在這樣絕食，不僅在傷害你自己，也在傷害我和你爸爸，你知不知道，你的身體髮膚，受之父母，你傷害自己，疼在心裡的是你的爸媽。」

「媽，我知道，你和爸爸一直都對我好，從不讓我受委屈，這次我太任性了，但我真的愛郝德，他也真心愛我，你和爸爸就成全了我們吧。」

「愛？你們兩個才見面幾天？」

「媽，我們兩個已經在網上聊了快一年了，你知道嗎？我來溫哥華以後，沒有什麼交心的朋友，我有時真的很孤獨，很寂寞。二十歲，我在網上遇到了郝德，他特別理解我，只有他能安慰我。」

「文靜，爸爸媽媽不是一直在關心你、愛護你，你有什麼不開心，為什麼不和爸爸媽媽講？」

「媽，你和爸爸是很好的父母，但你們是父母，你們不是我的朋友，你們不理解我的痛苦。你們當年移民來，經歷的痛苦、掙扎、不適應，我也都經歷了，我比你們還痛苦、還掙扎、還不適應。可你們每天給我講的都是大道理，督促我學習，可我根本學不進去。你們說『只要功夫深，鐵杵磨成針』、『寶劍鋒從磨礪出，梅花香自苦寒來』、『有志者事竟成』，可是我在國內時英文就學得不好，到了這裡，學校變成了純英文環境，我想表達時，連嘴都張不開。你們說孩子的大腦就像海綿，學語言快，可我來的時候，已經十五歲了，我不是孩子了，那時是我的青春期和自尊心最強的時候，可是來到溫哥華，我一下子感覺自己掉到了地上，我特別特別自卑，特別特別害羞。學校有一些壞孩子還欺凌我，她們嘲笑我，說我講英文不流利，罵我傻子，我受不了，受不了，我當時甚至都想到了自殺，你們知道嗎？」文靜哽咽地說。

「孩子，你的這些苦，當時怎麼不和爸爸媽媽說呢？有父母在，我們就是要保護你的呀！」楊庭蕊流著淚問。

「媽，你和爸爸剛來，也在適應，你們找不到理想的工作，連自己都自顧不暇，連自己都保護不了，你們怎麼保護我。到了溫哥華，我覺得一切平衡都被打破了，以前在國內你們是大學教授，我是教授的女兒，到了溫哥華，你們先是找工作找不到，最後爸爸教小學生畫畫，你教小學生中文，我現在又成了幼師，我連正正經經的大學都沒有上過。媽媽，你知道嗎？我特別羨慕中國內的同學上大學，他們有人學習成績還沒有我好，但也能上一所大學，雖說學校不怎麼樣，但他們可以住集體宿舍，交知心朋友，說自己的母語，盡情表達自己，過年輕人應該過的生活。可我沒有，我什麼都沒有，我只能在溫哥華上一所社群學院，學習怎麼哄孩子，學院沒有宿舍，沒有食堂，沒有朋友。媽，我一直想，你和爸爸為什麼要移民來到這個該死的地方，這裡和上海怎麼比？上海是魔都，這裡就是一個大農村，這裡有什麼好？有什麼好？你們移民時和我商量過嗎？你們自己就做了決定，也替我做了決定，直接就讓我離開我熟悉的一切、我喜歡的一切……」文靜已經泣不成聲。

「文靜，爸爸媽媽對不起你，我們不知道你這麼痛苦，我們以為帶你來到了這個空氣清新、環境優美的城市，你是開心的、快樂的。」

「開心？快樂？那是裝給你們看的，因為我不想看你們每天長吁短嘆地找不到工作，再為我操心。而且就算我告訴你們我不快樂、不開心，你們能怎麼幫我？你們能為了我，重回上海？你們一定會對我說的是，『文靜，振作起來，努力打拚，不要讓環境適應你，而是你要去適應環境。』我從小到大，你們跟我講的不就是這些大道理嗎？媽媽，不是每個孩子都要成為科學家，成為偉人的，也不是大學教授的女兒，就一定學習成績優異。我被這頂大帽子壓得累死了。是郝德讓我又變得輕鬆，他讓我看到，人生有很多不同的活法，他讓我再次找到了快樂。」

「文靜，如果你認為郝德就是你的理想伴侶，如果他能懂你，理解你，帶給你快樂，爸爸媽媽也無話可說，為了你的幸福，我們同意你和郝德的婚事。你和肚子裡的孩子都需要營養，快吃點東西吧。」老嚴端來了做好的雞湯麵和小菜。

「真的，爸爸媽媽，你們同意了？不再反對了？」

「不反對了，我和你爸商量了，兒孫自有兒孫福，你也是大人了，如果你認為你找到了真正愛你、疼你的人，我和你爸祝你和郝德幸福！」楊庭蕊紅著眼眶說道。

文靜一下子摟住了楊庭蕊，之後又去擁抱老嚴。老嚴夫婦無奈地相視苦笑。女大不由娘，他們能做到的，除了向獨生女兒妥協，還能怎麼樣？

文靜不再絕食，老嚴夫婦給她搭配各種營養，好好地進補了一下。一個月後，文靜的孕吐不那麼嚴重了，身體狀況也穩定了，老嚴夫婦決定和女兒一起回國，去見未來女婿郝德。

「兒孫自有兒孫福，他們既然兩情相悅，我們做家長的就祝福他們吧。」老嚴和老伴在出發回國前感嘆道。

「哎……」楊庭蕊一聲長嘆。

郝德國中畢業後就當了兵，因為唱歌不錯，一直在部隊文工團，轉業後沒找其他工作，一直在省城的一家歌廳裡駐唱。郝德父親是獸醫，在縣城老家承包了一家獸醫站，母親經營一家食雜店，日子也算小康。郝德倒是長得很英俊，個子也高，一百八十三公分。

老嚴夫婦雖說對這樁婚事不會太滿意，但文靜心意已決，父母此刻又能怎麼樣？而且聽了文靜的一番哭訴後，他們想，如果郝德真的能夠理解文靜，安慰文靜，真心愛文靜，他們也就同意了。

文靜和郝德在X省老家和上海分別辦了婚禮，再不滿意，婚禮也要辦呢，總不能讓文靜就偷偷摸摸、不明不白地嫁出去，而且文靜還要給郝德申請夫妻團聚移民，移民局還要看婚禮的照片和錄影。

郝德父母對老嚴夫婦說，家裡條件不好，拿不出多少錢，最多能湊到兩萬元人民幣。老嚴夫婦沒說什麼，說我們都各有多大能力，使出多大能力，你家郝德是獨生子，我家文靜是獨生女，我們都不會虧待孩子。老嚴夫婦把郝德父母給的兩萬元人民幣留給了文靜小兩口，自己承擔了兩地婚禮的全部費用。郝德父母還留下了他們在縣城老家收到的親朋好友參加婚禮給的隨禮錢，並沒有給老嚴夫婦。

文靜非常不高興，本來父母就不太同意這樁婚事，迫於自己懷孕了才不得不答應，現在自己的婚禮費用還要娘家承擔，自己家是在嫁姑娘，還是在娶女婿？

但老嚴對文靜說：「經濟上的事，有就多負擔一點，沒有就少負擔一點，別因為錢的事壞了感情。這世界上，能用錢解決的都不是大事，雖然我和你媽媽也不是很富有，但給女兒一個風光的婚禮，還是做得到的。只要你們小兩口好好過日子，比什麼都強。」

文靜也就聽了父母的話，沒再計較，也沒有和婆家理論什麼，雖說她心裡明白，郝德家能拿出來的絕不僅僅是兩萬元人民幣。

郝德的夫妻團聚移民申請得並不順利，連移民官都覺得奇怪和懷疑，兩個之前一直沒有交集的人，怎麼在網上談戀愛談了一年，就結婚了？加拿大正在加強打擊假結婚移民的現象，兩個人的申請正碰上槍口。文靜回到加拿大後，郝德的移民一直沒有批下來，文靜心急如焚，每天清晨孕吐得依然厲害，老嚴夫婦心疼不已，埋怨那些辦假結婚移民的，把文靜和郝德這真結婚的都給耽誤了。

一直到文靜進了產房，郝德也沒有拿到加拿大簽證，老嚴夫婦辛苦伺候著文靜和白白胖胖的大外孫開開。終於在給移民局寄出了孩子的出生紙後，移民官相信了這樁婚姻的真實性，給郝德發了移民紙。

第一次出國的郝德非常興奮，和老婆孩子一起住進了岳父家的別墅。起初的新鮮勁兒一過，矛盾漸漸顯現了出來。和文靜同歲，今年剛滿二十二歲的郝德一下子就當了爹，根本不會照顧孩子，他把自己還當成孩子呢。

而且在國內當酒吧駐唱的他，懶散慣了，一直過著夜貓子的生活，晚上不睡，早上不起，有時間就吊在網上，不是打遊戲，就是和國內的網友聊天。

這讓老嚴夫婦非常看不慣。這哪是過日子的人啊？他們起初為了女兒的幸福，也就忍了下來，覺得只要小夫妻感情好，他們當老人的也就不說什麼了。

但是漸漸文靜和郝德之間也不和諧了，兩個人爭吵不斷，網戀時想像的對方的美好，在現實生活的洗禮前蕩然無存，現在眼裡看到的對方，渾身缺點，滿身不是。

郝德覺得生完孩子的文靜比當初自己剛見時胖了兩倍，像氣球一下被充足了氣一樣，本來一張還算可愛的娃娃臉，現在長滿了妊娠斑，讓他根本沒有和她過夫妻生活的慾望；文靜則覺得郝德遊手好閒，不去找工作，也不幫忙帶孩子，一點責任心都沒有，和當初他透過網路，在自己心中建立的溫柔體貼的形象完全不符。兩個人互相看不上對方，爭吵的炮火越來越猛烈，有一次竟然大打出手，差點還傷到孩子。

老嚴夫婦看在眼裡，急在心裡，後悔當初讓女兒草率結婚。兩個頭腦發熱的年輕人，當初以為卿卿我我就能把日子過好了？把孩子養大了？以為沒有感情基礎，靠著網上的甜言蜜語，就能應付柴米油鹽醬醋茶了？可是生活不是家家酒，這兩個在家都被嬌生慣養，衣來伸手、飯來張口的獨生子女，顯然不堪生活的重負。

老嚴夫婦後悔他們作為父母，沒有替女兒把好關，真是腸子都悔青了。老嚴夫婦一直以為兩個年輕人只要有感情，生活方式和生活習慣可以慢慢磨合，但現在看來事實並非如此。可是現在婚都結了，也幫忙郝德移民到了溫哥華，只能勸和不勸離，希望小兩口好好磨合，好好過日子。

誰知前一陣，郝德的父母來探親，反而雪上加霜，讓本來就還不和諧的小兩口的關係更加惡化了。

郝德的父親郝利民老實巴交，母親李玉花是很厲害的人，身材高大，在他們住的縣城，是有名的悍婦，人送外號「李夜叉」。文靜只在第一次回國見郝德，和第二次與父母一起回國辦婚禮時見過郝德的父母，相處的時間不長。她最深刻的印象就是，郝德的媽媽，也就是自己的婆婆李玉花非常厲害，在家裡說一不二，郝德的父親和郝德都得聽自己婆婆的。

自己第一次和郝德從省城回到他縣城的家，李玉花對待文靜倒是非常熱情，拉著文靜的手問這問那，把文靜從上到下打量了一遍，也把文靜的家庭和加拿大的情況問了一個徹底。晚上，還是李玉花親自給郝德的房間換上新床單，招呼郝德和文靜早點休息。

文靜遲疑地問：「阿姨，我和郝德住一間房？」雖說文靜和郝德在網上聊天聊了一年，見面後對郝德印象也不錯，但這剛見面沒幾天，怎麼能就住在一起呢？在大學老師父母的教育下長大，文靜的骨子裡還是保守的。

「嗨，你好不容易從加拿大回來，下次再見還不知道是什麼時候，和郝德既然有緣分，怎麼還這麼保守？不是說國外都很開放嗎？再說家裡就兩間房，你不和郝德一間，還和我一間？我晚上打呼嚕可是震天響，郝德他爸平時都住郝德那屋，嫌我打呼嚕聲太大。」李玉花咄咄逼人地說。

文靜的臉一下子就紅了，晚飯和父母推杯換盞喝了不少酒的郝德這時候走過來，當著李玉花的面，摟著文靜說：「寶貝兒，我等了你一年多，陪你在網上聊了一年多，就盼著見面的這一天。見到了，我喜歡你，你也喜歡我，還等什麼呢？」

郝德摟著半推半就的文靜進了自己的房間鎖上了門，也是那一天晚上，在郝德的柔情蜜意下，文靜向郝德奉獻了自己的處女之身，之後文靜又在郝德家住了半個多月，那也成了她和郝德的蜜月。文靜第二次見郝德父母，已經是舉行婚禮時，文靜當時已經懷孕。

雖說文靜對婚禮的費用全部由自己娘家承擔，郝德家連老家親戚的隨禮錢都獨占一事耿耿於懷，但這次郝德父母說要來加拿大探親，她還是答應了，還幫忙準備探親簽證需要的各種煩瑣材料。老嚴開車拉著老伴兒、文靜、郝德和小外孫，一造成溫哥華國際機場接回了親家親家母。大家見面，少不了一番寒暄客套。回到家裡放下行李，老嚴夫婦帶著李玉花和郝利民在屋裡屋外參觀了一圈，李玉花和郝利民對老嚴的花園式洋房讚不絕口。

回到屋裡，李玉花還在嘖嘖稱讚著：「看看人家這別墅，這才叫別墅，真好！這房前屋後的，多敞亮，多氣派！啥時候咱也能住上這樣的別墅啊？哎，親家，這別墅得多少錢啊？」

「我們當年移民時，賣掉了上海的公寓，買了這套房子，當時花了八十萬加元，現在這房子漲了幾倍了。」老嚴如實回答。

「哎呀媽呀，這要是八十萬人民幣，咱湊吧湊吧還有可能買得起，加元就沒戲了，太貴了，現在又漲了幾倍了，那更買不起了！」李玉花感慨道。

正在給公婆泡茶的文靜一聽李玉花的話，「這要是人民幣，咱湊吧湊吧還有可能買得起」，心裡一股火就上來了。

「呦，媽，您還能湊出八十萬人民幣來呢，那我和郝德結婚時，您怎麼說就能拿出兩萬人民幣呢？」文靜立刻問李玉花。

李玉花的臉上先是片刻尷尬，顯然為自己把家裡的財政情況說漏了嘴而尷尬，但馬上反駁道，「這八十萬人民幣，是說把我們在縣城老家的房子賣了，獸醫站和食雜店都兌出去，還得跟銀行借錢，才能湊出來，俺們手頭哪來那麼多現金？」

「那您自己獨生兒子結婚，也不至於您就出兩萬元人民幣吧？」文靜一肚子委屈。

「文靜，爸爸不是跟你說了，經濟上的事情，有條件就多出一點，沒條件就少出一點，不要再說了。」老嚴制止了文靜繼續追問。

楊庭蕊也立刻說：「親家，你們休息一下，一會兒我們去飯店吃，老嚴一早就在餐廳訂好了位，帶你們嘗嘗溫哥華的海鮮。」

文靜一看父母都在勸阻，就沒有再說什麼。之後一家人去了最好的一間中餐廳，點了很多海鮮，給郝德父母接風。郝德父母吃得非常滿意，對溫哥華的海鮮讚不絕口。但文靜卻越想越覺得委屈，在飯桌上只能強顏歡笑，心裡已經非常不滿。

「哎，你說，咱兒子找的這門親事還算行，雖說文靜長相、身材都一般，但家裡條件這麼好，又是獨生女，將來這別墅、那車，不都是咱兒子的呀？」李玉花晚上睡覺前在臥室裡和郝利民悄悄地說。

「就是呀」，郝利民嘿嘿笑著說，「這小子，有福氣，找了個加拿大媳婦，得了個大胖小子，我們也借光來加拿大玩一圈。明天一早，你把給孫子的錢，交給文靜吧。」

「不給，你看今天文靜那死樣子，還嗔著他們結婚我們給錢少了。她上趕子嫁給咱郝德，咱郝德一表人才，配她兩個來回，綽綽有餘，要不是她有個加拿大身分，有還算有錢的爹媽，我是半拉眼珠子也沒瞧上她。她和兒子之前哪個女朋友也比不了哇，要個頭沒個頭，要長相沒長相，我都擔心將來咱孫子隨了她。之前結婚給他們的兩萬人民幣我都後悔了，這回帶來那兩萬人民幣，我們自己留著花。還嫌我結婚時給錢少，自己也不照照鏡子，我有錢，我自己留著養老，我也不給她。」

「行了，別生氣了，文靜那爹媽看著還不錯，也沒少給他們花。」

「他們花是應該的，姑娘挺著大肚子，嫁不出去砸手裡呀？」

「好了，睡吧，睡吧，坐飛機也累了。」郝利民關了燈。

第二天，吃完早飯，老嚴開著自己的麵包車，帶著親家、親家母逛遍了溫哥華的大小景點。這讓第一次出國的郝利民和李玉花很是開了眼界，兩個人的嘴笑得合不攏。

私下裡，李玉花和郝利民偷偷說：「讓兒子也給咱辦移民，將來咱倆也在溫哥華養老，這地方多好，青山秀水的。」

郝利民憨憨一笑，這輩子他都聽李玉花的。郝利民和李玉花也住在老嚴的房子裡，這樣，老嚴夫婦、郝德父母、文靜一家三口，一大家子七口人住在二樓，加上老嚴將一樓租給三個租客，這房子裡住了十個人。人多難免事情就多，插曲就多，不和諧的聲音也越來越多。

先是婆媳因為帶孩子發生了爭執，李玉花幫忙帶孩子的手法很是粗糙，經常給孩子剛換完尿布，不洗手，直接就拿奶瓶，給孩子餵水了。

喜歡的時候，李玉花會直接嘴對嘴地親孩子；孩子哭鬧不停了，她會照著屁股就是一巴掌。雖說打得不重，但畢竟是不滿一週歲的嬰兒，文靜看在眼裡，疼在心裡。

「媽，你怎麼捨得打開開呢？他才這麼小，你怎麼下得去手？」

「我什麼時候打開開了，他哭，我就是拍他一下，讓他知道，扯著嗓子嚎不對，郝德小的時候，我就是這麼帶的。」

「這麼小的孩子，哪知道什麼對、什麼不對。他哭，自然是有原因，不是睏了，就是餓了，要不就是拉尿了，給他餵飽了，讓他睡足了，尿布時刻清清爽爽的，他自然就不哭了。」文靜講起帶孩子，一套一套的，很有科學根據，這都是她看了多本育兒書得來的知識。

「打是親，罵是愛，不打不罵是禍害。郝德我就是這麼帶大的。」

「現在都講究科學育兒，早就不是棍棒教育的時代了。另外，孩子這麼小，你不能直接親孩子的嘴，大人嘴裡的細菌會傳給孩子的。」

「有什麼細菌？郝德小時候，我就是這麼親大的，他現在不活蹦亂跳，也沒讓我的細菌給毒死。」李玉花瞪著眼睛說。

「媽，現在帶孩子都講究科學，書上這麼說的，我們照著做就是了。」文靜賭氣地說。

李玉花摔門離開了文靜的臥室，一肚子的不高興，覺得自己笨賊偷石臼——費力不討好。自那以後，從不吃虧的李玉花帶孩子也是嘟嘟囔囔，牢騷滿腹，和兒媳婦明裡暗裡地較勁。婆媳間的心結一旦結下了，就很難解開。郝德作為兒子和丈夫，顯然是幫助打開心結的關鍵人物，但他卻不聞不問，置之不理，一副不關我事、我才不管你們的模樣。

來的都是客，在家裡，老嚴夫婦負責做飯，桌上桌下地伺候著。老嚴夫婦做的上海菜偏甜，李玉花很是吃不慣，可自己又懶得做。

有時嚴母會給女兒文靜單獨做一些下奶的湯湯水水，比如豬腳花生湯，木瓜鯽魚湯，紅棗烏雞湯。李玉花看見兒媳婦吃獨食，很是不高興，嘴裡就會冒出一句「矯情」。老嚴的夫人楊庭蕊，也不和李玉花吵，和和氣氣地說一句：「營養吃到文靜的嘴裡，最後產出的奶水是餵給開開的。」

李玉花就說：「我們當初也沒那麼多營養，兒子不照樣長得結結實實，高高大大？現在的人，就是矯情。」說完還翻了一下白眼，就差脫口而出一句「賤人就是矯情了。」

加拿大的木頭別墅本來就不隔音，李玉花又是大著嗓門嚷嚷，文靜聽到了，心裡很是不滿。「我吃我娘家的，喝我娘家的，湯也是我媽做的，你有什麼不滿的？說我矯情，等把我惹急了，我就矯情給你看。」文靜恨恨地在心裡想。

郝德愛抽菸，溫哥華的別墅都是木質結構，屋內都有煙霧報警器，加上家裡還有嬰兒，文靜就一直讓郝德到陽臺上抽菸，不許在家裡抽菸。本來相安無事，但郝利民和李玉花來了之後，這件事卻成了引發家庭戰爭的導火線。

李玉花和郝利民比兒子抽菸抽得還凶，伴隨著一根菸抽完的，還有一口濃濃的黏膩黃痰。文靜還是請郝德帶公婆到陽臺上抽菸，剛開始一個月沒有問題，就是樓下的租客抱怨過，有人從陽臺上往樓下步道上亂吐痰。

後來進入了溫哥華的雨季，一天到晚總是淅淅瀝瀝下個不停，老嚴家的二樓陽臺上方沒有遮雨棚。仨人抽菸時還要穿上防雨的衣服或者打把傘。

郝德和郝利民都沒有說什麼，李玉花卻很是不高興，讓他們頂著雨在外頭抽菸，這明明就是瞧不起他們嗎？她嚴文靜就是故意奚落他們，讓他們難看。

有一天，李玉花白天剛因為帶孩子的事跟文靜發生過口角。晚上九點多，文靜把孩子哄睡了，拿著杯子到廚房倒口水喝。郝利民父子和李玉花正要開門出去抽菸，李玉花看見文靜進了廚房，喊了一句：「外頭黑燈瞎火還下雨，就在屋裡抽，能咋的？哪有那麼矯情？這也不行那也不行！」明顯帶有挑釁的腔調。

郝利民父子都說沒事，還是出去抽吧，家裡有孩子，李玉花卻鐵了心挑事兒，對父子倆說：「出什麼去，都給我在屋裡抽，我看誰敢出去？」

說完她還示威性地看了一眼文靜，一屁股坐到廚房的餐桌旁，拿出兜裡的菸和火給自己點上了。文靜的火一下就上來了，這三個月來相處的委屈一下子爆發了，和郝德結婚後的各種不滿一下子被點燃了。

「抽菸只能出去抽，要不然就別抽，郝德你最好趕快把菸戒掉。」

「戒什麼戒？憑什麼戒？你憑什麼讓我兒子戒菸？」李玉花擺好了吵架的姿勢。

「你說憑什麼戒？吸菸有害健康，這是常識，你不知道嗎？家裡還有嬰兒，必須戒菸。」

「有害什麼健康，我媽抽了一輩子菸，現在七十多了，還硬實著呢。」

「二手菸更危害健康，你不考慮大人，還不考慮孫子嗎？」

「孩子在那屋睡覺呢，我危害得著他嗎？」

「這是我家，我說了算，就是不准在屋裡抽菸！」聽到李玉花爆了粗口，文靜氣不打一處來。

「你家咋了，這也是我兒子的家，我兒子也住這，兒子住哪我們就住哪。」

「你太不講理了，我嫁給你兒子，你們家就給拿了兩萬人民幣，婚禮的錢，還是我爸媽出的；生孫子，一分錢沒有，你們來溫哥華的簽證，是因為我有工作證明，我爸媽有收入，才擔保申請成功的，你們來溫哥華的機票，也是我花錢買的。你兒子挑三挑選四也不工作，你們來我家白吃白住三個月了，我爸媽桌上桌下、好吃好喝地伺候著。你們別欺人太甚了。」

「誰讓你上桿子嫁給我家了，你願意呀，回國和我兒子見一面不就上床了，不就揣著孩子回來了，別在我面前人五人六地裝，你不嫁給我家，誰還稀得要你？」

李玉花嘴裡的髒話不斷湧出，她還沒有把她在老家吵架的難聽話都說出來，文靜已經被她羞臊得無地自容，氣得滿臉通紅，眼淚在眼圈裡打轉。

已經睡下的老嚴夫婦聽到爭吵聲，趕快從房間裡出來，正好聽到李玉花在滿口髒話地數落文靜的不檢點，老嚴兩口子作為知識分子，也一直對文靜回國見網友，回來就發現懷孕的事情耿耿於懷，嚴母當時還氣得心臟病都犯了。但親生閨女，又已經懷孕了，打不得，罵不得。雖然最後老嚴夫婦拗不過女兒，同意她和郝德結婚，但這始終是他們的一塊心病。「打人不打臉，罵人不揭短」，何況文靜是李玉花的兒媳婦，今天李玉花就這樣紅口白牙帶髒字地罵文靜，老嚴夫婦也被激怒了。

「親家母，你這樣說話就不對了，他們小兩口自由戀愛、結婚，現在又給你生了白胖的大孫子，你還有什麼不滿意的？」

「不滿意？我早就不滿意了，從我一來溫哥華，嚴文靜眼睛就長在頭頂上，沒有尊敬過我這個婆婆。我伺候孩子，她一會告訴我這不行，一會告訴我那不行，咋的呀？我不會養兒子呀？郝德不是我伺候大的呀？嫌我們家郝德不上班，她找個上班的去呀？她咋在溫哥華找不著對象，非得找我們家郝德呢？還送貨上門！倒貼出嫁！」

雖然對文靜很不滿，但李玉花還是要給老嚴留些面子的，這些話裡沒有帶髒字。

「什麼叫倒貼出嫁？我早就說過，經濟上的事，有條件就多負擔一些，沒有條件就少負擔一些。我們的好意，怎麼還變成倒貼了？」老嚴氣得說話都有些哆嗦。

「親家母，我們不計較你們出錢少，你怎麼能說我們倒貼嫁姑娘呢？這也太不講道理了。更何況，文靜給你們生了一個這麼好的孫子，你不能這麼說自己的兒媳婦呀！」楊庭蕊也氣憤地說。

雙方你一言我一語來回交戰著，就借這一吵，把怨氣全部發洩出來，吵它個天翻地覆。

「你們閨女算什麼兒媳婦？我不指著她給我早請安，晚敬茶，但有她這樣當兒媳婦的嗎？敢對老娘我挑三挑選四的，抽個菸，她還吆五喝六地讓我們出去抽，這要擱在過去，得家法處置。給她臉了，敢跟我蹬鼻子上臉，她也不打聽打聽，我是誰，能讓她給拿住嘍？」李玉花一臉彪悍地說道。

「你這婆婆當得稱職嗎？你這奶奶當得稱職嗎？我嫁給你們家，真是瞎了眼。」文靜哭喊著。

「郝德娶了你才瞎了眼！嚴文靜，你自己去照照鏡子，你什麼德行！你嫁給我們家郝德，是你高攀了。就你這小樣，要想跟我鬥，下輩子吧。」

「你！你！我真是瞎了眼，怎麼嫁給了你們家！」文靜大哭著，重複著剛才已經說過的話。論吵架，她和老嚴夫婦加起來，都不是李玉花一個人的對手。

挑起這場戰爭的李玉花沒有想過，來探親的他們住在老嚴家裡，雙方如果能相安無事，最後皆大歡喜地回國，才是最好的結果。現在她吵架吵得痛快了，該如何收場？兒子兒媳的日子該怎麼往下過？

最終郝德和郝利民把李玉花連拽帶抱地弄回屋，這場老嚴和楊庭蕊護著文靜跟跟蹌蹌、磕磕巴巴，大戰李玉花的戰爭才算告一段落。第二天，李玉花和郝利民就讓郝德給改機票提前回國了，李玉花其實早就不想幫忙帶孩子了。

臨出老嚴家門前，李玉花還跟要去送飛機的郝德大聲說：「兒子，日子能過就過，不能過就離！現在是她離不開你，不是你離不開她，生了孩子的女人，能蹦躂到哪去？」說完之後，耀武揚威地走了。在李玉花看來，這叫不輸氣勢，臨走也要讓嚴家知道，郝德可以隨時離婚，她嚴文靜拖了個孩子，可是不敢隨便得瑟。

文靜在樓上，一肚子怨氣、委屈和悲哀，沒有下樓來送郝利民和李玉花。老嚴開車，拉著郝德，把兩位親家送到了機場。一路上，車裡的人都在沉默，誰也不說話，都不知道該說什麼。李玉花坐在老嚴車裡，還在為出門前自己喊出的話暗暗得意，嘴邊甚至暗自滲出了笑意。

她心想，孫子生在加拿大，已經是加拿大公民，兒子郝德已經有了溫哥華移民身分，即使離婚了，也能留在溫哥華；如果不離，也要替兒子爭個氣勢，不能讓嚴文靜給拿住嘍。

自己這輩子就把郝利民給拿住了，日子過得這叫一個舒心，她這下幫兒子郝德把兒媳婦嚴文靜拿住了，兒子的日子才能過得舒心。

第十九章　殺機

「郝德，家裡沒有對錯，沒有輸贏，只有愛和感情，只要你還愛文靜，你們就不要受那些不必要的是非恩怨干擾，好好過日子，最終日子還是你們兩個自己過，只要你們小兩口恩恩愛愛，就沒有過去不的坎兒。」丈母娘楊庭蕊語重心長地對女婿說。

「文靜是我們在手心捧大的，有些溺愛，對你父母，她有不對的地方，我們好好批評教育她。希望你們兩個好好相處，『百年修得同船渡，千年修得共枕眠』，你們相聚這麼遠，『千里姻緣一線牽』，能克服困難結為夫妻不容易。希望你們好好珍惜自己的婚姻。我們做父母的，都是希望兒女幸福，相信你爸爸媽媽也是。」老嚴補充道。

低著頭的郝德，卻一直不說話，只是沉默。郝德的心裡，覺得是文靜趕走了自己的父母，他很不痛快，並沒有給出岳父母期望的承諾。

日子一天天過去，郝德還是一如既往地睡懶覺，打遊戲，上網，聊天。郝德與老嚴夫婦以及文靜之間的關係也一直彆彆扭扭。雖然誰都不提之前吵架的事，但芥蒂已經形成，悄無聲息地堵塞本就不暢的交流通道。

郝德一天到晚和文靜以及老嚴夫婦間，都沒一句完整的話，飯桌上，也是埋頭自顧自地吃飯，吃完就甩手掌櫃一樣，回到老嚴夫婦騰給他和文靜住的主臥室，悶頭待在裡面或打遊戲，或上網，或睡覺。即使文靜進屋，他也不理文靜，自顧自地忙著。留下文靜一個人給開開餵奶、洗澡，這日子過的，一家人不像一家人，尷尬萬分。

最後老嚴夫婦商量，讓文靜和郝德搬出去單過，他們借給文靜十萬加元當首付，買套公寓，每個月的貸款文靜他們自己還，這樣做也是逼著郝德趕快找工作，擔起養家餬口的責任。

其實他們夫妻就文靜這麼一個女兒，最後的財產不都是留給文靜的？老嚴在家裡教畫畫，老伴在一間中文學校教中文，再加上房子出租，日子過得還算寬裕，他倆也能幫文靜他們一把。但現在不能就讓郝德這麼遊手好閒，他才二十二歲，難道就這樣遊手好閒一輩子？閒下去早晚會鬧出事兒。

廖智勳幫助老嚴夫婦找到了一處非常不錯的公寓，鬧中取靜，離老嚴家也不遠，步行十五分鐘，開車三分鐘，完全符合當下時髦的年輕人和父母家一碗湯的距離標準。

文靜夫婦搬進了父母出首付幫助購買的公寓，文靜的產假也結束了，文靜上班後，老嚴夫婦白天把外孫開開接到自己家裡，幫忙照顧著，讓郝德趕快找工作，和文靜一起還房貸。老嚴夫婦也心疼女兒，背地裡會給文靜塞錢，怕她虧著自己，虧著外孫。

郝德在國內一直在酒吧駐唱，在省城裡小有名氣，一直就覺得自己是個人物和明星了。他就會那麼幾首英文歌，咬字還不是很標準清晰，來到溫哥華，找不到願意請他駐唱的酒吧了。

英文不好，除了唱歌別無所長的郝德，能找到的工作無非就是出體力的，在菜市場搬菜、在餐廳刷盤子、在建築工地裝修，郝德怎麼能看上這樣的工作！他怎麼能去做這些工作！不屑的郝德，雖然為了還房貸，不得不找工作，但每個工作都是做了一段就不做了。郝德原本以為找了個加拿大媳婦，來到國外就是到了天堂了，他怎麼能在「天堂」裡做這些工作，那他還不如回老家繼續唱歌呢！

可是文靜成天在耳邊叨叨地沒完沒了，郝德煩透了，再加上快兩歲的兒子開開越來越淘氣，從岳父母家回來後，一刻也不閒著，把屋裡的玩具弄得到處都是。郝德用打遊戲以及在網上和前女友偷偷聯繫，來逃避他在溫哥華的不如意。

他和網名「Hot 撩人」——在夜總會擔任領舞女郎的前女友，不僅開始裸聊，還透過鏡頭做愛。那些撩人的詞彙，肉麻的動作，還有「Hot 撩人」邊自慰邊性感發嗲的呻吟，都讓郝德高潮不斷。

文靜生孩子後，郝德和文靜基本沒有了性生活，文靜要帶孩子、餵奶，在郝德眼裡，文靜已經不是當初那個文文靜靜、柔柔弱弱、欲語還休的害羞溫哥華女孩了，那樣的文靜，起碼還讓郝德有慾望，即使當時網戀時對長相平平的文靜說的肉麻情話，是那麼言不由衷，無非是想綁牢這個溫哥華的單純女孩的心，和她結婚後移民而已。

移民來溫哥華後，郝德親眼見到文靜家的條件不錯，文靜又是獨生女，又有了兒子開開，他想乾脆先和文靜過一段再說吧。可是生了孩子的文靜一下子成了女漢子，每天眼裡也只有兒子開開，只關心開開的吃喝拉撒睡。一下子從小女孩兒就當上了母親的文靜，自己還沒有適應過來，當然也不會關心郝德來溫哥華過得順不順心。

郝德覺得和文靜之間沒有任何過渡，從甜蜜的網戀一頭扎到了柴米油鹽醬醋茶的瑣碎煩人的家庭生活中，他討厭這樣的生活。文靜卻想當然地覺得，我把你郝德帶到了這號稱世界上最適合人類居住的地方，你還有什麼不滿意、不順心的？

文靜生孩子導致的暴胖和不修邊幅，讓郝德徹底對文靜沒有了夫妻生活的慾望。郝德還一直埋怨是文靜當時趕走了自己的父母，讓自己這個當兒子的很沒面子。

文靜認為郝德應該更關心她和孩子，郝德則在權衡，自己用婚姻換得的一張移民紙已經拿到了，下一步應該怎麼走。文靜和岳父母還時刻催促著他去找工作，每次的催促都讓郝德感到煩上加煩。郝德要的不是這樣的生活，郝德想像的加拿大，想像的溫哥華，也不應該是這般模樣，應該是天堂的模樣，讓他衣食無憂、開開心心，不是嗎？

在很多人眼裡，溫哥華的生活平靜簡單，快樂怡然。但郝德眼裡的溫哥華，除了好山好水好空氣，生活乏味無聊，每天單調重複，他過的生活就像退休後的老年生活一樣，死氣沉沉。郝德超級懷念國內的熱鬧和精彩。他一度懷疑自己，放棄國內的酒吧駐唱，放棄國內那些圍著他轉的鶯鶯燕燕和富婆們，放棄國內滋潤的生活，來溫哥華吊在文靜這棵樹上幹什麼！

郝德欲罷不能地和「Hot 撩人」繼續著他們的網路戀愛和虛擬夫妻生活。這一天，兩個人正互相撩撥、挑逗到興頭上，「Hot 撩人」正在像美女蛇一樣扭動著，正面、背面、側面，透過攝像頭，向郝德展示她的豐乳肥臀，嘴裡呻吟著。

看得也脫得光溜溜的郝德慾火中燒，空氣裡瀰漫充斥著情色和慾望。郝德嗞著口水，嘴裡也不斷發出舒服的呻吟聲。

「Hot 撩人」嗲嗲地問郝德：「你和你老婆也這樣嗎？」

「和她？當然沒有，我一見她就煩。我心裡只有你！」

「那你還拋下我去加拿大？還和她有了兒子？」

「寶貝兒，我有兒子不也是為了套住她嗎？這個傻女人，懷孕了就會幫我移民到加拿大。等我離婚了，我再把你帶到加拿大來。」

臥室的門被已經在門口站了許久的文靜「哐」地推開了，空氣瞬間凝固。郝德驚呆了，用沾滿保險套上潤滑液的手，啪的一聲合上了膝上型電腦。

「你不找工作，每天就在家裡幹這個？你打算什麼時候和我離婚，把那個狐狸精辦來加拿大？」文靜質問的聲音已經變了腔調，她走到郝德身邊，居高臨下地看著坐在床上光著身子的郝德。

她期待郝德的反應是羞愧和無地自容，但郝德在起初尷尬了幾秒後，正慾火中燒的他，竟然站了起來，要俯下頭親文靜。

「我嫌你髒！你別碰我！」文靜邊喊邊一臉厭惡地轉身。文靜今天是特意中途回家突擊抽查，因為之前在垃圾桶中發現了保險套，預感到不對的文靜，就是想突擊回家看看郝德不工作，每天在家裡幹什麼。她原本以為自己可能會將郝德和某個女人捉姦在床，她無論如何也沒有想到自己會看到這樣的一幕，郝德竟然和網路另一端的女子做著這樣的齷齪事情，她這樣一個有血有肉、活生生的人，竟然敗在了網路那端只能看得見卻摸不到的女人手上。

文靜和郝德也是網戀，但兩個人當年透過網路說的都是動人的情話，郝德的一張巧嘴，讓在溫哥華孤獨寂寞的文靜，找到了港灣。兩個人當年最多會透過電腦親親，現在的郝德，竟然和網友幹那樣在文靜看來骯髒的事情。

文靜今天才恍然大悟，郝德已經是情場老手了，當年把自己玩弄於股掌之中，自己回國和他見面，被他騙上了床，明明用了保險套，自己卻懷了孕，一直以來，文靜都不太理解，保險套的效果怎麼這麼不好，到底是哪裡出了問題。

現在全明白了，看來都是郝德的陰謀，甚至是郝德和他父母甚至是他前女友一起策劃的陰謀。當年李玉花鋪好了床，硬讓她和郝德住一間房。可恨自己沒有堅決反對，沒有把持住。原來郝德早就策劃好了，他一直是在利用她。他之前滿嘴抹蜜，對她說的那些情話，原來都是圈套，都是陷阱，等著她文靜一步步自投羅網，自己還很傻很天真地以為「有緣千里一線牽」，自己透過網路找到了真愛。

「郝德，你這個王八蛋！你不是人！」文靜大哭著，用手去打郝德。郝德還在嘗試將文靜壓上床。

「我不嫌你胖，不嫌你醜，你還嫌我髒？你不就喜歡我的身體嗎？你不就喜歡我愛你嗎？現在我就好好愛你！」

聽著郝德的汙言穢語，文靜狠狠給了郝德一耳光，還想用膝蓋去頂郝德的私處。郝德用手臂狠狠地箝制住文靜，渾身的慾火被潑了冷水，他怒火中燒。

「我就是王八蛋，我就不是人，怎麼樣？和我離婚吧！」已經摘下保險套，穿好衣服的郝德，摔門離去。

文靜氣得坐在地上，嗚嗚大哭，哭得傷心欲絕，肝腸寸斷。她哭自己自作孽，當年鬼迷心竅，不顧父母的勸阻，執意要和郝德結婚，以為郝德就是她的白馬王子，誰知道郝德是這樣一個王八蛋，和她婆婆李玉花一樣，是混帳王八蛋。原來讓自己曾經都被感動得轟轟烈烈的愛情，讓自己奮不顧身、飛蛾撲火般執迷不悟的愛情，不過就是郝德精心策劃、編織好的一張網而已。

文靜大哭著，她想到了自殺。她不活了，她還怎麼有臉活下去？怎麼面對自己的父母？她衝到廚房去找菜刀，經過客廳時，看見了牆上掛著的開開的百天照。照片裡的開開，還沒有長牙，咧著小嘴開心地笑著。看到開開，文靜的心軟了下來，眼淚像斷了線的珠子一樣流了下來。

「開開呀，我的開開呀，媽媽對不起你呀！我的開開呀！媽媽對不起你呀！」文靜就這樣一遍遍重複著歇斯底里地喊著。

郝德這個王八蛋再不好，開開是無辜的，她一死，開開不就成了沒媽的孩子？開開是她的血，她的肉，她十月懷胎的寶貝，她怎麼能丟下開開，撒手人寰！文靜衝出家門，她要去父母家看開開，她此刻最想念的就是開開。

文靜獨自走在落雨的溫哥華街上，淚水在臉上狂流，雨水淚水混合在一起，她的心裡也在滴血，她已經不再相信愛情，曾經，她以為自己找到了真愛，找到了可以呵護她，愛她一生一世的人。現在她才驚覺，自己錯了，完全錯了，她一廂情願的愛情，她的全情投入、傾情付出，完全是個錯誤，是個笑話，是個騙局，充斥著欺騙和齷齪。一腔怒火，在她的胸膛燃燒，她感到憤怒和屈辱。

文靜想就這樣在淅淅瀝瀝的雨中走下去，一直走到盡頭，走到天黑，走到死亡，黑暗的盡頭就是死亡了吧，永遠地睡去，離開這個紛紛擾擾的世界，離開這個紛繁複雜的人世。可是她有開開，自己不負責地死了，開開怎麼辦？她的淚水再次瘋狂地流下。

「不，為了開開，我不能死，我要和郝德離婚。」文靜在心裡對自己說。

郝德和李玉花一直以為文靜不敢離婚，以為她有了孩子就不敢離婚。

「有什麼不敢的？帶著開開自己過，我照樣可以活得很好。」

文靜落湯雞一樣回到了娘家，看到她全身溼透、雙眼紅腫的樣子，老嚴夫婦就知道小兩口又吵架了，兩個人都心疼不已，不約而同地嘆了口氣：「真是作孽呀！」楊庭蕊趕快從浴室拿來浴巾，替文靜擦拭溼透的頭髮。無憂無慮的開開撲到媽媽的懷裡，還咯咯地笑著，完全不知道成人世界裡的痛苦。文靜摟著開開，眼淚像斷了線的珠子一樣再次掉下來，掉到了開開的頭上。

開開用肉嘟嘟的小胖手給文靜擦拭眼淚，嘴裡還用稚嫩的童音說著：「媽媽，不哭，不哭。」

文靜看到開開，心如刀絞，這可憐的孩子，是這場欺騙婚姻的犧牲品。

「媽媽對不起你呀，開開，媽媽對不起你呀，開開。」文靜堅決要和郝德離婚，老嚴夫婦知道這次女兒是要動真格的了。

雖說老嚴夫婦一直不看好郝德，但畢竟文靜和郝德已經結婚，又有了開開。老嚴夫婦還是勸和不勸離，讓文靜在娘家先住下，冷靜冷靜再說。

慢慢地，在父母的勸說下，再加上看到可愛的開開，文靜離婚的心逐漸減弱了，已經不再像她剛發現郝德姦情，恨不得撕碎郝德時那般憤怒了。離婚了，開開就是沒有爸爸的孩子了，雖然郝德不好，但他畢竟是孩子的親生父親，總是聊勝於無吧。

為了開開，繼續地委曲求全吧，起碼讓開開有一個完整的家庭。但文靜知道，在這個世界上，從此少了一個相信愛情的女子，多了一個不得不對生活低頭的人，就這樣活下去吧，就在淚水和委曲中將就過吧。當年自己不顧一切的選擇，就讓自己來品嘗這莽撞和天真的苦果。郝德這邊，他知道離婚的時機還未到，自己在加拿大還沒有站穩腳跟，而且移民局那邊也查得緊，如果現在就和文靜離婚，怕被移民局當作假結婚，再剝奪了自己的移民身分，豈不是「竹籃打水一場空」。

而且現在自己可以在文靜這裡免費吃住。他要爭取在溫哥華找到一個甚至幾個富婆，騙點錢再說。這邊不是「大奶村」嗎，他儀表堂堂，俘獲個把大奶的芳心，還是很容易的。到時財色雙收，再做打算不遲。郝德知道，自己說把「Hot 撩人」也辦到溫哥華來，無非是在騙「Hot 撩人」，那樣的輕浮女人，他怎麼會娶她當妻子！

他自己也不會在溫哥華這個溫開水一樣的城市裡住一輩子，雖說能每天欣賞著優美的風景，呼吸著新鮮的空氣，但對郝德來說，這樣平淡無聊的日子，簡直要了他的命。

現在的忍耐，現在的移民，都是為未來做鋪墊，等他找到富婆，財色雙收，再拿到加拿大國籍後，他要回國，要過精彩刺激的生活，要葡萄美酒夜光杯，要夜夜笙歌，那才是他郝德該過的生活。

最後這一場長達兩個多月的冷戰，以郝德向文靜賠禮道歉，並賭咒發誓再也不和「Hot 撩人」聯繫告終，文靜從娘家回到了自己的家，又給了郝德一次機會。

起初，郝德表現還不錯，又找到了一份在超市擺菜的工作，也正正經經地去上班了，對文靜和開開的態度也算不錯。但好景不長，也就一個月的時間，郝德因為和顧客發生爭執，被炒了魷魚，又開始在家賦閒，並且在微信群裡認識了一個獨自帶孩子住在溫哥華的富婆，兩個人正處在曖昧的撩撥階段。

下班後正在廚房做飯的文靜，邊做飯邊跟郝德嘮叨著讓他去找工作，兒子開開跑到正在玩遊戲的郝德旁邊，小嘴裡央求著：「爸爸，開開玩兒。」意思是讓郝德陪他玩兒。

郝德不理開開，繼續打遊戲。開開想拿郝德手裡的操縱桿，正打遊戲在興頭上的郝德，用手臂肘用力推了開開一下，推得開開撞到了茶几上，張嘴嚎啕大哭。文靜從廚房跑過來，抱起開開。

「媽媽看看，撞到哪裡了？」文靜仔細檢查開開身上是否有撞壞的地方。檢查完畢，文靜抱著開開轉向郝德：「郝德，你怎麼回事？我下班回家還得做飯，白天我爸媽幫忙看孩子，你在家待一天，不是捧著手機聊天，就是打遊戲，你晚上就不能看會兒孩子，陪孩子玩兒一會兒嗎？」

「聊天兒、玩兒遊戲怎麼了？不聊天兒、玩兒遊戲我幹什麼？這個破地方，你想憋死我呀？」郝德邊和文靜吵架，邊玩著遊戲，眼睛根本不看文靜。

文靜氣不打一處來：「怎麼才能不憋死你？你說呀？找『Hot 撩人』嗎？」

「對呀，怎麼地，就是找『Hot 撩人』，她就是比你漂亮，比你性感，比你好！你個又胖又醜的大傻子！」

「郝德，你說的是人話嗎？你配當爹嗎？你有點兒良心嗎？」文靜把開開放到沙發上坐下，搶過郝德的遊戲操縱桿狠狠地摔到地上，摔得裡面的電池都蹦出來了。

「你瘋了？」正酣戰遊戲打到興頭上的郝德，看到遊戲操縱桿被文靜摔壞了，怒火中燒，順手就給了文靜一個耳光，從小就被母親李玉花打慣了的郝德不覺得扇了文靜一耳光有什麼了不起。

但從沒有捱過父母打的文靜，這輩子挨的巴掌都來自郝德。郝德扇得用力，文靜的臉一下子腫起來，耳朵也嗡嗡的。從小被嬌慣的文靜哪受得了這種委屈，她怒火中燒，騰地轉過身，衝到廚房，拿過菜板上切完一半菜的菜刀，對郝德喊：「王八蛋，我和你拼了！」

文靜拿著菜刀向郝德衝過來，這時的文靜，耳朵嗡嗡響著，聽不見兒子開開的哭鬧，腦袋裡一片空白，她只有一直以來鬱結著的怒火要噴發，只有滿腔的憤恨要宣洩，只有郝德在電腦前裸露給其他女人的骯髒身體和郝德的猥瑣德行，只有婆婆李玉花張牙舞爪滿嘴髒話的模樣。文靜恨自己眼睛瞎，找了郝德這麼一個廢物，找了這麼一個王八蛋，嫁給了這樣一個無恥家庭，文靜長久以來積聚的怒火和怨氣，最終如火山一般爆發了。

郝德拼了命地躲閃，嘴裡喊著：「放下刀，你瘋了！」文靜則重複著：「你這個騙子，王八蛋，我和你同歸於盡！」

都說一日夫妻百日恩，此刻的文靜和郝德之間，沒有了恩情，只有仇恨，只有恨不得殺死對方的仇恨。

刀「砰」的一聲掉在了地板上，最後倒在血泊裡的是文靜，郝德也嚇傻了。

看著文靜脖子上汩汩冒出的鮮血，渾身是血的郝德嘴裡咕噥著：「我是自衛，文靜，我不是要殺你！我不是要殺你！我不是要殺你！」

可憐剛才還在哭鬧的開開，眼睜睜地看著爸爸用刀殺死了媽媽，世間最慘的遭遇莫過於此。開開瞪著眼睛，一聲不出，完全被嚇傻了。

木頭樓房根本不隔音，樓下的鄰居聽到樓上天翻地覆的吵鬧和打鬥，打911報了警。郝德聽到門外大力的拍門聲，不知該如何是好，拿著刀待在原地不動。警察破門而入，看見了倒在血泊裡的文靜，站在文靜身旁臉上被濺上鮮血、面目猙獰的郝德，和坐在沙發上呆若木雞的開開。

文靜的血汩汩地流到地毯上，原本乳白色的地毯上，流出了一道血色的河，張牙舞爪，怵目驚心。接報趕來的救護人員現場對文靜急救包紮止血，但因為刀砍到的正好是脖子上的動脈，文靜的心臟已經停止跳動，CPR（心肺復甦術）也迴天乏力，救護人員當場宣布文靜已經死亡，郝德被當場逮捕。

在文靜葬禮上見到老嚴夫婦的眾人，簡直無法認出他們。之前儒雅，甚至可以被稱為風度翩翩的老嚴，一下子蒼老了，五十多歲的人，看起來像六七十歲。老嚴的愛人，之前被同齡人羨慕的白嫩臉龐上，一下子爬上了皺紋，一向注重儀容的她，此刻頭髮凌亂，雙眼紅腫，兩個善良的人此時卻要承受白髮人送黑髮人的痛苦。

葬禮在老嚴夫婦平時去做禮拜的基督教會舉行，來了很多教友和陌生人，還有媒體。這是一件大案，登上了各媒體的新聞頭條。

郝德還被關在監獄裡等待審判，老嚴的外孫開開被兒童廳帶走，正接受心理治療，老嚴夫婦正向兒童廳申請孩子的撫養權。所有的人都為這樁悲慘的案件唏噓心痛不已，夫妻間有多大的仇恨，最終舉刀相向。最可憐的是孩子，親眼看見爸爸殺死媽媽，他未來的一生該怎麼過？爸爸媽媽原本不應是最親的人嗎？

從教堂出來，大家趕赴墓地，墓地在一處山坡上，風景優美。老嚴夫婦選擇為文靜土葬，墓地是他們早就為自己買好的，卻萬萬沒有想到，女兒會先走一步，而且死得那麼悽慘。女兒是他們的掌上明珠，就這樣走了，本來如花的年紀，正該享受美好的愛情，展開幸福的生活，但她就這樣奔赴黃泉，留下了可憐的孩子和悲痛的雙親。

「曉雅，文靜死不瞑目啊，我怎麼用手幫她闔眼，她都不願意啊。」楊阿姨抱著曉雅痛哭，替女兒哭訴著委屈和不甘，「我們文靜才二十三歲啊，正是大好的年紀，開開還那麼小，就沒有了媽媽。我的文靜啊，你讓媽媽怎麼活呀？你讓媽媽怎麼活呀？」

曉雅也淚流滿面，痛哭失聲，年齡還沒有她大的文靜，就這樣香消玉殞了。那個內向可愛的文靜，從此和親愛的父母與兒子天人永隔。老嚴本應幸福快樂的一家，就這樣家破人亡，可憐的文靜，魂斷溫哥華。

「為什麼？為什麼呀？這是為什麼呀？」楊阿姨悲傷地哭著，問著。可是，上天啊，你能回答，這到底是為什麼嗎？

第二十章　送別

傷心欲絕的老嚴夫婦在法官宣判後，淚流不止，他們寶貝女兒的生命在如花似玉的年紀戛然而止，既是前女婿也是凶手的郝德只需要在獄中度過四年，之後便會獲得自由身。

加拿大的法律一向被人詬病不夠嚴厲，無法阻嚇犯罪，「殺人償命」，這在中國看來天經地義的道理，到了太平洋的另一端卻行不通。即便是誤殺，四年刑期的懲罰也太輕了。

廖智勳、曉雅、老李夫婦、劉震夫婦、張柳生夫婦還有教會的朋友們都陪同老嚴夫婦來聽今天法官最後的宣判，法院外也聚集著英文、中文媒體的記者，這場人倫慘劇引起了社會的廣泛關注。

傷心難過的老嚴夫婦不想會見媒體，由代表律師到前門回答媒體提問，兩個人在朋友們的陪同下，到法院的地下停車場。正要上車，聽見有人跑過來，回頭一看，竟然是李玉花和郝利民夫婦。

案件發生後，李玉花和郝利民夫婦也從中國趕來，他們正在和老嚴夫婦爭奪開開的撫養權。但兩個人沒有加拿大居民身分，而且郝德在刑滿出獄後，也會被遣返回中國，所以李玉花和郝利民在爭奪開開的撫養權方面完全處於劣勢。

他們正在法律援助組織的幫助下，希望以人道理由留在加拿大並移民，而如果爭取到開開的撫養權，將是他們得以留在加拿大的最重要籌碼。

之前在庭上，老嚴夫婦看到了坐在旁聽席另一側的李玉花和郝利民，但選擇視而不見，沒想到，宣判結束，李玉花和郝利民追了上來。

「親家，親家母，你們就把開開的撫養權讓給我們吧，別跟我們搶了，開開姓郝，是我們郝家的孫子。你們就行行好，開開恩。」李玉花一反之前的強勢嘴臉，竟然拽著郝利民，雙腿跪在了地上，哀求著說。

「你們這是幹什麼，快起來，快起來。」老嚴趕快扶他們起來。

「親家，親家母，你們就行行好，如果沒有開開的撫養權，我們就不能留在加拿大，郝德連個探監的人都沒有。」郝利民怯懦地說道，眼睛裡還擠出了兩滴淚。聽到他們想要撫養開開，原來是想藉機留在加拿大，老嚴怒火中燒。

「開開也是我們的外孫，從血緣和親疏上，我們雙方是一致的，你們還有兒子，我們唯一的女兒已經不在人世了，我們只有開開這唯一的親骨肉了。而且你們把開開當作你們留在加拿大的工具，那是不對的。」老嚴紅腫著雙眼，義憤填膺地說。

「開開生在加拿大，他是加拿大人，我們是他的爺爺奶奶，留在加拿大照顧他，等他爸爸出獄，天經地義，你們和我們搶什麼？你們有沒有良心？」李玉花又露出了潑婦本色，一如當年。

「我們有沒有良心？你們捫心自問，你們有沒有良心？你兒子把我女兒當成移民工具，現在你們倆又把我外孫子當成移民工具？你們是真的愛開開嗎？你們有沒有良心？你兒子奪走了我女兒的生命，誰來還給我們女兒？現在你們又要來奪走我們的外孫，是誰沒有良心？」楊庭蕊本來就對四年的刑期感到不滿，聽到李玉花的質問，更加憤怒，一向柔弱的她也開始反擊李玉花。

爭奪撫養權一戰中基本沒有希望的李玉花和郝利民，本來希望今天使用苦肉計下跪，也許能讓面慈心軟的老嚴夫婦開恩，把開開的撫養權讓給他們，現在眼看沒有希望，李玉花惱羞成怒。「你們家嚴文靜害苦了我兒子，如果當初郝德不來這狗屁的加拿大，不來這狗屁的溫哥華，他怎麼會有牢獄之災？」

老李在旁邊看不下去了：「你給我閉嘴！你們也好意思？今天還沒羞沒臊地敢來面對面？人家老嚴夫婦那麼好的人，文靜那麼好的閨女。人家女兒憑什麼就有殺身之禍？你把文靜還給人家，你把女兒還給人家。這加拿大法律，殺個人才判四年。四年後，郝德出獄還不到三十歲，他還有大把的人生，他還可以陪在你們身邊，還可以娶妻生子。人家的女兒文靜，二十三歲，就死在你兒子的刀下，老嚴夫婦白髮人送黑髮人，你們今天還有臉面對他們？還有臉跟人爭奪開開的撫養權，還是為了讓你們留在加拿大的私心，你們也太不是人了，我要是你們，就找個地縫鑽進去，還會站在這裡丟人現眼？欺負老嚴夫婦老實是不是？我可不老實，我可不慣著你們，我們這幫朋友可不慣著你們。」老李扶著老嚴，大聲斥責李玉花和郝利民。

李玉花和郝利民一看老李也不是善茬兒，而且老嚴夫婦身邊有一堆支持的朋友，他們留在現場也討不到便宜，也知道老嚴夫婦鐵了心要開開的撫養權，他們根本沒有希望，轉頭灰溜溜地走掉了。

「你們就留著那個傻孩子養著吧，誰稀罕和你們爭。」李玉花一貫秉承的思想是輸啥不能輸了氣勢，邊走邊回頭對老嚴夫婦說。

「你們是不是人？這麼說自己的孫子，你們簡直沒有人性。」老李大聲罵道。

老嚴夫婦哭著和來到場支持的朋友致謝道別，大家都和老嚴夫婦擁抱，這麼深重的人間苦難，把旁觀者都壓得透不過氣來，更何況當事人老嚴夫婦。朋友間情感和道義上的支持，是雪中送炭，也是老嚴夫婦支撐下去的支柱。和朋友一一道別後，老嚴夫婦上了老李的車，其他人也各自上車，開出了停車場。

在老李的車上，老嚴和夫人淚流不止，雖然案件今天宣判，刑期很輕，但好歹也是對文靜的在天之靈有個交代，但什麼都無法再換回女兒的生命，無法再還給他們一個活蹦亂跳的女兒。

「老李，今天謝謝你呀！沒有你在，我們都不知道怎麼辦好。」老嚴向老李致謝，因為過度悲傷，老嚴的聲音有些沙啞。

「嚴哥，我們之間什麼關係？說什麼謝謝？如果他們倆今天繼續糾纏，我都想打他們一頓了。」

「哎，文靜遇人不淑，把自己的命都搭進去了，我可憐的女兒呀！」楊庭蕊悲從心中來，眼淚嘩嘩地流下來。

「嚴哥，楊姐，你們節哀，文靜已經走了一年多了，你們自己一定要多保重，硬硬朗朗地撫養開開長大。開開這孩子真是太可憐了，他現在只有你們了，你們好好的，不是為了自己，是為了開開。」

「是呀，要是沒有開開，我和老嚴就隨文靜去了，我們活在世上還有什麼意思。」楊庭蕊心如刀絞，淚流滿面，失去女兒，是言語無法表達的人間至痛。

「開開怎麼樣，現在還是不開口說話嗎？」

「不說，兩個大眼睛總是空洞洞地望著前方，還經常把自己藏到壁櫥裡，看著這孩子，我們真是心酸呢，真想替孩子承受痛苦哇。」老嚴傷心地說。

「心理醫生怎麼說？要多久才能康復？」

「醫生說開開的症狀是典型的創傷後壓力症候群，什麼時候能夠好起來很難講，也許一輩子都無法徹底康復，看著自己的爸爸殺死自己的媽媽，可能是他一輩子無法揮去的陰影。我們能夠做的就是給他更多的愛和關懷，配合心理治療。」

「我們這是上輩子造了什麼孽呀？這輩子要受這麼大的罪，如果沒有開開，我真是想隨文靜一起去了。」坐在後座的楊庭蕊伏在老楊的肩上，嗚嗚地哭著。

邊開車的老李，也邊擦拭眼淚，都說好人有好報，老嚴夫婦這麼好的人，怎麼會有這樣的遭遇？

問蒼天，蒼天無語。車窗外，雨淅淅瀝瀝地下著，溫哥華的街景在雨中變得迷離虛幻，還透著一絲悲涼。

第二十一章　變心

廖智勳則在溫哥華實現著自己的發財夢，而且搭上了一輛快速致富的地產高鐵，利用自己的熟門熟路，幫助剛剛登陸、暈頭轉向的富豪們安頓移民生活，也順便賺取不菲的佣金。

廖智勳花錢做軟廣告，請溫哥華一間中文雜誌採訪他，標題自定為「華裔移民的成功典範——鑽石地產經紀人廖智勳」，廖智勳甚至一度以為自己真的就是移民中成功的楷模了，很有些飄飄然。

很快，廖智勳當地產經紀人賺的錢，再加上劉春枝的支持和一小部分貸款，他買了一套 Town House（城市屋），也就是聯排別墅中的一套。在劉春枝的堅持下，房子既沒有寫廖智勳的名字，也沒有寫曉雅的名字，卻寫上了劉春枝的名字。

曉雅並沒有什麼反應，雖然自己的家境並不富裕，但她從小就將錢財視為身外之物，越是長大越是堅定，來到加拿大後更加堅定了她的信念。

加拿大總體上貧富差距不大，社會為兩頭尖、中間大肚子的梭形結構，也就是說極富和極貧的人是極少數，而中間的中產階級是大多數，政府的高額稅收，所謂的「萬萬稅」在起著殺富濟貧的調節作用。

曉雅對物質從沒有過多要求，而且加拿大大多數人都過著小康生活，沒有攀比心理。大家有錢沒錢，都去同樣的超市買東西；有錢沒錢，都去同樣的社群中心游泳；有錢沒錢，都去同樣的圖書館借書；有錢沒錢，全民醫療體制下，都去同樣的醫院免費住院。

曉雅雖然已經結婚幾年，但沒有結婚戒指，沒有首飾，沒有華服，沒有名牌，她從不計較，她純潔得還像一個少女，一心朝著自己的理想之路前進。

劉春枝看買房寫自己的名字，曉雅沒有反應，也就放下心來，心想：「周曉雅家裡一毛不拔，她自己還在這拚命上學，算她識相，她若敢爭，就讓智勳立刻休了她，娶個聽話的趕快給我生孫子。」

此時的劉春枝看著兒子已經從開二手豐田，變成開 BMW 5 系列，雖然車是租賃來的。劉春枝看著兒子每天西裝革履，周旋於所謂的上流社會中，更加覺得寒酸的周曉雅配不上做廖家的兒媳婦了，看曉雅的眼神中，更多了一層厭惡和嫌棄。

由於廖智勳工作時間不固定，經常晚上還要陪客戶，也就沒法天天接曉雅從打工的中餐廳下班，廖智勳也對曉雅說，現在條件好了，她不用再去打工了。劉春枝則不同意，冷嘲熱諷地說曉雅一直讀書，是在占自己兒子的便宜。

自立的曉雅也希望自己在經濟上能夠獨立，她一直堅持晚上在餐廳打工，她選擇靠自己的勞動賺錢，結婚後的酸甜苦辣，讓她更加明白了一個道理：這個世界上，女人不能依賴男人，自力更生才是最可靠的。而且服務生的收入也不錯，雖然基本薪資不高，但由於加拿大吃飯有給小費的風俗，薪資加上小費也足夠自己小家的生活費了，曉雅還有能力給父親、繼母和弟弟寄一點錢，貼補他們的家用。

對於曉雅給娘家寄錢，劉春枝知道後一肚子不滿，就講給廖智勳聽：「你倆都結婚了，她還給家裡寄什麼錢？有錢也應該留在你們的小家裡。」

廖智勳以前覺得曉雅寄錢很正常，現在也突然頗為不滿，對曉雅說：「你小時候他們對你也不好，從來沒見你家裡人來寄宿高中看過你，別人家父母都大包小包地送吃的喝的，你什麼都沒有，都是我給你送。你爸和後媽小時候都不管你，你現在管他們幹什麼？」

「我感謝他們的養育之恩，讓我讀高中上大學，無論如何，他們都是我的家人。」

廖智勳則是一臉不屑，以前曉雅的善良在他看來是優點，現在卻變成了缺點。以前廖智勳看曉雅的眼神是百般的珍惜疼愛，現在的眼神中，則充斥著挑剔和諷刺。最後甩下一句：「以後你花錢和給你娘家寄錢，都和我彙報一下。」

「我一直沒有瞞著你呀，你以前不都同意的嗎？而且我寄的是我自己打工賺的錢呀。」曉雅委屈地說。

「你的錢就是我的錢，就是我們倆的，就是我們這個家的共同財產。」廖智勳有些蠻橫地說。

曉雅沒再反駁廖智勳，但曉雅感覺到了，涼透的心裡有什麼在被撕裂。曉雅想到自己剛來溫哥華時，廖智勳對自己的承諾：「曉雅寶貝，你只管好好學習，將來做你的大醫生，你學習期間，生活的事兒、賺錢的事兒，都交給我，不用你操心，你就一心一意地學習就好了。」

當時曉雅感動得熱淚盈眶，她最喜歡的一段關於婚姻的哲理，當時似乎在她和廖智勳的身上印證了：「婚姻的紐帶不是孩子，不是金錢，而是精神的共同成長。在最無助和軟弱的時候，在最沮喪和落魄的時候，有他托起你的下巴，扳直你的脊梁，命令你堅強，並陪伴你左右，共同承受命運。那時候，你們之間的感情除了愛，還有肝膽相照的義氣、不離不棄的默契，以及銘心刻骨的恩情！」

廖智勳當時的承諾，讓曉雅感受到了肝膽相照的義氣，不離不棄的默契，但如今承諾聲猶在耳邊，斯人心意已變。

第二十二章　馬忠

一進門，廖智勳就調侃劉佳：「怎麼了，嫂子，想我哥哥了？」

「哎，再不回去，別人就要攻城略地了！」劉佳的語氣中帶著擔憂。

「攻城略地，你是說，馬忠哥有了二心？不可能，馬忠哥的人品我還是信得過的。」廖智勳比相信自己更相信馬忠。

「怎麼不可能，馬忠人是不錯，這也是當初我這個上海姑娘，看上他這個農村小子的原因。」

「對呀，嫂子有眼光，找了一支升值空間巨大的潛力股。」

「這支潛力股潛力發揮出來了，也被其他人盯上要持有了。馬忠再好，抵不上小姑娘不要臉呀。現在的年輕女孩，什麼都不在乎，只要是有錢的，只要是活的，她們就敢往上撲，絕不在乎你的年齡，不在乎你結婚沒結婚，不在乎你有孩子沒孩子。」

「沒那麼嚴重吧？有人撲馬忠哥了？馬忠哥就範了？」

「目前應該還沒有，我再不回去就不好說了，我這離得十萬八千里遠，那邊就要近水樓臺先得月了。」

廖智勳嘴上對劉佳說著「不會的，不會的」，心裡卻羨慕地想著：「哎喲，馬忠交桃花運了！」

原來，劉佳有一個閨蜜叫嚴芳。嚴芳工作的公司和馬忠的公司在同一棟辦公樓，遠在溫哥華的劉佳，多少有些擔憂，拜託閨蜜幫忙看著點馬忠。

最近嚴芳微信劉佳，馬忠公司新招的那個整容成一張網紅臉的櫃檯李春芽，顯然在向馬忠發動進攻。

在辦公樓的工作餐自助餐廳裡吃午餐時，時刻留意馬忠的嚴芳，總能看到那個打扮得花枝招展的櫃檯和馬忠套近乎。

大家都在拿著餐盤取餐時，李春芽也會見縫插針，和排在她後面的馬忠說：「哎呀，馬總，您今天可真帥！」李春芽用嗲嗲的聲音誇著馬忠。

「謝謝。」馬忠憨憨地回答。有時如果馬忠沒有和其他高層或員工談事情，自己坐一桌吃午餐，李春芽總會湊過去，坐在馬忠的對面。兩個人有說有笑，有時李春芽笑得花枝亂顫。

嚴芳向馬忠公司的人打聽，知道李春芽和馬忠來自同一個縣城，算是老鄉。馬忠家是農村的，李春芽家是縣城的，爸爸是縣農機局局長。高中畢業，李春芽考上了省城大學的大專文祕專業，畢業後來上海發展。二十二歲的李春芽來馬忠公司當櫃檯三個月了，剛剛轉正。

嚴芳只能監視到自助餐廳裡發生的事情，嚴芳認識馬忠公司主管行政和人事的宋姐。宋姐告訴嚴芳，李春芽在公司裡也穿著個超短裙，有事沒事往馬忠的辦公室跑。下班後，還看見過她搭馬忠的車。

有一次宋姐路過馬忠辦公室，還聽見送檔案進去的李春芽嗲嗲地對馬忠說：「馬總，聽說你的廚藝巨佳，什麼時候邀請我去你家，做兩道家鄉菜，讓我嘗嘗唄。」

「呸。」宋姐在心裡說著，「不要臉。」她恨不得衝進馬忠的辦公室，扇李春芽兩個耳光。

宋姐的婚姻就是被小三破壞解體的，宋姐痛恨一切不要臉，想當小三，企圖破壞別人家庭的女孩，在她心裡，小三就是罔顧道德、喪盡天良的害人蟲、狐狸精，她們通通都是她的敵人。「哪個原配夫人不曾青春過，誰都是打年輕時過來的，憑什麼年齡大了，女人在婚姻裡就處於被動的劣勢。」宋姐憤憤不平地想著。

宋姐和嚴芳、劉佳立刻組成了保護原配地位聯盟，宋姐把李春芽色誘馬忠的情況告訴嚴芳，嚴芳又一五一十地把情況彙報給了劉佳，劉佳一聽在溫哥華待不住了，徹底待不住了，完全待不住了。這可不行，絕對不行，自己在這邊辛辛苦苦地帶著孩子，難不成留老公在國內，被狐狸精攻陷？

聰明的劉佳沒有像宋姐當年那樣，和老公撕破臉對質，並叫上娘家人一起手撕小三，宋姐的老公當年反而破罐破摔，破釜沉舟，斷了念及夫妻情分的念頭，乾脆離婚了之。劉佳知道這個時候更要沉著冷靜，要智鬥小三。自己遠在距離上海九千公里之外的溫哥華，只可智取，不能強攻。

說一千，道一萬，小三再賤，「蒼蠅不叮無縫的蛋」，還不是男人有問題，給了小三機會，或者故意給小三機會。抓住自己的男人，把裂縫補上，不給蒼蠅可乘之機，才是最關鍵的。

劉佳在微信影片時半開玩笑半旁敲側擊地撒嬌問馬忠：「長夜漫漫，孤枕難眠，老公，你有沒有做對不起我的事情啊?」

「怎麼會?我的為人,你還不了解嗎?」馬忠一臉誠實無辜的表情。

「我當然相信你,我就是太想你了。」看馬忠的表情,劉佳相信還沒有什麼出軌的事情發生。雖說劉佳相信馬忠的為人,但她就怕馬忠為人太老實,容易被人利用。李春芽這樣的狐狸精,不能低估。

高中時就是劉佳好友的嚴芳也在微信裡勸劉佳回去:「丈夫,丈夫,一丈以內才是夫。你離得十萬八千里遠,就不一定是誰的夫了!馬忠正年富力強,正是如狼似虎的年紀,你讓他成天當和尚?這怎麼行?儂腦袋是不是糊塗了?」

劉佳越想越覺得自己應該回上海,長期兩地分居的代價太大了,自己都常常孤枕難眠,更何況馬忠是個正精力充沛的大男人呢?長此以往,自己不就等於把馬忠拱手讓給虎視眈眈的李春芽了嗎?劉佳想起自己在溫哥華學英語,班級裡一名來自丹麥的同學,和自己聊天時聽說自己一個人在溫哥華帶孩子,老公留在國內工作時的表情,那表情中充滿了不可思議,那位同學的話也猶在耳邊,她說:「不管什麼原因,我都不會和我老公長期分開,什麼都不值得。」是呀,人就這一輩子,時光如白駒過隙,本該相伴相守一起慢慢變老,卻選擇夫妻兩地分居,兩個人都苦哈哈地沉浸在思念、煎熬甚至擔心、懷疑中,圖什麼呢?

但劉佳轉念一想,當年花了那麼多錢,辦了投資移民,放棄了又太可惜。不回去,怕城門失守;回去,又捨不得溫哥華這邊。這下可把劉佳難住了,「魚和熊掌不可兼得」,她到底是要「魚」還是「熊掌」呢？

「哎呀，沒移民想移民，這移民成功了，到底是去是留還真難決定。」劉佳和嚴芳抱怨。

「反正我勸你，不管你是回中國，還是留在加拿大，你都得拽著你們家馬忠一起。我還是那句話，馬忠現在年富力強，你讓他當和尚，一天兩天幾天可以，任他意志再堅定，也怕熬不住幾年吧！你這等於在把自己的老公拱手讓給李春芽這樣的狐狸精！現在還來得及，就怕來不及的時候，你想哭都哭不出來，這個世界上可沒有後悔藥。」

「我知道，我知道，你說的我都明白，我這不也正在糾結嗎？我自己當然想回上海了，留在溫哥華，完全是為了小寶將來上學後不那麼累，壓力不那麼大，可是把馬忠拽到溫哥華來陪我和小寶，他肯定不願意。他在國內做得好好的，事業正風生水起，你讓他現在就退休？來了溫哥華，找工作都不容易，更何況當老總！男人最重要的是事業，我也不能把他拴在家裡，天天陪著我大眼瞪小眼呀。」

劉佳知道，現在唯一的辦法就是她回國守著。劉佳一想到李春芽，就如坐針氈，恨不得插上翅膀，立刻飛回馬忠的身邊，牢牢看住他，讓李春芽這個狐狸精，哪兒涼快哪兒待著去。

劉佳最近睡覺總是做噩夢，半夜裡，她再一次從噩夢中驚醒，夢裡她正躺在醫院裡接受搶救，她的意識都是清醒的，但無法說話，無法動作，那種無力感貫徹始終，她從噩夢中驚醒後最強烈的感受還是那種無力感，深深的無力感。

劉佳驚醒後，看到躺在自己身邊熟睡的小寶可愛的小模樣，她當機立斷，自己帶著小寶回上海，否則婚姻最終解體了，移民又有什麼意義呢？她不要等到一切噩夢成真，自己卻無力挽回的時候。

說回就回，一刻也不再多待，劉佳等到早晨八點就和廖智勳聯繫，拜託了廖智勳幫忙照看房子，打理在溫哥華的事情。她又立刻和旅行社聯繫，訂好了第二天回上海的機票。

第二天一大早，廖智勳和曉雅一起送劉佳和小寶到機場。曉雅逗著小寶玩，廖智勳陪劉佳辦理登記手續，託執行李。

一切手續完成後，劉佳和廖智勳、曉雅告別：「謝謝你們兩口子這些日子對我和小寶的關照，大恩不言謝，你們有機會一定去上海玩，我和馬忠好好招待你們。」

「那必須滴，我肯定要找機會去上海看看馬忠哥風生水起的事業，順便好好宰他一把。」廖智勳笑著說。

「嫂子，你這次回上海這麼急，什麼時候回溫哥華？」曉雅問。

「還不知道，回去看你馬忠哥的行程安排，下次回來，也是和他一起回來。」劉佳回答，「這邊的房子就拜託你們來幫我照看著，那麼好的房子，我也捨不得租出去，就拜託你們了。」

「放心吧，肯定給你照顧得好好的，你走的時候什麼樣，回來時還是什麼樣。」廖智勳拍著胸脯說。

劉佳帶著小寶走了，雖然有對溫哥華的留戀和不捨，但她認為自己的決定是正確的，回國打響她的婚姻保衛戰，為了她自己，更是為了小寶。

飛機上，小寶很乖，知道飛機一落地就能見到爸爸了，非常開心。劉佳卻有些忐忑不安，雖說憑直覺，她相信馬忠還沒有出軌，沒有背叛她和家庭，但她的直覺準嗎？相隔著太平洋做出來的判斷準確嗎？自己和二十出頭的小姑娘比，還有競爭力嗎？

看著小寶睡得香甜的小臉，劉佳在飛機上輾轉難眠。經過十一個小時的長途飛行，飛機總算落地上海了。來接劉佳和小寶的馬忠見到老婆和孩子心情激動，特別開心，小寶一路上也高興地喊著「爸爸，爸爸，爸爸，爸爸」。

劉佳說：「小寶，你要把過去幾個月沒有喊出的爸爸都給補回來嗎？」

「是呀，我太想爸爸了。」

馬上滿五歲的小寶正是最可愛的年紀，也正是需要父親陪伴成長的年紀，見到爸爸的那份開心，發自心底，來自骨血。小寶還在後座上，蹬著小腿兒，開心地唱著中文歌兒，這是劉佳之前在網上給他下載的：「愛我你就陪陪我，愛我你就親親我，愛我你就誇誇我，愛我你就抱抱我。」

小寶稚嫩的童音在車裡迴盪著，坐在前排的劉佳望著正在開車的馬忠，馬忠也轉頭望向劉佳，兩個人會心、默契地笑了。

「這都是孩子的心裡話呀，他這個年紀，對口頭上的愛是聽不懂的，可不是愛他就得陪陪他，親親他，誇誇他，抱抱她嘛！」劉佳笑著說。

「我也需要這樣的愛，陪陪我，親親我，誇誇我，抱抱我。」馬忠對著劉佳，悄悄地溫柔地說，說得劉佳的心頭一動，把一隻手放在了馬忠正在開車的手上。劉佳確認，自己的直覺是對的，他的馬忠是經得住考驗的好男人，沒有對不起她。夫妻間的感覺是最微妙的，是否還愛，一個微笑，一個眼神，就已經心領神會，無須多說。

劉佳鬆了一口氣，卻也更加堅定地認為自己選擇迴流是明智的，一家三口在一起，才是最開心的，孩子需要愛，需要陪伴，夫妻間也需要愛，需要日常生活中相濡以沫的關懷，再深的感情也經不起千萬里的折騰和相思折磨。

之前她和馬忠雖然每天視訊聊天，但一是因為時差，二是因為離得太遠，很多事情到了視訊聊天的時候，就時過境遷，沒有說的興致了。比如說家裡的馬桶水箱壞了，如果是在上海，她一定和馬忠說，去修一修，可是馬忠不在，劉佳自己也修不好，只能花錢請人修好。這樣的事情，影片的時候，怎麼值得一提呢？而馬忠的襯衣釦子掉了，劉佳不在，只能自己縫好的小事，也是在影片的時候不值得一提的。可生活不就是由這一件件、一樁樁的小事組成的！哲學家和偉人可以有柏拉圖式的愛情，但平凡人的生活中，距離產生的不是美，距離產生的只能是陌生和疏離，還會製造出小三。

「兩地分居的代價太大了，為了什麼都不值得。」劉佳心裡默默想著。

回到家裡，馬忠主廚，趕來歡迎女兒和外孫回國的岳父岳母幫手，一起做了豐盛的晚餐。一家三口和劉佳的父母一起，其樂融融地圍坐在桌邊吃飯。

「爸爸做的飯真香呀，比媽媽做的好吃。」小寶拍著爸爸的馬屁。

「你這個小沒良心的，在溫哥華，你怎麼不敢說我做飯做得不好吃呢？」劉佳假裝生氣地對小寶說。

「再不好吃我也得忍著呀！」小寶小大人一樣地說道，讓大家都忍俊不禁。

「你知道在溫哥華得靠著媽媽，媽媽罷工，你就沒得吃了是吧。這一回來，立刻背叛媽媽，投靠爸爸。你個小壞蛋。」劉佳充滿愛意地嗔怪著小寶。小寶嘻嘻笑著，大口大口地吃飯。

「來，獎勵一下爸爸，親爸爸一口。」小寶油膩膩的小嘴兒湊到馬忠伸過來的臉上，在爸爸臉上響亮一吻，馬忠的臉上也沾上了油和飯粒兒。馬忠的岳父岳母看到這一幕，也開心地笑著。

劉佳想起了之前看過的一本書的名字——《愛就是在一起吃好多好多頓飯》。是呀，愛不就展現在廚房裡的熱火朝天、餐桌上的歡聲笑語裡嗎？劉佳想起了自己帶著小寶在溫哥華度過的一年時光，太冷清了，那棟大房子裡，只有她和小寶，現在的熱鬧讓她的心一下子就踏實了，心裡那空落落的一大塊，一下子就被填滿了。

送走了父母，哄睡了小寶，回到自己的房間，馬忠和劉佳兩個人，小別勝新婚，在床上著實甜蜜親熱了一番。馬忠恨不得把劉佳身上的角角落落都親吻一遍，才能慰藉他的相思之情。劉佳也非常投入，恨不得把自己和馬忠融為一體。激情過後，劉佳躺在馬忠懷裡，撫摸著馬忠厚實的胸膛，問他：「想我嗎？」

「想，特別特別想！」馬忠深情地回答。

「我也是，特別特別想，那種想念，太折磨人了。」

「日日思君不見君，君住長江頭，我住長江尾。」

「是君住太平洋這邊，我在太平洋那端。」劉佳又往馬忠懷裡鑽了鑽，「太遠了，真是太遠了。」

「佳佳，別再回去了，我們一家三口踏踏實實地在一起。」馬忠摟緊劉佳說道。

「是，我也這麼想的，什麼都比不了一家人團團圓圓的。以後你在哪，我就在哪。」

「你也特別特別想我，都想我哪兒啊？」馬忠一臉壞笑地問劉佳。

「討厭，你說我想你哪兒？」劉佳的手，向馬忠的下身伸過去。此刻，又生龍活虎的馬忠再次翻身上馬，策馬揚鞭。

倒好時差，劉佳參加了馬忠老闆為劉佳母子準備的接風宴，同時邀請的，還有公司的其他高層和家屬。按說，這樣的聚會是輪不到李春芽參加的。但也出席晚宴的人事經理宋姐，卻特意叫上了李春芽，宋姐名義上讓李春芽在飯桌上負責接待、跑腿、買單的事，實則是希望借這頓飯給狐狸精李春芽一個下馬威：人家馬總的老婆回來了，就不要再虎視眈眈地想乘虛而入了。

在嚴芳的通風報信下，劉佳知道李春芽也會去晚宴，於是長相本來就很清秀的劉佳，特意好好打扮了一下，還去做了頭髮，看起來更加漂亮大方。這頓飯，讓李春芽如坐針氈，吃得彆彆扭扭。

接風席上，公司的領導和太太們都在對劉佳噓寒問暖。公司總經理陳一峰首先敬酒：「歡迎馬夫人——劉佳女士攜小馬公子回國，喜聞劉佳女士從加拿大重回祖國的懷抱，長住國內，我內心無比激動……」

話還沒說完，眾人開始哄笑：「馬夫人帶著孩子回國，你激動什麼？」

陳一峰笑著繼續說道：「我激動的是，我不用再提心吊膽，時刻擔心馬忠什麼時候棄我而去，到溫哥華『老婆孩子熱炕頭去了』。」

「啊，原來如此。」大家哈哈大笑。

「來，劉佳弟妹，你是最偉大的人，謝謝你回來，幫我穩定軍心，幫我套牢馬忠。我敬你一杯。」

劉佳也大大方方地端起杯子：「謝謝陳總，沒問題，我一定幫你套牢馬忠。」劉佳一語雙關地說著，把杯中的紅酒一飲而盡。

接風宴在歡聲笑語中進行著，劉佳給大家講著在溫哥華的所見所聞和生活心得，以及遇見過的糗事。李春芽整餐飯忙於幫著倒酒布菜，全是公司的高層和太太們，誰也不敢得罪。

給劉佳倒酒時，坐在劉佳旁邊的馬忠還給劉佳介紹：「佳佳，這是我們公司新來的櫃檯，李春芽，她還是我老鄉呢。」

劉佳一看馬忠的表情，就知道他的心裡乾乾淨淨，清清爽爽。劉佳立刻釋然，笑著對李春芽說，「李小姐，以後有空去家裡做客，讓馬總給你做幾道家鄉菜嘗一嘗，馬總的廚藝巨佳。」

聽到這似曾相識的話，心虛的李春芽，臉上紅一陣、白一陣，馬上說：「那怎麼好意思，那怎麼好意思。」

李春芽趕快給劉佳和馬忠斟酒後走掉了。這頓飯吃完，劉佳的心放到了肚子裡，馬忠還是她的馬忠。

李春芽也明白了，自己這下是徹底沒戲了，本來就想趁著馬總老婆在國外，他空虛寂寞的時候，自己能夠填補空缺，成功上位。馬總卻夫妻情深，一直沒有上鉤，現在人家老婆都回來了，自己就更沒希望了。只能轉移目標，再覓成功男人了。

李春芽的信條就是，嫁給誰都是嫁，為什麼不一步到位，直接嫁一個成功男士，也不枉自己的青春和昂貴的整容代價。她之前還看到新聞說，外國網站上，有一位名模拍賣自己的初夜，被一位香港富豪以二百萬美元拍走。她覺得這才是物有所值，不枉青春一回。她不相信所謂的真感情，她認為自己和成功的有錢男人之間，感情是一定會培養出來的。

劉佳從溫哥華回到上海，翻過了李春芽這一頁，勝利打完婚姻保衛戰之後不久，溫哥華市政府和不列顛哥倫比亞省（簡稱BC省）政府就先後發表了新政策，要收取房屋空置稅和投機稅，防止很多人買了房子，空著不住。一邊溫哥華的房屋供不應求，房價高漲，另一邊有人卻買了房子不住，空著，這在市政府和省政府看來，是浪費資源，是在擾亂溫哥華的住房市場平衡。

廖智勳趕快告訴劉佳：「光溫哥華市政府的房屋空置稅就高達物業價值的百分之一，你們的房子五百多萬，每年就要繳超過五萬多元的空置稅。省府的徵稅叫投機和空置稅，第一年稅率是房屋估價的百分之零點五，從第二年起徵收百分之一，你們算算，得交多少稅？」

「哎呀，BC省政府和溫哥華市政府都瘋了？我買了房子，住不住關他們什麼事？」回國後已經向李春芽宣示過主權的劉佳又遇到了這件煩心事。

「一年至少要住半年，或者租出去半年，就不用交這個稅了。」廖智勳接著說。

「唉，我和馬忠商量商量。」劉佳嘆著氣說。煩惱一件接著一件，人在有選擇的時候是最痛苦的。最後，劉佳和馬忠忍痛割愛，賣掉了在溫哥華的豪宅。劉佳心裡清楚，房子再大再豪華，也不是家。有馬忠的地方才是家，把馬忠守住了，才是家。

第二十三章　魏姐

性格爽直的魏大姐是個愛說話的人，每次回家的路上，都和曉雅滔滔不絕地聊天，魏大姐的先生、兒子，以至於國內家裡的情況，曉雅都已經十分清楚。

魏大姐一直操心十六歲的兒子不求上進的問題。隨父母移民來兩年多的兒子，英語不過關，一直在ESL（英語為第二語言課程）裡跳不出來。

魏大姐和老公技術移民前都在東北的事業部門做得好好的，當時就是為了學習不好的兒子的前途著想，才辦的移民。聽說國外的中學課程簡單，尤其數理化，對中國學生來說就跟玩兒一樣。但真正到了這裡，兒子進入了中學上學，才明白不像傳言說的那樣。

「這學習不好的孩子，不把心思用到學習上的孩子，到了哪裡想進步都不容易，在國內用母語都學不好，更何況還要用英語學一遍？」

魏大姐一路嘮叨著，她和曉雅說說，也是一個紓解。

魏大姐在餐廳打工，老公做裝修工人在建築工地打工，兩個人一個貪黑，一個起早，平時見面聊天的機會都不多。魏大姐滿腹的牢騷和哀怨都不知該向誰說，讓一向快言快語的魏大姐無比憋屈，和曉雅熟悉後，她一看曉雅就是難得的好姑娘，於是從不見外地把自己肚子裡的苦水倒出來。

「你說我們在國內生活、工作都好好的，幹嘛跑到溫哥華來受這份洋罪，不都是為了這個小崽子嗎？他又不爭氣，ESL 打算讀一輩子了。ESL 跳不出來，很多課程就沒法選，選不了課，就沒有分數，你高中畢業怎麼申請大學？」魏大姐邊開著三千塊錢買的二手車，邊和曉雅抱怨著，「以前我說他，他還聽我的，現在連聽都不聽，一肚子青春期叛逆的壞水兒，上網查那些黃色圖片看，被我發現臭罵了一頓，本來就學習不好，還不把精力用在學習上。現在我一進他那房間，就跟我喊『Go away（出去）』，就差把我推出去了。他還瞧不起老娘了，嫌我的英文說得不好，有口音，開家長會見他們老師給他丟人。小兔崽子，我英文說得再有口音，我也是他媽，沒有我，他能移民到加拿大嗎？我當時先勞務輸出，做了兩年住家保母，才申請轉成移民。當時還騙國內的親戚朋友，我是部門派出來進修，否則臉都不知道往哪裡放。我們在國內也是人上人，到了這裡，現在一個端盤子，一個裝修房子，還要在國內親戚面前裝得在國外過得很好的樣子，有苦只能『自己打掉牙往肚子裡咽』，我能跟誰說去？在國內，起碼有個部門，有個組織，有個主心骨，到這裡，一下子空落落的，什麼都得靠自己，沒著沒落的。我們家那口子當初就不同意辭職、移民，是我堅持要來，結果來了，把一家三口都坑了。這個挨千刀的小崽子，怎麼就這麼不爭氣呢？哪天我打死他！」

曉雅不停地安慰魏大姐：「魏大姐，一切都會好起來的，孩子和大人一樣，都需要時間適應，一切都會越來越好的，給孩子一些時間。他現在青春期，體內的荷爾蒙變化，他也在適應自己的成長，又來到一個陌生的環境，語言陌生，文化陌生，沒有朋友，孩子也非常不容易，很多東西您要溫和地和他談，要疏導，不能圍堵，和他一起共度難關。」

「曉雅，你說的這些道理，我都明白，可是太難做到了，我看不到希望，看不到未來，我都不知道我活著的意義是什麼。」魏大姐把車停在了路邊，趴在方向盤上大哭起來，曉雅用手拍著魏大姐的後背，安慰著魏大姐，也默默地陪著魏大姐流淚。

「魏大姐，我可以幫您兒子免費補習功課，也可以和他談一談，您看行嗎？」

「曉雅，那怎麼好意思，我知道你的學習壓力也很大，你還要抽出時間打工。」

「沒關係，魏大姐，時間就像海綿裡的水，擠擠還是有的，您回家問問您兒子的意見，如果可以，我們盡快開始，我一週去您家一次給他補習功課，順便談談心，您和兒子商量一下，週六或者週日上午行不行。」

「曉雅，太感謝你了，你真是一個好姑娘，你將來一定會有好報。」魏大姐握著曉雅的手，感激涕零。

「幸福的家庭都是相似的，不幸的家庭各有各的不幸。」多少人帶著希望和憧憬移民到溫哥華，但現實卻往往不能盡如人意。移民就是一個連根拔起，再次落地生根的過程。有人適應良好，重新生根發芽；有人卻傷筋動骨，血淚斑斑。

魏大姐當天晚上次家就和兒子晨晨商量，以後曉雅阿姨一週來給他補習一次文化課，從這個週六就開始。晨晨特別奇怪，媽媽今天怎麼對他的態度這麼好，沒有往日的吼叫和訓斥，他當即答應了媽媽的要求。

曉雅每週上四天班，魏大姐一週則上六天。曉雅週三週四都休息，不到餐廳打工，週五晚上曉雅一到餐廳，還沒來得及換工作服，就看見同事們神情凝重，竊竊私語著什麼。

曉雅走過去詢問，同事們告訴曉雅，魏大姐的老公昨天自殺了，從一個商場的四樓跳下，落到了一樓大堂的地上，摔得血肉模糊，當場死亡。曉雅驚訝得張大嘴巴，目瞪口呆。

曉雅沒有見過魏大姐的老公，但從魏大姐的嘴裡知道，他是一個性格內向沉穩的人，在國內工作時，因為性格固執又不善交際，一直沒有被提拔，做了多年基層，這也是魏大姐選擇移民的原因，反正在國內也沒什麼出息，不如為了孩子奔國外，哪想到最終卻命喪國外，奔赴黃泉。

曉雅第二天一早，就來到了魏大姐租住的別墅地下室，應門鈴聲開門的是魏大姐的兒子晨晨，那個媽媽口中天天唸叨的兒子，此刻目光呆滯，眼睛紅腫，這個剛剛失去父親的孩子，讓曉雅感到心疼。

晨晨聽媽媽說過邊在醫學院學習邊打工的曉雅阿姨，而且曉雅阿姨原計劃今天就要開始來給他補習功課，晨晨請曉雅阿姨進屋。

屋內的陳設非常簡單，都是必需的家居用品。魏大姐夫婦在溫哥華一直沒有買房，本來賣掉國內房子的錢，再加上兩個人打工攢的錢，應該夠買一套兩室到三室一廳的公寓。但兩個人總想著，在國內住公寓，到溫哥華還住公寓？再等等，一步到位，買一套連排別墅城市屋。

誰知房價越等越高，魏大姐一家，一直沒有搭上溫哥華的這場房產快車，所以一直在租住別人家別墅的地下室。

其實有一次，魏大姐和老公已經約好經紀人，看了很多套城市屋，也看到了離兒子學校也近，各方面條件都很滿意的，就是價錢不滿意，太貴了，而且對方的經紀人還明確表示，想下報價單搶房的人很多，最後成交價肯定會高於叫價，魏大姐猶豫著要不要趕這波熱潮，和人瘋搶，於是問老公。老公猶豫再三，最後勸魏大姐再等等，沒必要和人一起湊熱鬧，這樣搶來搶去，搶出的肯定是冤大頭價格，於是兩個人就沒下報價單，誰知房價越等越高，越等越高，價格越來越冤大頭，越來越望塵莫及，這也是魏大姐經常埋怨和咒罵老公的話題。

「都怪你，上次那套城市屋，我們就應該搶下來，現在這房價高的，你想做冤大頭都做不起了，我們連車都上不去了，眼看著車越跑越遠。你是一家之主，你怎麼不早拿主意，我說什麼你就聽什麼啊？你是死人啊？你就不會分析分析市場行情，我要你這個男人有什麼用，別人家的男人都是棟梁，我嫁的男人就是個應聲蟲，爛泥扶不上牆，飄洋過海到了溫哥華，你也還是那個死德行，嫁給你我真是倒了八輩子血黴。」

每次這樣捱罵時，魏大姐的老公都從不還口，彷彿所有的錯都是他一人的，所有的抱怨他都理應承受。抑或，他已經對這個世界麻木，對魏大姐的責罵有了免疫力，他可以把自己隔絕在咒罵聲之外。而魏大姐恨不得老公能夠跟自己大吵一架，而不是木然地沒有任何回應，讓自己彷彿在跟一個死人說話。兒子不理自己，老公不理自己，魏大姐感受到了「人到中年百事哀」。

靠牆的桌子上擺放著讓魏大姐倒了八輩子血楣的老公的黑白遺像，照片上的人，面帶微笑，那笑容裡沒有憂傷，看著很親切。可是現在照片中的人，已經縱身一躍，決絕地結束了自己的生命，拋棄了愛人和親人，他再也聽不到老婆的罵聲了，當然也聽不到老婆撕心裂肺的哭聲。

魏大姐見到曉雅，就開始嚎啕大哭，彷彿要把悲傷和痛苦一股腦兒地哭出來。曉雅抱著魏大姐，自己也淚流滿面。

「曉雅，我的命怎麼這麼苦哇？我們就吵了一架，他頭也不回就走了，我以為他像每次一樣，吵完架一會兒就能回來，誰想到他這麼狠心，扔下我們娘倆就走了。警察問我他的情況，還問他同事他的情況，法醫得出結論，說他可能得了憂鬱症導致自殺。我怎麼這麼粗心啊？自己老公得了憂鬱症，到他死我才知道。曉雅，我好悔呀！我好悔呀！我掙命移民來加拿大幹什麼？工作工作沒了，老公老公沒了。我掙命移民來加拿大幹什麼？嗚嗚嗚嗚嗚……」

抱著魏大姐的曉雅也陪著魏大姐一起痛苦，她知道失去親人的痛苦，她了解這份撕心裂肺、痛不欲生的感受。

「曉雅，世間最怕後悔兩字，我一直在想，如果我不那麼罵他，如果我們不出國，不來溫哥華，在家鄉好好待著，不也是一輩子嗎？雖說平平淡淡，不也會舒舒服服、快快樂樂的？生活沒法倒帶，我把自己的生活過得一團糟，這世界上偏偏沒有後悔藥。」痛哭過後平靜下來的魏大姐，拉著曉雅的手說。

是呀，如果一切能夠重來，該有多好，很多悔不當初的事情就可以被糾正，很多選擇就可以重新做出，如果每個人都能以歷練的智慧、經歷過苦痛挫折後的成熟再重回過去，重新審視自己的選擇，該有多好！可是回不去了，誰又能回到從前呢！曉雅陪著魏大姐流淚，安慰魏大姐，可是人死不能復生，曉雅能說的除了讓魏大姐節哀順變，為了孩子堅強振作起來，還有什麼呢？

從魏大姐家回自己家的路上，曉雅在架空列車上看手機新聞，驚聞著名時尚設計師 Kate Spade 自殺身亡了，曉雅震驚難過。魏大姐的老公為生活潦倒所困走上了不歸路，而身家上億的 Kate Spade（凱特·絲蓓）竟然也最終以自殺的方式結束了自己的生命，還拋下了十三歲的女兒。他們都飽受憂鬱症的困擾，飽受生活壓力，希望天堂裡沒有塵世間的煩惱，願他們都能在天堂裡安好。曉雅瞬間萌生了念頭，自己將來的醫生執業方向可以選定專門治療憂鬱症的領域。學醫的曉雅明白，憂鬱症的殺傷力巨大，是隱藏在生活中的隱性殺手。

全世界有3.4億名憂鬱症患者，而重度患者中有15%會選擇自殺來結束生命。無論是魏大姐老公這樣為新生活環境所迫的普通人，還是 Kate Spade 這樣的世界著名時尚設計師，還有曾獲奧斯卡獎的著名喜劇演員羅賓·威廉姆斯這樣的名人，最終都在憂鬱症的折磨下，選擇以自殺這樣決絕的方式結束了自己的生命。他們的離去，給親人留下了無限的傷痛和悔恨，給世界留下了無盡的嘆息和悲傷。

魏大姐在辦完丈夫的後事之後就辭職了，她要帶著丈夫的骨灰盒，和兒子一起搬到一個偏遠省份生活，她說要離開溫哥華這個傷心之地，這個讓老公拋棄妻子、縱身一躍、粉身碎骨的城市。曉雅問魏大姐會不會考慮回國生活，魏大姐苦澀地笑了：「回國？移民就是一條不歸路，出來了再難回去，不論是面子還是裡子，都回不去了！」

魏大姐現在心裡最希望的就是真能有時光機，讓時光倒回從前，她不會選擇背井離鄉，不會選擇將整個家連根拔起，弄到現在這樣家破人亡，傷痕累累。

有些錯誤的選擇可以彌補，有些卻永遠也不能彌補了，生命一逝不返，丈夫這麼個大活人，從此就在世界上消失了。以前任她怎麼咒罵都不會還嘴的老公，最後卻選擇了那麼決絕的方式，告別了這個世界，告別了妻子和兒子。他把愛恨都拋在了身後，留下髮妻和兒子在世上傷痛。

魏大姐一邊懷念老公，一邊恨他無情無義，他寧可選擇死，都不願再陪他們娘倆在溫哥華活下去。

「死你都不怕，你還怕活著嗎？你怎麼能不管兒子？」魏大姐一遍一遍地叨咕著，彷彿在埋怨老公，也彷彿在說給自己聽。

魏大姐和兒子臨走時，曉雅前去機場送行，並拿出了自己積攢的一千元加幣給魏大姐。

「大姐，我的一點心意，你和孩子到一個人生地不熟的地方，一定好好保重！」

魏大姐說什麼也不要曉雅的錢：「曉雅，謝謝你來送我，大姐特別感動，你的心意大姐領了，但我不能收，你也不容易，學習那麼累，還要打工。你是個重情重義的好姑娘，好人一生平安！你一定要繼續你的求學之路，最終考取醫生的牌照，人到任何時候都要自強自立，尤其是女人，自己有了安身立命的本事，走到全世界哪裡都不怕。曉雅，你要記住，任何時候，別忘了自己的初心，知道你為什麼出發。我就是走著走著，把為什麼出發都給走忘了，把家都給走散了。」魏大姐紅腫的眼睛裡再次流下了苦澀的淚水。

曉雅也流淚了，她和魏大姐母子相擁道別時，悄悄地把那裝著一千元錢的信封塞進了魏大姐兒子的揹包裡。

曉雅離開機場時黯然神傷，雖然和魏大姐相識、相處的時間並不長，但曉雅見證了魏大姐一家的喜怒哀樂。

坐在回家的架空列車上，曉雅看著窗外發呆，馬上就要入冬了，窗外秋風正勁，黃葉不堪秋風吹襲，紛紛從枝頭掉落地面，金秋時節的美麗絢爛，現在只剩一地斑斕蕭索。「傷離別，更那堪，冷落清秋節。」曉雅的心裡有說不出的難過，替魏大姐，替晨晨，也替自己。

架空列車到了一站停下，乘客上車下車，每個人都朝自己的目的地前進，曉雅覺得，人生真的就像一趟列車，車上的乘客上上下下，有人能夠陪你全程，有人卻是中途就會下車，帶著他們的故事遠去，你能做到的只有揮手道別，真誠祝福！「Wish you nothing but the best !」（祝你萬事如意！）

第二十四章　巧遇

兩個人在車裡，有時竟然不知道該說什麼，夫妻間，竟然顯得有些生分。戀愛時，廖智勳和曉雅總是有說不完的話，每次約會，都覺得時間太短暫，稍縱即逝，恨不得把一分鐘拆抽成兩分鐘過。剛結婚時，新婚燕爾的甜蜜，讓廖智勳分別一天都會想念曉雅，恨不得一下班就衝回家，拉著曉雅的手，和親愛的曉雅好好說說話。

可現在，一門心思想著賺錢的廖智勳，開車時，腦子裡還在想著客戶的事，想著正在賣的那棟房子，應該請個 Staging（籌劃）公司，做一做門面，讓潛在買家一見傾心。

「智勳，怎麼感覺好久都沒和你說上話了？你最近太忙了。」

「是呀，太忙了，事情太多太雜，我也是為了咱麼這個家在忙。」

「我知道，你辛苦了。」

「對了，還有一個月就是我們公司聖誕年會加聚餐了，你得好好包裝包裝，到時候一定要穿金戴銀閃亮登場，珠寶首飾、名牌皮草和名包名錶，哪樣咱都不能少。你現在這個樣子可不行，根本上不了檯面，清湯掛麵的，讓我們同事看到了，多窮酸！」

曉雅半天沒有說話，最後回答廖智勳：「我習慣這樣了，簡簡單單。」

「你是我廖智勳的老婆，你簡簡單單，丟的是我廖智勳的人。你這樣，我都不願意帶你去。去年聖誕年會時，我們哪個女客戶、女同事，還有男同事的老婆，不都恨不得把家裡的寶貝全拿出來戴身上！一年就這麼一次盡情炫耀的時刻，還不好好把握？去年你死活不去參加，讓我一個人形單影隻的，特別沒面子。今年說好了，你必須得去啊。回頭我帶你上街採購，把行頭都置辦起來。」

「智勳，我真的不喜歡那樣的社交場合。而且我很快就要考試了，能不能不去了？」曉雅的語氣近乎哀求。

「人家都帶女伴，我沒有，也太寒磣了吧？我可問你了，是你自己說不要去的，那我就和我的女助理 Angela（安吉拉）結伴了，正好她也沒有男伴可帶。」廖智勳趕快說道。

「好的。」曉雅鬆了一口氣。

其實廖智勳心裡也鬆了一口氣，他早就算準曉雅不會去，故意這樣問她。他的助理 Angela 早就嬌滴滴地和廖智勳說過：「Raymond，人家沒有男伴陪著參加聖誕聚會，怎麼辦啊？」

「想讓我做你的男伴嗎？」廖智勳語帶挑逗地說道。

「當然想啊！不過你太太那麼漂亮，你哪會要我陪你啊？」

「她哪有你漂亮？你這個小妖精。」

兩個人正在一棟別墅內準備做 Open House（房屋開放展示），此時時間尚早，還沒有客人登門看房，廖智勳邊說邊放肆地掐 Angela 的屁股。

Angela 就勢貼到了廖智勳的身上，妖媚地問：「一會兒工作結束，到我那裡喝一杯吧？」

「好哇。」廖智勳色迷迷地答道，手又放到了 Angela 的胸前揉捏。

風騷又開放的 Angela 和廖智勳早就超越了工作關係。一次廖智勳和 Angela 在簽下一個別墅的單後，一起請客戶吃飯，飯後兩個人又接著去酒吧，慶祝這一單交易中近十萬的經紀費進帳。廖智勳賺到了自己當經紀人以來最多的一筆佣金，還大方地給 Angela 抽了很多。

廖智勳當晚喝多了，Angela 也沒少喝，她直接把廖智勳帶回了自己家，醉醺醺的兩個人一起滾了床單。第二天一早，廖智勳醒來，看著自己光著身子躺在床上，旁邊是也光著身子的 Angela，廖智勳嚇壞了，不知所措，他擔心 Angela 興師問罪。哪知宿醉醒來的 Angela，摟過廖智勳一頓狂吻，接著直接坐到他身上，兩個人又激情燃燒地翻雲覆雨了一把。

廖智勳欣喜若狂，他就喜歡 Angela 的這份開放和不在意，把性愛當成了一種享受，不需互相負責，不需做出承諾。Angela 也成了廖智勳婚內出軌的第一個對象，為他打開了婚外情的窗戶，原來還有這一番天地。從此後廖智勳如魚得水，和 Angela 經常暗度陳倉，單純的曉雅對廖智勳的出軌渾然不覺。

這一天，廖智勳又借陪客戶之名到 Angela 的公寓幽會，曉雅從餐廳下了班，只得冒雨自己搭公車回家。溫哥華位於太平洋西海岸，是加拿大氣候最溫和宜人的城市，但也被稱為「加拿大雨都」、「Raincouver」、「雨哥華」，冬天就進入了漫長的雨季。將那首悽婉動聽的歌曲《冬季到臺北來看雨》

改成《冬季到溫哥華來看雨》也再合適不過。雨季裡幾乎很難見到太陽，雨下得或大或小，總讓人感覺溼漉漉的，陽光在溫哥華的冬季，成了奢侈品。很多人厭煩溫哥華的冬天和雨季，甚至在冬季會變得憂鬱。曉雅卻已經習慣了溫哥華的雨，她甚至喜歡上了下雨。雨滌盪世界，滌盪空氣，也滌盪心靈。

下雨讓她想起了小時候，媽媽摟著她，撐著傘在雨中行走的情景。媽媽雖說在工廠做會計，卻很有生活情趣，家裡布置得非常雅緻。媽媽買的雨傘也是那種漂亮的，上面帶著碎花的傘。曉雅故意跑到傘外淋雨，媽媽會摟過曉雅，說一句「小淘氣」，曉雅忘不了媽媽那溫柔、關愛的眼神，忘不了媽媽留給她的美好、溫暖的回憶。

她常常在雨中散步，聽著雨點打在雨傘上的嘀嗒聲，回憶著媽媽。雖然雨水無法沖走她懷念媽媽的憂傷，但會讓她的心靈平靜，讓她感覺媽媽離她並不遙遠，媽媽應該在天上注視著她，陪伴著她。

曉雅正撐著傘，聽著雨滴聲，邊站在公車站等車，邊沉浸在回憶中。突然，一輛黑色藍寶堅尼跑車停在了她旁邊，曉雅正奇怪，看到了從車上下來的李天豪。

李天豪溫柔地問曉雅：「還記得我嗎？」曉雅愣了一下，在李天豪的提醒下，想了起來，自己一年多以前曾經追尾過人家的車。

曉雅說：「那次真不好意思，追尾了你的車，車修好了嗎？我記得你當時開的車是橙色的。」

整天悶頭學習，從未研究過奢侈品的曉雅對各類名牌毫無概念，對車更是一無所知，就算你開一輛價值數百萬、外形帥酷炫到炸天的豪車，她也只會從車的顏色來區分。

李天豪笑著說：「記性真好，這是我的另一輛車。這麼晚了怎麼你的那位沒來接你回家？你自己還沒有考到駕照嗎？」

「還沒有，後來就給耽擱了，沒再練車，也沒考。他今晚有事，我一個人坐公車回去也挺方便的。」曉雅回答著李天豪的問題。

「方便？等了多久了？這麼晚一個女孩子在這裡等車太不安全！上車，我送你回家！」

李天豪說得斬釘截鐵，曉雅還是說：「沒關係，應該還有幾分鐘公車就來了，謝謝你的好意，我坐公車就行了。」

李天豪則走到曉雅一側，打開車門，不由分說請她上車，說：「我順路送你，上車吧。」

曉雅很是奇怪：「你怎麼知道順路？你也不知道我住哪裡？」

李天豪則堅持說：「我說順路就順路，上車吧！」

李天豪已經把曉雅推上了車，關上了車門。曉雅想要推辭，但總不至於跳車逃走，而且她也不知為何，認為李天豪應該不會是壞人，於是就沒再拒絕。車子起步以後，李天豪問曉雅：「你家住哪？」

曉雅笑了，說：「我就說，你說順路，你怎麼知道順路，你連我家住哪都不知道。」

李天豪則故作玄虛幽默地說：「大師我感應到是順路。」

曉雅被李天豪的動作給逗笑了，感激地說：「真是非常感謝你！」

「看到你開心地笑真好，這是我第二次見你，第一次看到你是你在哭。你笑起來真好看！」

曉雅羞澀地低下了頭，竟一時不知道說什麼好，也不敢看李天豪眼中射出的灼熱的光，她低頭告訴李天豪自己家裡的地址，不再說話，李天豪心情雀躍地開著車。

自追尾事故相遇後，他從沒有忘記過曉雅的臉，那一張美麗的楚楚可憐的帶淚的臉，每次想起總能觸碰到他心底最柔軟的那個角落。但李天豪並沒有給曉雅打電話，心裡想：這是個良家女孩，又已經有了老公，自己不要去招惹和打擾她了。但他把曉雅始終藏在心底，並且感覺自己和這個女孩冥冥中有緣分，他們一定會再次相遇的。

今天的再次巧遇讓他激動不已，當他駕車看到這個細雨中撐傘的美麗側影，孤獨地站在公車站，那一刻的畫面又在他心中定格，觸碰到了他的心底，他一眼就認出了曉雅，他知道他和這個女孩注定有緣。

浪漫的雨夜，他夢中常常出現的女孩，撐著一把油紙傘，憂傷地站在雨中，就在等著他這個白馬王子的到來，李天豪一下子被自己的想像陶醉。

「周曉雅，周曉雅。」他心中默唸著周曉雅的名字，「你我命中注定有緣。」

李天豪閱人無數，情場經驗豐富，每次都是他掌握主動，也有偶爾動情的時刻，最後都被女孩們的物質要求擊潰了柔情，最終一幕幕床第之歡，演變成了赤裸裸的物質和肉體的交換，一次次激情燃燒後，他會更加莫名的孤獨和惆悵。

他不缺金錢、不缺豪宅、不缺名車，他的生活可以用物質氾濫來形容，他想要的移民身分，也已經在爸爸老部下找「專業人士」的安排下，妥善解決。

來溫哥華八年多，美其名曰來留學的他，本來學習成績並不差的他，除了前半年去語言學校學習英語，之後就開始終日聲色犬馬，在自由中放縱沉淪。

除了古柯鹼、海洛因那些硬性毒品沒有碰過，大麻、笑氣、搖頭丸他都曾嘗試，發生過的一夜情更是不計其數。在這些沉淪中，他有一種報復的快感，他知道靠父親的合法收入，他絕不應如此有錢，這些錢是受賄而來，而自己就是人人喊打的「貪官二代」。這也是父親暗示他不要暴露自己是誰的原因，他從不敢跟人說父親的真實身分，別人問起，他就說父親是在國內做生意的，也一律告訴別人自己的英文名字。

很多人都說「溫哥華好山好水好無聊」，李天豪卻不這樣認為。只要有錢，這裡玩飛機、玩遊艇、玩賽車、玩槍支、買大麻、賭博、泡洋妞，都比在國內方便得多。

當初自己還操著二半吊子的英文時，夜店酒吧裡的洋妞也圍著他轉。生長在溫哥華的洋妞們被李天豪出手的闊綽給震懾住了，從來沒有去過中國的她們想不明白，自己在歷史課裡學到的，幫助建設加拿大橫加鐵路的不都是中國勞工嗎？當年來北美淘金，在礦場裡辛苦工作的不都是中國勞工嗎？中國不是很窮嗎？怎麼現在的中國人這麼有錢，這麼揮金如土！

在夜店碰到的李天豪這樣的公子哥，上了幾回床，就能換回一個名包或者一塊名錶。想不明白的洋妞們，也懶得再去思索。拜金是很多年輕女子的共性，不論族裔。這個世界誘惑太多，而年輕漂亮女孩子們手裡的資源，就是吹彈可破的肌膚、妖嬈的身材和無敵的青春活力。拜金的女孩，知道自己的青春也時刻在流逝，「花開堪折直須折」，要抓緊時間把大好的資源變現。

李天豪這樣的人就是她們變現的快捷途徑之一。如果運氣好，說不定還真跟高富帥譜出戀曲，嫁入豪門呢。連比哈里王子大三歲的離婚女演員都能嫁進英國皇室，這個世界有什麼是不可能的呢？於是乎，出手闊綽的李天豪身邊，鶯鶯燕燕形形色色，羨煞旁人。

李天豪更是賭場的 VIP 大客戶，甚至還有拉斯維加斯的賭場派專機到溫哥華接他去豪賭。拉斯維加斯的紙醉金迷、燈紅酒綠，李天豪都習以為常，頂級賓館總統套間的奢華在他眼裡也還沒有趕上自己溫哥華的公寓。

李天豪周圍還有一群所謂的好兄弟、好朋友，只要有錢，就不缺圍著他轉的人，他心裡知道，那都是酒肉朋友，各自心懷鬼胎。他沒人可以交心，因為他不敢，也不能說太多，就這樣酒池肉林地過吧！起碼紙醉金迷的感官刺激可以讓他忘記煩惱，他不知道該有什麼樣的奮鬥目標，他已經完全不需要奮鬥，就擁有了別人奮鬥幾輩子也得不到的一切。

這個世界的不公平之處就在於，都說不能輸在起跑線上，但呱呱墜地的嬰兒一出生，就已經注定不在一條起跑線上了。如果人生是一場競賽，那麼有人需要跑馬拉松，有人需要跑一萬公里，有人竟然根本就不用跑，因為他的衝刺線和起跑線重合。在完全不同的遊戲規則下，大家根本沒有可比性，有人一出生，就注定已經贏了。

但李天豪過著這所謂贏家的人生、所謂高大上的人生，卻越來越索然無味和麻木。他清楚地知道了，錢可以買來快感，卻買不來快樂，快感消失後，是更加的不快樂和對自己像一條寄生蟲的厭惡。

李天豪父親的前下屬黃叔叔，僱用了專門的律師、會計師、投資理財顧問、地產顧問、保險顧問、各類專業人士，幫他打理途經地下錢莊源源不斷轉到溫哥華的金錢，而且雞生蛋，蛋生雞，錢生錢，本來說不清、道不明的燙手錢，不斷被投入溫哥華火熱的房地產中、銀行基金中、保險中、賭場中，被洗濯得清清爽爽、乾乾淨淨。父親只有一條原則，李天豪低調地揮霍可以，絕不要暴露父親的身分。

但李天豪擁有的這些，並沒有給他帶來快樂，反而讓他空虛寂寞，沒有人生方向，他強烈地想找人分享他的心事，但放眼望去，他無人可說。周曉雅的純淨眼神無形中擊中了他，千帆過盡的直覺告訴他，這個純潔脫俗的女孩就是他想傾訴的那個人。

一路上，李天豪了解到曉雅在溫哥華著名大學內的醫學院讀書，李天豪更對曉雅刮目相看，怪不得這個女孩的氣質和自己平日接觸到的那些拜金女不同。而自己的母親生前也是醫生，他還記得自己小時候到媽媽工作的醫院玩耍的情景。

「我媽媽生前也是醫生，而且是非常棒的心臟外科醫生。」

「你媽媽去世了？」曉雅問道。

「是，我九歲時，媽媽出車禍去世了。」

曉雅心頭一震，這是一個和她同病相憐的人，都是九歲就失去了最親愛的媽媽。

「我媽媽也是在我九歲的時候，患乳腺癌去世了。」

李天豪的心頭也一震，他更加相信自己和曉雅注定有緣。

曉雅告訴李天豪，那天教她車的是丈夫廖智勳，現在是一名地產經紀人。

雖然沒有主動出擊，但李天豪始終惦記曉雅是否過得好，那天那個窮酸男對曉雅的態度，讓他耿耿於懷，他想「這樣的女孩你應該捧在手心裡當個寶貝，怎麼捨得臭臉相向，對她又吼又叫」。

李天豪衝口而出問曉雅：「你過得幸福嗎？」

曉雅愣住了，沒有想到李天豪這麼直白地問自己，她回答說「挺好的」，就沒再說什麼。

車裡的空氣似乎凝結了，兩個人都不知該再說些什麼，只聽到李天豪車裡正在播放的陶喆的歌曲——《就是愛你》：「我一直都想對你說，你給我想不到的快樂，像綠洲給了沙漠，說你會永遠陪著我，做我的根、我翅膀，讓我飛，也有回去的窩。我願意，我也可以，付出一切，也不會可惜，就在一起，看時間流逝。要記得我們相愛的方式，就是愛你愛著你，有悲有喜。有你，平淡也有了意義，就是愛你愛著你，甜蜜又溫馨，那種感覺就是你。……我願意，真的願意，付出所有，也要保護你。在一起，時間繼續流逝，請記得我有多麼的愛你，就是愛你愛著你，不棄不離，不在意一路有多少風雨，就是愛你愛著你，放在你手心，燦爛的幸福全給你……」

李天豪目視前方開著車，心裡卻無限柔情，這首歌不就是他想對曉雅說的話嗎？雖然只是第二次見曉雅，但美麗清純的曉雅已經無數次地出現在他的夢中。

儘管李天豪刻意放慢車速，和自己平時的開車風格完全不相符，他想盡可能地和曉雅多待一會兒，但車子最終還是不得不開到了廖智勳新買的聯排別墅小區門口，曉雅鬆了一口氣。她感謝李天豪送她回家，一再道謝，李天豪停下車，連說「不用謝，不客氣」，但希望和曉雅加個微信，以後聯繫方便，需要用車時直接找他就行。曉雅微笑拒絕了，說今天巧遇感謝幫忙，以後怎麼好再麻煩他。

正在兩個人你一言我一語的客套中，廖智勳開著 BMW X5 從 Angela 的香閨回來了，看見了站在藍寶堅尼跑車旁的曉雅和李天豪。廖智勳剛想發作，埋怨曉雅這麼晚怎麼和一個開豪車的男人在一起，但轉念一想，看這豪車，說不定這是自己的潛在大客戶，於是笑著走過來和兩個人打招呼。

看到李天豪他愣了一下，覺得這人怎麼有些眼熟，想起來了之前的追尾事故。廖智勳笑嘻嘻地說：「哥們兒，是你呀！上次追尾你的車，真不好意思！後來保險公司也沒找我們，這都一年多了，你一直沒有走保險理賠？車一直沒有修嗎？」

李天豪一看廖智勳的滿臉堆笑，也就忘記了追尾時兩個人的劍拔弩張，回答說：「已經修好了，我沒走保險，自己花錢修的。」

「哎呀，哥們你太大氣了，太仗義了。這該怎麼感謝你好呢！」廖智勳一臉諂媚。

「沒什麼。小事一樁。」

「太謝謝了，太謝謝了！」廖智勳差點給李天豪鞠躬，他轉頭看著藍寶堅尼，問李天豪：「哥們兒，你換車了？」

「啊，這是我的另一輛車。」李天豪語氣平淡地回答。

廖智勳心想：「這主肯定是官二代或者富二代，左一輛豪車、右一輛豪車，開著值一棟房子價錢的車天天在馬路上跑，我就算努力一輩子，也沒有人家含著的金湯勺值錢。」

但想歸想，廖智勳還是一臉諂媚地說：「哥們厲害！每輛車都那麼牛！」

李天豪則一副無所謂的表情，說：「哪天借你開。」

廖智勳異常開心，說：「哥們兒，我們不打不相識，這是我的名片，咱再加個微信，以後就是朋友了！有什麼需要我幫忙的，隨叫隨到。」

此刻的廖智勳，心裡早已從仇富變成了媚富，他要透過這些有錢人發財，發大財，讓自己也可以站到富人的隊伍中去。

李天豪雖然對廖智勳沒什麼好印象，但礙於曉雅，他和廖智勳加了微信，並說：「好哇，以後需要買房、賣房，找你幫忙。」

廖智勳喜上眉梢，心想「這主兒買賣的房子肯定都得是上千萬的豪宅」。

周曉雅看著廖智勳對著李天豪點頭哈腰地獻殷勤，心中有些不舒服，突然發現廖智勳已經變得越來越陌生。

目送李天豪的藍寶堅尼離開後，廖智勳則立刻換了一副面孔，冷冷地轉頭問曉雅：「你們兩個怎麼在一起？怎麼聯繫上的？他給你打電話了？還是你給他打電話了？」話語間還透露出一絲懷疑和醋意。

曉雅清清白白地把等公車時巧遇李天豪的經過說了一遍，廖智勳這才放下心來，但還是有一絲不悅，心想：「這也太巧了吧？怎麼會這麼巧？而且李天豪這麼久了竟然還記得曉雅，夜色中還能認出她來，停下車送她回家。」

第二十五章　李家

廖智勳看到微信後的感覺，就像是天上掉下個大餡餅砸到他的頭上，樂得合不攏嘴，心想「這李天豪果真是條大魚，親戚都這麼有錢，人還沒到，就先要買別墅了，我得把這條大魚抓緊嘍」。

於是廖智勳詢問了李天豪大概對房屋和價位的要求，開始在經紀人使用的 MLS（行業全開放房源聯繫系統）裡幫助找合適的豪華別墅，最後篩選出五棟都是占地大、房屋豪華又在好學區的房子，和賣方經紀人約好時間後，他帶著李天豪去看房子。

廖智勳自己甚至也是第一次擔任這樣過千萬元豪華別墅的經紀人，自己也是第一次走入這樣豪華的房子，他看得眼花撩亂，但表面上還要裝得很鎮定老練，不能被李天豪給看出來。好在李天豪沒有像他的其他客戶一樣，問東問西，問長問短，恨不得把房子掘地三尺的資料都問出來。

李天豪一副見慣不怪的表情看著每一套房子，無論怎樣的豪華在他那裡都無法再引來驚嘆。在廖智勳看來，這是李天豪富貴人生歷練後的結果，但李天豪自己則覺得是一種悲哀。當你對世間很多事物都失去驚喜和欣賞後，人生還有什麼樂趣呢？當你心中洞明，一切的浮華背後都是金錢的堆砌，看著所謂的高雅裝飾其實都透著銅臭味的時候，人生還有什麼樂趣呢？

最終，李天豪選擇了最貴的那一套別墅，指示廖智勳下了買房報價單，並讓廖智勳和他的銀行經理直接聯繫付定金的問題，而且隻字未提讓廖智勳在地產經紀仲介費用方面給些折扣的事。

廖智勳差點沒樂得背過氣去，這一套房的佣金比他買賣幾套其他別墅或者幾十套公寓賺得都多，自己今年一年，就此可以不用再接其他生意了，未來幾年的吃穿用度都不用愁了。

而李天豪之所以選擇廖智勳幫忙買房，沒有讓自己之前相熟的經紀人幫忙，就是為了幫一把周曉雅，希望她的日子能好過一點。

按合約上簽訂的日期交房進戶一週以後，廖智勳接到李天豪微信，說豪華別墅的主人——李天豪的小姑、小姑夫，後天帶著女兒就要來溫哥華登陸了，帶的行李很多，李天豪讓廖智勳跟他一起去接飛機。

廖智勳一看趕快說好，自己作為幫著買豪宅的經紀人，幫忙接飛機理所當然，自己也想看看這位有錢的金主是什麼樣的，說不定未來的生意潛力無限。

李天豪和廖智勳還有黃叔叔，以及幫助李天豪的小姑辦移民的仲介人 Richard 分別開車到機場後，一造成國際接機廳等候。

由於李天豪的小姑李瑩、小姑夫周志強和女兒莎莎是新移民登陸，要走機場移民局的程序，李天豪、廖智勳、Richard（理查）三人一等等了三個多小時，李瑩、周志強和十三歲的女兒莎莎才從通道走出，旁邊跟著幫著推行李車的機場服務人員，行李車上大包小包，而且清一色是 LV 的皮箱，特別扎眼。

穿著渾身名牌的李瑩一見李天豪激動得一把抱住，大喊著：「天天，天天。」

廖智勳猜「天天」應該是李天豪的小名，看著李瑩和李天豪的親熱想見，心想著姑姪二人感情還真好，怪不得李天豪在姑姑來之前就幫著把房子都買好了。

李瑩、周志強和黃叔叔也很熟稔地親熱打著招呼，一看他們從前肯定已經認識，而且交情匪淺。

廖智勳打量李瑩和周志強，李瑩打扮入時，身材高挑勻稱，一頭披肩長髮，長相甜美的娃娃臉，再加上一雙杏仁眼，還真看不出已經是一個十三歲孩子的媽媽了。

廖智勳心想：「這有錢就是好，保養得當，連歲月這把殺豬刀都會對你網開一面，下手輕點兒。」

小姑夫周志強和黃叔叔握手擁抱後，和李天豪也來了個熊抱，周志強年齡應該在四十歲左右，看起來很精明，但周志強看廖智勳和 Richard 的眼神有些居高臨下。

莎莎則是雀躍地喊著「天天哥哥，天天哥哥。」一看這對表兄妹的感情就很好。

李天豪介紹了眾人後，四輛豪車組成了一個小型車隊，廖智勳的 BMW 和 Richard 的賓士竟然成了車隊裡最差的兩輛車，拉著行李跟在李天豪的藍寶堅尼和黃叔叔的悍馬後面，一行人開往西溫哥華的豪宅。汽車從位於列治文的機場，經過溫哥華高樓林立的市中心，再走獅門跨海大橋，前往西溫哥華。一路上，溫哥華不同的社群展現著不同的美。繁華之美、清幽之美、大氣之美，盡收眼底。

李瑩和莎莎坐在李天豪的車上，李天豪一路上為小姑和表妹介紹著溫哥華的風景，莎莎好奇地對李天豪問東問西。

周志強則乘坐老黃的悍馬，兩個人一進車裡，就開始聊起了李天豪父親的近況。

「老闆最近還好嗎？」老黃忠心耿耿地問。

「還好，不過最近大家都要小心為上，不要踩雷。」

「明白，我這邊請老闆放心，都很穩妥，天天我也會照顧好。」

「好，以後李瑩和莎莎也請你多費心了。」

「沒問題，你和老闆都請放心。」

為李瑩購買的房子，位於西溫哥華一個被稱作「British Property」——「英屬物業」的小區內，「英屬物業」在20世紀初，曾長期不准非白人購買，非白人當中當然也包含華裔。

時代變遷，現在這個堪稱大溫哥華最貴的上等住宅區，很多房主都是財大氣粗的華裔了。

豪華車隊頗為壯觀地駛到了豪宅，卸下行李，李瑩一家三口開始參觀起自己的家。一進門，透過客廳的落地窗，映入眼簾的是廣袤無垠的大海。廖智勳向李瑩一家三口介紹說，這棟豪華別墅，過去的房主是加拿大一支著名冰球隊的股東，當年房主僱傭加拿大著名的設計師，設計興建了該別墅，別墅曾經獲得設計大獎，還被新聞報導過。

這套豪宅內僅廁所就有十一個。地下室內建有家庭影院、健身房和游泳池，後院還有網球場、籃球場。寬大的車庫裡可以停泊六輛車。

走到客廳的一面牆壁前，李天豪按了一個遙控器按鈕，一輛金燦燦的摩托車變魔術一樣從地下徐徐升起，眾人都覺得很神奇，莎莎鼓掌叫好，原來這豪宅還真是在設計上與眾不同，別出心裁。參觀完，李瑩一家三口對姪子表示非常滿意，也感謝廖智勳幫忙買房。

黃叔叔、李天豪一行帶著李瑩一家三口前往溫哥華一家有名的中餐廳給他們接風，點了皇帝蟹、龍蝦、象拔蚌、游水蝦、鮭魚、鱈魚、生蠔等各類海鮮，李瑩一家三口吃得不亦樂乎，大讚過癮。

「溫哥華的海鮮就是好，真道地！」周志強誇獎道。

「以前價格也很公道，現在則是很貴了，知道為什麼嗎？因為大量出口中國，水漲船高，溫哥華本地人都快吃不起了。」李天豪笑著說。

「是嗎？那天天請客，我們可要多吃點！」周志強哈哈大笑。

「天天哥哥要天天請客喲。」莎莎俏皮地調侃表哥。

「沒問題。」李天豪豪爽地回答，「莎莎，多吃，一定要多吃，大溫哥華可是除了中國，地球上吃中餐最道地的地方，今天是粵菜海鮮，明天帶你們去吃川菜，後天去吃上海菜，大後天去吃東北菜，大大後天去吃……」

李天豪還沒說完，李瑩打斷他：「天天，我們剛吃得溝滿壕平，你就先別計劃明天後天大後天吃什麼了。帶我們去遛個彎消化消化食兒吧。」

這時老黃買單已經回來，和李天豪帶著李瑩一家來到了溫哥華最有名的市內原始森林公園——Stanley Park（斯坦利公園），這裡就像紐約的中央公園一樣，是城市的肺，公園就是一個天然大氧吧。

李瑩一行人沿著海邊步道行走，看到有人在騎單車，有人在滑輪滑，還有人在跑步，每個人的臉上都充滿活力和朝氣。吹著徐徐海風，望著如畫美景，讓人覺得彷佛置身天堂，李瑩一家三口對溫哥華讚不絕口，愛上了這座城。李瑩迎著海風，張開雙臂，好不愜意。

一樣的城市，一樣的風景，魏大姐一家黯然神傷離開，李瑩一家歡欣雀躍登陸。

溫哥華，這個移民城市，這顆太平洋上的明珠，這個加拿大的亞太門戶，每天都在見證著「幾家歡喜幾家愁」的不同故事，見證著移民們的喜怒哀樂、成功失敗，見證著豪情萬丈，也見證著失魂落魄。

第二十六章　偷歡

周志強短暫登陸溫哥華一週後就回國了，說是國內的工作脫離不開，留下李瑩和莎莎娘倆在溫哥華，李瑩也就成了留守太太。

溫哥華被人戲稱為「大奶村」，很多人在這裡安頓好自己的太太和子女，自己回國做太空人，繼續當官、做生意。有些變了心的，經不住誘惑的，就會和小三在國內雙宿雙飛，留下無數「大奶們」，在這裡獨守空房，辛苦拉扯著孩子，箇中辛酸只有這些留守太太、陪讀媽媽們自己明白。

外人看來陪讀媽媽們衣食無憂，住著豪宅，開著名車，渾身名牌穿戴，每天只用接送孩子上下學、去去各種興趣班，能有什麼煩惱和辛酸。

「此去經年，應是良辰好景虛設。便縱有千種風情，更與何人說？」殊不知光鮮亮麗的背後，是一個人的孤獨、無助和類似單親媽媽一樣的辛酸，如果再遇到一個叛逆、學習不上進的孩子，陪讀媽媽連死的心都有了。李瑩現在成了大奶村中的一員。

李天豪幫著莎莎在當地最好的一家公立中學辦好了入學手續，李瑩本來想讓孩子入讀私校，但這裡排名好的私校都需要考試，莎莎剛剛出國，英文還需要適應學習，直接入讀頂尖私校的可能性不大。而且李瑩聽說，加拿大的國中和高中是在同一間中學裡連在一起讀的，如果是從公立中學畢業又能考上名牌大學的學生，才是最牛的。而莎莎入讀的這間公立中學，就出過很多考取美國常春藤名校的學生。

一切安頓妥當，莎莎也開始了在新學校的生活，廖智勳還幫莎莎找了英文補習老師。在國內學習成績就不錯的莎莎，到了這裡覺得課程並不難，就是很多英文術語需要學習。莎莎雖然家庭條件優越，但一直是一個懂事、自立的孩子。

一晃李瑩和莎莎已經來了幾個月，隨著廖智勳越來越多的幫忙，李瑩也越來越依賴這個地產經紀人，她把廖智勳當成了自己的朋友，雖然廖智勳比她小很多，但辦事卻很沉穩，尤其是一個女人在異國他鄉帶著孩子並不容易，住著一個大別墅，雖然很舒服，但裡裡外外的事情很多，如果沒有廖智勳的幫忙和張羅，李瑩還真搞不定。

現在李瑩遇到什麼事情，都拿起電話打給廖智勳：「小廖，找你幫忙。」而廖智勳每次都盡心盡力幫忙處理，李瑩越來越依賴廖智勳，心裡對這個地產經紀人的感覺也悄然發生著變化。廖智勳對李瑩這個有錢又風姿綽約的大客戶也頗有好感，他也感覺到了李瑩對他的好感，兩個人之間的互動也變得越來越曖昧。

李瑩在國內也過慣了前呼後擁的生活，到了溫哥華，雖然有姪子李天豪的照應，有李天豪介紹的朋友的照應，但這樣的照應是無法彌補空虛和寂寞的，李瑩內心深處總覺得缺失了什麼，她又說不清楚，是想念周志強嗎？好像又不是。

在國內，周志強也是早出晚歸，夫妻兩個人見面交流的機會也不像其他夫妻間那麼多，而且李瑩知道，周志強在外面還有人，而且有一個私生子。周志強迫於李瑩哥哥的權威，不敢對李瑩不好，畢竟周志強的生意還要指望著大舅子提攜，權利、權利，有權自會有利，周志強是李瑩的哥哥、李天豪父親的外應，他的生意做得風生水起，這也是在幫助李家積攢財富。

這是一張無形的網，每個人都在網中，雖然網中的相處未必完美和諧，但誰也不敢掙脫這張網，否則就會魚死網破。

李瑩家的抽水馬桶出了問題，沖水後總是滴答滴答地流不停，李瑩把這事和前來幫助李瑩處理其他事情的廖智勳說了，廖智勳脫下西裝，捲起襯衣袖子，開始幫李瑩修馬桶。李瑩靠在廁所的門框上，看著廖智勳的側影，竟然有些看入迷了，這個經紀人還真帥氣。

修好馬桶，廖智勳站了起來，轉頭對李瑩說：「修好了，不是什麼大毛病，就是有個接頭有些鬆了。」

廖智勳看到的是李瑩有些花痴的灼熱目光，廖智勳心裡一動，但他不敢輕舉妄動，李瑩可是自己的大客戶，她的姪子李天豪也是身家豐厚，自己不能莽撞，萬一會錯了意，弄丟了客戶，可不是小損失。

廖智勳洗完手，接過李瑩遞過來的毛巾，擦乾手後告辭。他心裡想，放長線釣大魚，不急在這一時半刻，少安毋躁。

已經凌晨十二點半，李瑩和廖智勳在微信上聊著天兒，夜色越深，心也就越來越蠢蠢欲動，聊的話題也就越來越曖昧，這讓李瑩更加孤枕難眠，今天下午廖智勳的表現，讓李瑩知道這個小夥子對自己並非無意，只是不敢跨出那一步，沒接到自己的明確訊號，他是不會輕舉妄動的，但只要自己主動，他一定會接招。

於是李瑩自拍了一張看上去嬌羞還小露春光的照片發給了廖智勳，後面赤裸裸地打字問道：「想我嗎？」

躺在自己臥室床上的廖智勳看到照片，立刻領會了李瑩的意圖，對方已經這麼主動，箭在弦上，他還在等什麼？他恨不得立刻從自己的床上，衝到李瑩豪宅的床上。但廖智勳看看還在臥室電腦前學習的曉雅的背影，還是抑制住了衝動。

廖智勳和曉雅的性生活並不和諧，廖智勳慾望很強，曉雅則是越來越冷淡，或許是學習和打工的壓力造成的，每次曉雅都像交作業一樣完成任務，幾乎沒有全情投入，這讓廖智勳感到不滿。廖智勳和女助理 Angela 早已經暗度陳倉，這婚外情就像潘朵拉盒子，一旦打開，讓廖智勳欲罷不能，盒子裡春光無限，桃花朵朵。

李瑩的綽約風姿和風情萬種，讓廖智勳神魂顛倒，雖然李瑩比他大了十幾歲，但她渾身上下散發的女人魅力，如成熟的水蜜桃一樣，深深地吸引著廖智勳，讓他控制不住地想嘗一嘗這水蜜桃的滋味。

而且廖智勳早就已經忘記了當時來溫哥華的初心，是要和曉雅堅守愛情，甜甜蜜蜜、自由自在地雙宿雙飛。現在的他，一心想體驗花紅柳綠，鶯歌燕舞，否則自己賺錢發財的意義何在。自古英雄愛美女，這也是男性打拚奮鬥的原因，自己已經錯過了整片森林，一直吊在曉雅這一棵樹上。現在發達了，自然不能再錯過沿途的旖旎風光，更何況李瑩這樣的富婆是自願，也是資源，何樂而不為？

第二天上午，廖智勳開著車，風一般迫不及待地來到李瑩的豪宅，李瑩的女兒莎莎去上學了，李瑩聽到門鈴聲，從監視器裡看到是西裝筆挺、英俊魁梧的廖智勳，她的嘴角漾上了笑意，將自己襯衣上面的扣子又解開了兩個去應門。

廖智勳看到李瑩開門，迫不及待地進來鎖上門，一把將李瑩擁入懷中，瘋狂地吻她，手已經順著李瑩解開的襯衣釦子伸入到李瑩胸部揉捏，兩個人撕纏著，從門廳一直擁吻和揉捏到臥室的床上。兩個人此刻如乾柴烈火般燃燒、釋放。李瑩床上的風情萬種、淺叫低吟，都讓廖智勳欲罷不能；廖智勳年輕的肉體和熊熊燃燒的活力，也讓獨守空房的李瑩體驗到前所未有的滿足。

有了第一次，就有第二次、第三次，兩個人如吸毒上癮一般一發不可收。從此只要是廖智勳沒有客戶預約，上午趁著莎莎去上學，李瑩有空檔的時候，廖智勳幾乎天天光顧李瑩的家。兩個人都沉浸在這段感情和肉體的偷歡中無法自拔。但倆人也都知道，永遠只能是偷歡，他們最終是無法走入婚姻的。

第二十七章　李瑩

但李瑩也已經明白，談戀愛時男方的海誓山盟、溫柔和關愛，不過是體內雄性荷爾蒙釋放所衍生的副產品，周志強當年狂追自己，除了對自己有好感，裡面還夾雜著對自己家境的追求和利用。

李瑩和一個自己在溫哥華認識的朋友，也是莎莎同學的媽媽趙鳳成了好朋友，趙鳳和李瑩的境遇相同，一個人帶著一個十三歲的男孩在溫哥華陪讀，生意做得很大的老公留在國內，據說和小三已經生下了孩子，趙鳳死活不離婚。雖然年齡和李瑩差不多大，趙鳳卻顯得蒼老許多，年輕時曾經當過模特兒兒的趙鳳，現在身材也已經走樣，顯得膀大腰圓。趙鳳和李瑩最大的樂趣，就是兩個人在一起咒罵老公。

「我現在想明白了，男人啊，追你的時候，恨不得當牛做馬，一旦你人老珠沒了，你為他們當牛做馬他們都不要。女人呀，從一開始就該明白，他當然不會一輩子就對你一直好下去，戀愛中的女人呀，該好好享受當公主就的待遇，結婚成家以後，有了孩子以後，人老珠黃以後，他對你膩煩了以後，還公主呢，連保母都不如。」

聽了趙鳳的絮叨，李瑩長嘆一聲：「這世界對女人就是不公平，即使保養得當，即使風韻猶存，但我們怎麼和二十歲，渾身都是膠原蛋白的年輕女孩比。男人怎麼一下子從當年的青澀，就發展到了中年一枝花了呢？這年頭，還沒畢業的大學生都已經開始競爭上崗了，這個社會太拜金了，物欲橫流，『笑貧不笑娼』，都瘋了，八十二歲的可以找個二十八歲的結婚，還備受推崇，女人哪還有什麼安全感。有些年輕女孩說自己是『大叔控』，就喜歡大叔，她們怎麼不說喜歡的是有地位有身家的大叔，大街上撿破爛的大叔她們喜歡嗎？見到那樣的大叔，她們還是『大叔控』嗎？我看會變成『大叔恐』了吧！」

李瑩每次和趙鳳一起咬牙切齒地罵各自的老公和小三狐狸精們，能把心中的鬱結之氣暫時抒發一下，她們兩個都知道，現在的自己就是怨婦和妒婦，就差成為毒婦，恨不得謀殺那個躺在別的女人床上的親夫和床上的那個女人。李瑩身不由己，不能離婚，但她勸趙鳳乾脆離了算了。

「你還和他過個什麼勁兒呀？人家孩子都有了，你不如請個好律師，好好地把財產爭一爭，他婚內出軌，私生子都有了，鐵證如山，你在分財產上吃不了虧。」

「你太小看這些缺德男人了，他早就把大筆財產轉移走了，早就做好了和我離婚的準備，你以為他會把一半身家留給我？他頂多把溫哥華的財產給我，國內的大筆財產，我想都不要想。在他身上安上毛，他就比猴都精。我們倆的夫妻關係，早就名存實亡了，打架打得感情都沒了，他都不敢跟我動手，他打不過我，所以躲在國內，都不敢回溫哥華來見我。我不會離婚的，我想好了，我這輩子就和他還有那個小賤貨死磕到底了，我就是要寧可玉碎，也不要瓦全。」

「你這樣不把自己的一輩子也給搭進去了嗎？」

「我不在乎，大不了大家同歸於盡，妹子，你是不知道姐姐心中的恨和怨，太強烈了，我沒有辦法控制我自己，我就是恨他，恨他的小三，就算把我自己一輩子都搭進去和他們耗，我也在所不惜。他把我逼急了，我就舉報他偷稅漏稅，他做生意的那些貓膩多了，我隨便寫上幾條，都夠他吃不了兜著走的。」趙鳳情緒激動地說。

「他知道你有這個想法嗎？」

「我剛告訴他，所以最近消停了，不再提離婚的事了，沒有那金剛鑽，就別攬瓷器活，自己渾身是汙點，還敢跟我叫板，那就『是騾子是馬牽出來遛遛』，不怕進監獄，你就跟我離婚！我這輩子已經就這樣了，我已經不會有好日子過了，大不了大家魚死網破，誰也別想過好日子。」

趙鳳在李瑩家罵夠了，開著自己五十多萬加元的鑽石新款 SUV 勞斯萊斯走了，送趙鳳離開的李瑩看著豪車離去的背影，感慨良多，都說經濟基礎決定上層建築，但金錢決定不了婚姻的幸福，貧賤夫妻未必百事哀，富豪夫妻反而更容易貌合神離，同床異夢，甚至反目成仇。

李瑩從趙鳳身上看到了自己婚姻的折射，不禁悲從中來，周志強不也是因為對哥哥的畏懼，才不敢離婚嗎？如果沒有哥哥的威懾，同床異夢的他們應該早就分道揚鑣了吧？夫妻的日子過到了這個份上，完全要靠外力來維繫婚姻，也真是可悲啊！李瑩眼裡湧出了酸澀的淚水。

李瑩和廖智勳在一起，除了彼此有好感，李瑩享受床上的激情，她更體驗到了一種報復的快感，老男人可以找小女人，她照樣可以找小男人。都說女人在性的需要上是「三十如狼，四十似虎」，此刻的李瑩正是虎狼年紀，卻在周志強的眼裡成了豆腐渣。日益鬆弛的乳房，慢慢消失的腰線，剖腹產在小腹上留下的疤，都讓李瑩不再自信。

瘦臉針、玻尿酸、水光針這些當代醫學的產物，雖然讓她表面上看起來還算青春貌美，但這也讓李瑩感到悲哀。她更加清楚，自己真的不再年輕了，不再是一捏恨不得都嫩得出水的小姑娘了。女人的自信不僅來源於外表，更來自男人的讚美和珍視，周志強缺失的角色，廖智勳完美填充。

四十歲的周志強，忙著從年輕女孩那裡獲得活力和生命力，李瑩又何嘗不是在廖智勳的身上，想要拽住青春的尾巴，想要證明自己還是年輕又有活力的。而且，李瑩還享受廖智勳對自己的溫柔和體貼，從床笫的繾綣纏綿、蜜語甜言，延伸到生活上的關心和照料。已經不再是懵懂天真少女的李瑩心裡明白，這一切都和愛無關，她清醒地提醒自己，廖智勳的溫柔體貼、關懷照料，都是雄性荷爾蒙分泌的副產品，是經紀人為大客戶服務的副產品，自己不要墮入情網，日後無法自拔。以前戀愛中不懂，永遠以為「我是公主」，現在她明白了，今天你是公主，明天你就是敝屣，可以被棄之不理。「Someone's trash becomes someone's treasure」，周志強隨意丟棄的，廖智勳卻視如珍寶，起碼現在是。李瑩畢竟是女人，是受情感支配的物種，她還是有一點點貪心，除了要好好享受廖智勳給予的這份溫柔，她還是希望這溫柔能夠長久，甚至永遠。

但她心裡清楚，自己不會和廖智勳有任何結果，她逃脫不開那張大網，她和周志強都在網裡面，那張大網罩住的除了婚姻，還有身家性命，他們都沒有勇氣，兩個人即使早沒了感情，也不會離婚。誰想掙脫這張權力和金錢織就的大網、這張人情和世故織就的大網，就只會魚死網破，周志強不敢，李瑩也沒這個勇氣，更何況，兩個人之間還有一個寶貝女兒莎莎。

廖智勳享受著床第之歡，享受著性感成熟的李瑩帶著他爬過高山、越過小溪般從未有過的豐富性體驗，享受著李瑩的嫵媚和妖嬈。但廖智勳從來沒有想過和比自己大十幾歲的李瑩會有什麼未來，會有什麼結果，他可以把愛和性分得清清楚楚，他知道自己和李瑩不過是你情我願的偷歡，各取所需罷了。

第二十八章　偷情

曉雅每週六都來給莎莎輔導四個小時的化學和物理。上了一次課後，莎莎就對曉雅崇拜得五體投地，在她眼裡，這位老師太完美了，既漂亮又博學，簡直就是女神。

李瑩看到曉雅後，甚至產生了一絲嫉妒，她不是嫉妒曉雅的年輕和美貌，而是嫉妒曉雅的氣質，那種淡雅、與世無爭的氣質，彷彿金錢和名利都與她無關的氣質。

曉雅衣著樸素，牛仔褲、套頭衫，雙肩揹包、披肩長髮，就這樣簡簡單單的打扮，卻讓披金戴銀、渾身名牌的李瑩，感到了嫉妒，甚至感到了自卑。曉雅讓李瑩的名牌顯得黯然失色，成了掩飾李瑩內心空虛的俗物。但李瑩表面不能表現出來，和曉雅還是客客氣氣，畢竟是自己女兒的老師，更不能讓曉雅看出破綻，猜到自己和廖智勳的不尋常關係。

時光荏苒，一晃曉雅已經幫助莎莎輔導了半年功課，不僅是理化，只要莎莎在學校有不懂的地方，英文、數學、社會學，曉雅都盡力耐心幫助解答。曉雅講課時不急不緩，溫溫柔柔，思通行證理清晰，往往曉雅一點撥，就能讓莎莎茅塞頓開，讓原本枯燥無聊的學習變得生趣盎然。而且曉雅針對莎莎的一點一滴進步都給予足夠的肯定和讚許，讓莎莎原本來到國外後因為巨大落差變得自卑的心，又看到了陽光，感到了溫暖。

莎莎很願意和曉雅說心裡話，她把曉雅不僅當成了自己的老師，更當成了好朋友和姐姐，很多青春期不能、不願和媽媽說的悄悄話，她都願意說給曉雅聽。她也願意讓曉雅給她講大學裡面、實驗室裡面有趣的事情，每次講完，莎莎都更加崇拜曉雅。莎莎將曉雅看成了自己的指路明燈、偶像姐姐和知心好友。

有一天，曉雅剛剛進入大學實驗室準備一個實驗報告，就接到莎莎的電話，聽見莎莎低聲跟她說：「曉雅姐姐，快來我家，有急事。」曉雅不知道發生了什麼事，但聽到莎莎的語氣，她知道莎莎一定遇到了什麼麻煩，需要她的幫助。她趕快放下手邊的實驗，趕往莎莎家。曉雅到了以後，看到莎莎站到一輛 BMW 車旁，看車牌是廖智勳的車。

曉雅問：「莎莎，怎麼了？」

莎莎說：「曉雅姐姐，你跟我來。」

到了門口，莎莎拿出鑰匙輕輕打開門，曉雅還不太明白莎莎到底要做什麼，直到看到了門廳地上廖智勳的鞋和亂七八糟扔在地上的西服、領帶，曉雅倏忽間一下明白了莎莎到底要帶她看什麼。

她一把抓住準備帶她上樓的莎莎的手，她不希望和莎莎一起上樓，捉姦在床，她自己不想看到那齷齪的一幕，更不想讓剛滿十四歲的莎莎看到那一幕，那太殘忍，讓莎莎今後如何和自己的母親相處。

善良的曉雅悄悄但卻很有力地拽著莎莎出了家門，她帶著淚流滿面的莎莎徒步走出了很遠，一直走到了西溫哥華的海邊。曉雅也淚流滿面，她不知自己是震驚還是傷心，淚水像斷了線的珠子一樣滑落。一個大女人和一個小女人，在海邊抱頭痛哭，一位是為自己的愛情哀悼，一位是為自己的親情悲戚。

曉雅從來沒有想到自己的婚姻會出現這樣的一幕，莎莎早從媽媽和爸爸的爭執中知道爸爸外面有「野女人」，但從來沒有想到媽媽也會這樣，現在有了「野男人」。

莎莎是因為來月經肚子疼痛難忍，從學校請假回家，本來是打電話讓媽媽去接她，但媽媽一直沒接電話。莎莎就乘坐公車回了家，到家門口看到廖叔叔的車，她以為叔叔是找媽媽談事情，沒有在意。莎莎拿鑰匙開了門，看見了廖叔叔地上的鞋和西服領帶，還聽見了從媽媽房裡傳來放浪的呻吟聲，十四歲的莎莎已經明白一些兩性之間的事情，她一下就明白媽媽和廖叔叔在幹什麼。

莎莎悄悄地退出房外，想了一會兒該不該告訴爸爸，但她最終決定不告訴爸爸，因為既然爸爸有「野女人」，那麼他也沒有權利指責媽媽。

但她還是給曉雅打了電話，莎莎最崇拜的曉雅姐姐，有權利知道自己丈夫的行為，莎莎不希望自己最喜歡的曉雅姐姐受欺騙。於是就有了莎莎要帶曉雅上樓捉姦的那一幕。

兩個人在海邊坐了很久，瘋狂地流過眼淚之後，出奇的平靜。兩個人都望著廣袤無垠的大海，雖然風和日麗，海面沒有波浪，但兩個人的心底都是翻江倒海。

莎莎問曉雅：「曉雅姐姐，你打算怎麼辦？」莎莎一直叫曉雅姐姐，卻叫廖智勳廖叔叔。

曉雅則拽著莎莎的手，真誠地望著莎莎的眼睛對她說：「莎莎，你要忘記今天的事情，也不要對媽媽提起，你要原諒媽媽，即使她不完美。」

「不，我無法原諒她，我做不到。」莎莎的聲音裡有憤怒和委屈。

「莎莎，你知道我九歲的時候，媽媽就因為乳腺癌去世了，從那以後，世界上最愛我的那個人走了，我即使天天淚溼枕邊，哭著想讓媽媽回來，也無濟於事，她永遠也回不來了。所以，你要好好珍惜媽媽，即使她做錯事情了，她還是你的媽媽，還是世界上最愛你的那個人。」

「可是姐姐，我無法接受，媽媽怎麼能這樣？」

「莎莎，這個世界上沒有人是完美的，包括我們自己也有犯錯的時候，你只要想著她是最愛你的人，原諒她，好嗎？」

「那你能原諒廖叔叔嗎？」

曉雅一時語塞。「是呀，我能原諒嗎？」曉雅問自己。她頭腦裡一團亂麻，她勸莎莎，是希望這個女孩不要一生背負上沉重的負擔，畢竟母女之間的血緣和親情是無法割斷的。但自己和廖智勳呢？夫妻的感情怎麼辦？

第二十九章　心寒

廖智勳沉浸在賺錢的瘋狂和快樂中，對曉雅刻苦學習甚至有些鄙視，他曾經對曉雅說：「即使你努力那麼多年後，考取了醫生的執業牌照，你一年的薪資也趕不上我做經紀人賺的佣金。」

曉雅則一直將錢財視為身外之物，她一直堅信，「窮則獨善其身，達則兼濟天下」。現在自己還沒有豐富的物質基礎，只能做到照顧好自己、父親、繼母和弟弟，有朝一日，自己當了醫生，有了高收入，她一定會投身慈善，幫助世界上那麼多有需要的人。而她當醫生的夢想，也是為了濟世救人，幫助無數個家庭。

曉雅的情懷是廖智勳無法理解的，而廖智勳的世俗也和曉雅的境界背道而馳。兩個人之間早已不像正常夫妻一樣舉案齊眉，恩愛相隨，兩個人彷彿住在同一個屋簷下的室友。廖智勳的媽媽劉春枝來溫哥華探親時，兩個人的關係則會進一步變得冷淡。劉春枝和兒子有說有笑，從不讓曉雅加入其中，彷彿曉雅是一個外人、一個多餘的人。

廖智勳當年和曉雅結婚違背了母親的旨意，現在似乎希望透過做個所謂「孝子」來補償母親，在婆媳之間從不知道平衡和斡旋，永遠是以母親的意志為轉移，劉春枝來了完全就是家中的主人，數落起兒媳來從不留餘地和面子，一副要把曉雅逼走的架勢。

劉春枝每次從中國到溫哥華都是大包小包，除了自己的衣服用品，便永遠都是給兒子買的東西，曉雅從未在她的預算範圍內。曉雅並不在乎是否有自己的禮物，她從小就被冷落慣了，爸爸和繼母也從來都是給弟弟買禮物，每次都會以「下次再給你買」來搪塞曉雅，曉雅倒並不覺得如何。劉春枝本來想刺激一下曉雅的心，卻每次都有重拳打在棉花上的感覺，很不過癮。

劉春枝從心裡更厭惡這個兒媳婦，她是個快言快語，喜歡「東家長，西家短」的人，而且每次都要和別人攀比，最終比出自己勝一籌才會覺得人生有意義，才會感到快樂。而曉雅偏偏是個低調內斂，從不說人是非的人，劉春枝覺得自己和這個兒媳婦完全沒有共同語言。

曉雅每天回家做完飯，大家一起吃。飯桌上如果廖智勳在，劉春枝會和兒子有說有笑；如果廖智勳不在，則是劉春枝看著中文電視吃飯。曉雅刷完碗之後，就會回到自己的房間看書、寫報告。

曉雅原以為每個家庭大致都是如此，直到一次到李大勇和丁伊娜家吃晚飯，看到飯桌上丁伊娜的婆婆和李大勇都對丁伊娜疼愛呵護，照顧有加，曉雅才明白原來大家庭的氣氛可以這般和諧融洽。

曉雅曾經嘗試做出改變，也想和婆婆有說有笑，和廖智勳加強交流，可嘗試多次，都是徒勞無功，彷彿她的婚姻注定籠罩在冷漠中。

曉雅甚至在床上變得主動，但當時已經和 Angela、李瑩烈火乾柴燃燒的廖智勳，回家後已經沒有精力再和曉雅享受夫妻生活，即使偶爾為之，也如交差一樣。當時的曉雅以為是廖智勳白天疲於應付客戶，太勞累導致的。現在她終於知道原因了。

曉雅無數遍地問自己：「你能夠原諒嗎？你能夠當作什麼事情都沒有發生嗎？」

曉雅還在假設，如果當初沒有移民，兩個人沒有來到加拿大，他們的婚姻會出現問題嗎？反覆想了很久，曉雅終於明白，即使不移民，兩個人仍然身處中國，婚姻中該出現的問題也還是遲早會出現，甚至會更快地出現。

她和廖智勳當初的結合也許就是個錯誤，兩個人從來沒有考慮過彼此間的人生觀、價值觀、世界觀是否相符，僅憑著朦朧的好感，尤其是曉雅被廖智勳體貼照顧自己所感動，兩個人就懵懵懂懂地走到了一起，步入了婚姻的殿堂。

如今婚姻觸礁，曉雅試圖原諒，希望再給兩個人一次機會，畢竟這麼多年的感情，從青春年少一起走過。於是曉雅也裝作什麼都不知道，希望廖智勳只是一時出軌，希望廖智勳心裡愛的還是自己。曉雅壓抑住心裡的傷痛，和廖智勳一如既往，廖智勳也沒有看出任何破綻，完全不知道曉雅差點就將自己捉姦在床了。

日子就這樣表面平靜地過下去了，但在床上，曉雅不再想讓廖智勳碰自己，雖然努力原諒，雖然沒有親眼看到，但她想到廖智勳和李瑩在床上的翻雲覆雨，便難以再和廖智勳找到親密無間的感覺。

她有感情上的潔癖，廖智勳在婚姻內的出軌和背叛，就像夢魘一般跟著她，每次醒來她以為一切都好了，一切都隨著陽光的到來隨風飄散了，但到了夜晚，夢魘一次次再度降臨，揮之不去。

廖智勳正好也沒有精力和曉雅纏綿，李瑩、Angela 已經讓他筋疲力盡，婚外情帶來的刺激和快感，讓他志得意滿，覺得自己現在過的日子，才是成功男人該過的日子。廖智勳才知道這個世界上有這麼多類型的女人，除了像曉雅這樣清純堅強的，還有像李瑩一樣風情萬種的，還有像 Angela 一樣青春豪放的，廖智勳百花叢中過，不亦樂乎。

曉雅努力過後，從失望到徹底絕望了，夫妻間的感覺很是微妙，即使外人看不出來，自己也完全可以感覺到感情和親暱是否還在。曉雅感覺得到，廖智勳對自己已經完全沒有了戀愛時的珍惜和疼愛，現在打個招呼也是走形式一樣。

其實夫妻之間的感情和愛意就存在於生活中的點點滴滴，以前曉雅因為終日伏案學習，落下了嚴重的五十肩，廖智勳會時不時地幫曉雅按摩，還會給她灌個熱水袋，幫助熱敷。曉雅在桌前學習，廖智勳會走過來，親暱地從背後將她摟在懷裡，嘴巴附在她的耳邊輕輕說：「我的女神，歇一會兒吧，別累壞了。」現在曉雅想來，那些關愛、親暱的舉動已經是非常遙遠的事情了，曉雅從現在的廖智勳那裡絲毫感受不到溫情和體貼，她感受到的只有冰冷和寒意。

劉春枝來時，曉雅還會從婆婆那裡感受到加倍的徹骨寒冷。曉雅對自己的婚姻已經徹底絕望，她想到了離婚，她慶幸和廖智勳還沒有孩子，否則最無辜的就是孩子，離婚後孩子不是缺失父親，就是缺失母親。

雖然曉雅想到了離婚，但讓她最終採取行動的卻是廖智勳的小心眼。一天曉雅幫莎莎補課到很晚，正好在李瑩家的李天豪順路送曉雅回家。路上李天豪熱情邀請曉雅一起去吃夜宵，他還打電話給廖智勳，邀請廖智勳一起過去吃。

廖智勳在電話裡說：「我吃過了，就不過去了，你們好好吃吧！」廖智勳其實早就看出李天豪對曉雅有好感，但礙於他是大客戶的情面，廖智勳讓自己忍住不發作。要是別人，敢惦記他的老婆，他早就要撕破臉了。

其實他也知道，李天豪當初找自己幫李瑩買房，都是看在曉雅的面子上，否則那筆千萬豪宅的鉅額仲介費，無論如何也輪不到他這個初出茅廬的新經紀人來賺。

但曉雅和李天豪去吃夜宵，讓他大為惱火。經歷過婚外情的廖智勳，現在已經不相信有忠貞不渝的愛情。在他眼裡，沒有所謂的忠貞，只是遇到的誘惑不夠強大，籌碼不夠高而已。

他已經在Angela和李瑩的誘惑下心甘情願地舉手投降，曉雅會不會也被誘惑？在廖智勳看來，李天豪有足夠的本錢誘惑曉雅，他年輕、英俊，最重要的是李天豪有億萬身家。就算曉雅現在棄他而去，投入李天豪的懷抱，他一點都不會驚訝。

想到這裡，占有慾極強的廖智勳妒火中燒，雖然自己在外面拈花惹草，但他絕對不允許曉雅背叛她，曉雅是他的，是他廖智勳一個人的，是他當年千辛萬苦才追到手的，他怎麼能拱手相讓？

剛才在電話裡礙於李天豪，他不敢發作，甚至滿臉堆笑地讓李天豪和曉雅去吃飯。但曉雅一進家門，在家坐立不安的廖智勳就醋意大發。看到曉雅竟然臉上帶著笑容回來，他更加憤怒。

他竟然問曉雅：「這麼久才回來，吃的什麼夜宵？是不是和李天豪上床了？是不是？我看看是不是？」

廖智勳邊說還邊把曉雅逼到牆邊，一隻手強行伸入曉雅的褲子，在私處檢查，廖智勳冰涼的手讓曉雅激靈哆嗦了一下，曉雅委屈的眼淚奪眶而出，這是自己的丈夫嗎？這個完全不信任自己的人是自己的丈夫嗎？

「你幹什麼？你放開我！廖智勳，你放開我！」曉雅眼淚洶湧，感受到了從來沒有過的屈辱，之前還留有一線希望的心，現在被徹底撕裂了。

「我看看你是不是見錢眼開，對李天豪投懷送抱了！你們兩個是不是已經上床了？還是車震了？」廖智勳氣哼哼地從曉雅的褲子裡抽回自己的手，他摸到的是曉雅的衛生棉，手上還沾著曉雅的經血，廖智勳衝到廁所去洗手。

曉雅淚如雨下，她已經不認識廖智勳了，那個曾經對她無微不至地關懷，將她視若珍寶，讓她感覺安全的廖智勳已經無影無蹤了，美好的、溫暖的一切，都成了遙遠的記憶，恍若隔世。

夫妻間如果連最基本的信任都沒有，還怎能繼續生活下去？現在的廖智勳對曉雅來說，已經變成陌生人了，讓她難以辨認，徹骨心寒。曾經以為的地老天荒，終究敵不過廖智勳的出軌背叛、懷疑猜忌和曉雅的「哀莫大於心死」。

第三十章　離婚

田麗十二歲隨父母從深圳移民到溫哥華，中英文都十分流利，學習成績一直優異，性格直爽開朗，和曉雅經常在一個學習小組裡，兩個人關係很好。

一直不喜歡廖智勳的田麗聽說曉雅要離婚，表示支持：「曉雅，你終於下決心了，我能感覺到你不快樂，你的婚姻沒有帶給你幸福。」

「是，我終於下決心了。你朋友 Samantha（薩曼莎）在法學院，能幫忙推薦一個律師嗎？」

「好的，我問問她。曉雅，我雖然還沒有結婚，但我知道，婚姻帶來的應該是愛、快樂、安全感、幸福感和自信，但我眼看著你越來越憂傷，越來越不快樂。」田麗心疼地看著曉雅。

「是的，是時候結束了。」曉雅堅定地說。

第二天，田麗就給了曉雅一張名片，上面是李舒芒律師的聯繫方式和地址。

「李律師是 Samantha 的師兄，Samantha 說他人非常好，很可信。」

「謝謝你和 Samantha。」

「曉雅，不客氣，祝你一切順利。」

曉雅按照名片上的電話和李舒芒的助理預約了時間，她想請律師撰寫一份離婚協定，她淨身出戶，不會分走廖智勳的一分財產。

到了預約的這一天，曉雅來到李舒芒位於溫哥華市中心的辦公室裡，辦公室位於市中心最繁華的地段，是最上等的辦公室之一。

辦公室一樓的大廳裡，大理石鋪就的地面和牆面，光可鑑人，從高處垂吊下來的大型水晶燈雍容華麗，向訪客們彰顯著辦公室的高階等級。

曉雅坐電梯上到二十三層，和櫃檯小姐通報了自己要找李舒芒律師後，被邀請落座等待。大概三分鐘後，一位身材修長、穿著藏藍色筆挺西裝的英俊男士出來迎接曉雅。

「周曉雅女士，你好，我是李舒芒律師。」

「你好，李律師。」

兩個人禮貌握手寒暄後，李舒芒帶曉雅來到他的辦公室。落地玻璃窗外，是市中心鱗次櫛比的高樓大廈。

「周女士，您喝茶還是咖啡？我讓祕書送過來。」

「不用客氣了，我剛剛吃過早餐，謝謝。」

「好的，那我們就開始工作。您能把離婚的要求和我說一下嗎？我會盡我最大的努力，為您爭取到最大的利益。」

「是這樣，我想請您幫我撰寫一份離婚協定，我們雙方簽字之後就可以生效的，我沒什麼要求，我淨身出戶，不要一分錢的財產。」

「周女士，Samantha 給我介紹了您和您先生的基本情況。我認為，我能為您爭取到非常好的離婚條件，您為什麼要淨身出戶呢？」

「既然兩個人不再相愛了，就分開。他的財產，和我無關。」

「但如果財產是你們婚姻存續期間的夫妻共同財產，你完全可以分到一半。而且您還在讀書，男方的收入很不錯，你完全可以爭取到撫養費。」

「不用，真的不用，謝謝您，我知道您的好意，但我不想要一分他的財產和撫養費，您就幫我撰寫一份我淨身出戶的離婚協定吧。」

曉雅有自己的清高和倔強，愛情不在了，她寧願揮一揮衣袖，不帶走一片雲彩。

「周女士，我獲得執業律師資格三年以來，經手過很多離婚案，您這一樁真是很特別，您真的很與眾不同。」李舒芒的眼睛裡對曉雅閃過一絲敬重的光芒。「但我勸您三思，您應該保護自己合法的權益。」

「不用再考慮了，我已經決定了，謝謝您。」曉雅堅定地說道。

「您確定？」

「我確定。」

李舒芒最終按照曉雅的要求，撰寫了離婚協定。他覺得這個清秀的女子真的是與眾不同。他經手過的離婚案子，夫妻間因為爭財產爭得恩斷義絕甚至反目成仇、大打出手的比比皆是，像曉雅這樣拱手相讓、淨身出戶的案子還是頭一樁。

「周女士，這是一式兩份的離婚協定，您先過目一下，您需要和您先生預約時間，一起來我這裡一趟，簽字後就可以生效了。」

「好的，李律師，我帶回去一份，讓他看一下，然後我們預約時間一起來簽字。」

廖智勳看到曉雅帶回來的離婚協定後震驚了，他雖然在外面拈花惹草，但並沒有想過和曉雅離婚，而且對曉雅有極強的占有慾。雖然他對曉雅堅持上醫學院不滿，但另一方面，曉雅一直是他心中的學霸和女神，他也被曉雅的執著和堅強感動過。雖然在母親劉春枝的挑撥下，廖智勳也曾埋怨過高冷的曉雅似乎不適合做妻子，但他從來沒有真正想過會離開曉雅。

看到離婚協定後，他一陣撕心裂肺的疼痛。廖智勳當上地產經紀人後，收入頗豐，後來又投資買了兩套公寓出租，曉雅竟然對他手頭的房產完全沒有興趣，協定中寫到要淨身出戶，不會分割任何財產。

「曉雅，能不能不離婚，有什麼問題不能解決？」廖智勳問曉雅，「你不會真跟李天豪有一腿吧？跟我離了，好跟他雙宿雙飛，而且你對我的財產都看不上眼，是因為找到了一個超級富豪，是嗎？是不是？你告訴我是不是？」廖智勳歇斯底里地喊道，他一想到曉雅投向李天豪的懷抱，他就感到不甘和憤怒。

「廖智勳，我對天發誓我沒有，我以我的人格擔保，如果我和李天豪有一絲一毫的不乾淨，天打五雷轟。」曉雅在乎自己的清白，不容廖智勳往自己的身上造謠。

廖智勳看著曉雅純淨的眼神、堅定的神色，他相信曉雅，他知道是自己多心了，他的曉雅和世俗拜金的女孩完全不一樣。「曉雅，是我不好，是我不好，我相信你。」廖智勳帶著哭腔說，「曉雅，我不是不相信你，我是不相信我自己。李天豪的身家是我的千倍萬倍，我就算努力一輩子，我也趕不上他呀。」

「廖智勳，在你眼裡，我是一個貪圖錢財、拜金的女人嗎？如果我是，我當初不會嫁給你！當初追求我的，既有官二代，又有富二代，可我選擇了你！」

「我錯了，曉雅，我知道你不拜金，你不物質，原諒我好嗎？我錯了。我們以後還像從前一樣，好好過日子！」廖智勳想起了當初追求曉雅的人中，有省衛生廳長的兒子，也有其他的富二代，但曉雅卻全部果斷拒絕，答應了和他談戀愛。

「廖智勳，我可以原諒你，但我們回不到從前了，回不去了，你已經不是我當初義無反顧，堅定選擇的那個廖智勳了。」曉雅傷感地說。

「既然你可以原諒我，為什麼回不到從前？曉雅，我可以改，我什麼都可以改，我可以改回從前你選擇的那個廖智勳。」廖智勳心裡柔腸寸斷，他預感到自己真的要失去曉雅了。

曉雅流著淚告訴廖智勳，自己早就知道他和李瑩的婚外情。廖智勳懵了，他沒有想到曉雅會知情，而且能夠隱忍不發。廖智勳自知理虧，他頓失風度，惱羞成怒，開始歇斯底里地為自己的出軌尋找藉口，指責曉雅的種種不是和冷淡，這才是導致他出軌的原因。

「你每天就知道學習，學習，我拼了命地賺錢，你卻從來不在意，我賺多少錢回來，都看不出你有多高興。你視金錢如糞土，可是我賺錢的喜悅也需要與人分享，我的成功也需要有人給我鼓掌、喝采、慶功，你知不知道？你知不知道？你知不知道？」廖智勳歇斯底里地喊著。

曉雅看著廖智勳，平靜地說：「廖智勳，對不起，如果你出軌是我的原因造成的，我道歉，我沒有做好，我們友好地分手吧，畢竟夫妻一場，畢竟從高中就相識，大學就相戀，給彼此留一個美好和溫暖的回憶吧，別再埋怨和指責了。我做得不好，所以現在給你機會，去尋找更好、更適合你的人。」

廖智勳聽到曉雅的話，停止了指責，開始淚眼模糊，即使並沒有好好珍惜，但真的要失去，還是痛徹心扉。

他的腦海中，回憶起他和曉雅最美好的時光。讀高中時、讀大學時、初來溫哥華時，那時的一切都那麼美好，那麼純真！現在的一切，似乎都變了，他們怎麼一步步走到了今天？為何會變成這樣？為何再難回頭？現在的他，從前的他，哪一個才是真實的？廖智勳自己都說不清楚。

廖智勳知道曉雅的性格，一旦決定了的事情，絕不後悔。當他意識到自己真的要失去曉雅後，廖智勳淚流不止。曉雅是她的初戀，他來溫哥華的初心，也是為了堅守他們的愛情，可是現在，他就要失去曉雅了。他的眼前閃現著和曉雅相識相戀的一幕幕，那時的他們，多麼快樂，多麼單純，多麼美好！現在，他把曉雅弄丟了！

多年以後，當廖智勳回想起曉雅，心底依然會疼痛，就像失去了自己的一位親人，和曉雅分開，也讓他和自己生命中的純真時代徹底告別，和曉雅的感情成了他生命中青春和純真謝幕時的悲涼祭奠。

感情的事情，一旦失去了信任和親密，再難挽回，都說破鏡重圓，但破鏡怎能重圓？那道怵目驚心的裂痕，如何彌補？

廖智勳和曉雅一造成李舒芒的律師事務所，在離婚協定上簽了字。

雖然曉雅堅持淨身出戶，但是廖智勳還是堅持要給曉雅買一輛車，讓她代步。其實這是離婚前就應該做的事情，但廖智勳卻從來沒有想起，曉雅一直乘公車甚至步行，但她從來沒有抱怨過。如今已經離婚了，她就更不會接受廖智勳的餽贈，曉雅有自己的原則和傲骨，這讓廖智勳更加覺得愧疚。

劉春枝再次來到溫哥華，這次是和廖洪志一起來的，聽說兒子和曉雅已經離婚，而且曉雅是淨身出戶，劉春枝開心得差點跳起來。

「離得好，離得對，早就該離了，早離早好。」劉春枝語氣雀躍，手舞足蹈，就差沒有笑出聲了。

接著，她不忘在廖智勳面前總結經驗：「兒子，早知今日，何必當初，媽的話應驗了吧？你和周曉雅就不是一路人，門不當，戶不對，你們倆怎麼能過到一塊兒去？『不聽老人言，吃虧在眼前！』早聽媽的話，娶一個有身家有地位的女孩，何必繞現在這條彎路？」

劉春枝老公廖洪志的表情卻很凝重，感嘆了一句：「現在的社會，像曉雅一樣的女孩不好找了。」

「你懂什麼？你怎麼總是手臂肘往外拐，什麼周曉雅這樣的不好找了，我看是像周曉雅家那樣寒酸的家庭不好找了吧？」劉春枝翻著白眼對廖洪志說，她給老公留了面子，沒有在兒子面前提曉雅媽媽辛茹雅的名字。

廖智勳看到母親的反應，心中更加覺得愧對曉雅，這麼多年，曉雅一直遭到母親的不公平對待，自己視而不見，甚至也有意無意欺負曉雅，廖智勳更加後悔了。

第三十一章　花叢

剛剛和其中一位會長推心置腹地微信語音聊了一個小時，放下手機，劉春枝到廚房去倒水喝。

「哎呀，這一天天把我忙的。」劉春枝倒完水，對坐在客廳沙發上無精打采，還在為和曉雅離婚懊悔的廖智勳說。

「您說您這整天忙忙叨叨的，退休了，來溫哥華了，您就好好享受享受，還管那麼多破事兒幹嘛？」

「勳啊，這你可就錯了，你媽我可不是那能閒得住的人，我在溫哥華多參加參加活動，多認識一些人，多有些門路，也能幫你介紹幾個像樣的女朋友。咱要找就找既漂亮又有身家的，可不能再找周曉雅那樣窮酸的了。」劉春枝對廖智勳說道。

「媽，找誰也找不回我和曉雅的感情了，我對曉雅那是真愛。」

「真愛？真愛你倆還離婚了？告訴你，經濟基礎決定上層建築，和誰的感情都是可以培養的。那過去父母之命，媒妁之言，倆人入洞房了才見面的夫妻不有的是，你見誰離婚了，我告訴你，只要門當戶對，就能過一輩子。」劉春枝用毋庸置疑的口氣說。廖智勳不想和劉春枝繼續爭辯，拿著手機回了自己房間。

劉春枝看著兒子的高大背影，心想：「等老娘我幫你物色到合適的姑娘，你就會把周曉雅忘了，你是我兒子，我還不了解你！」

原本在國內部門就對爭權奪利熟門熟路的劉春枝，在成功調節了兩個會長候選人的紛爭後，還漁翁得利地當上了溫哥華「夕陽好」老年協會的副會長。加上之前她在游泳池、圖書館、公園裡，不知怎麼就認識了那麼多人，而且都是祖國來的同胞，大家都信誓旦旦地說「有好姑娘一定介紹」。對曉雅的歉意和懺悔沒有持續多久，廖智勳就被劉春枝拉著進入了相親的行列。

廖智勳的相親也印證了溫哥華華裔適婚人士中女多男少的傳聞，未婚、離婚男子更是稀缺資源，像廖智勳這樣擁有移民身分、相貌堂堂、經濟條件不錯的黃金單身漢，簡直就是罕見物種，成為眾女追求的目標。

留學生想找他，將來結婚了，直接拿到身分，省卻了自己辦移民的各類麻煩和移民不被批准的風險；女單身移民想找他，但又知道自己已經競爭不過二十出頭的留學生了。

和廖智勳在微信裡一直搞曖昧的女同學劉瀟聽說廖智勳離婚了，竟然也躍躍欲試，還試探廖智勳如果自己也離婚，他會不會「接盤」。

「智勳，當年在大學裡，我就暗戀你，可你已經有了周曉雅，我們雖然遇見，卻擦身而過。現在，你離開了周曉雅，我願意為你，奮不顧身，再續前緣。」已經是四歲孩子媽媽的劉瀟，此刻卻還想著紅杏出牆，再覓真愛。

廖智勳才不會「接盤」呢，當初劉瀟主動暗送秋波、投懷送抱，而且還是在隔著太平洋的微信虛擬空間裡，他當然「花開堪折直須折」。在微信裡與劉瀟卿卿我我的曖昧，不過是他的逢場作戲。連還是單身的女助理 Angela 他都不會要，他怕 Angela 和自己能開放，也照樣可以和別的男人開放，他可以給別人戴綠帽子，自己可不想戴。

廖智勳一邊眼睛長在頭頂一樣地挑挑挑選挑選著，另一邊繼續著和富婆李瑩以及女助理 Angela 的床笫之歡，不亦樂乎，頓時覺得自己身價百倍，還慶幸曉雅給了自己自由，第二次以自由身享受婚前擇偶的樂趣。

雖然在夜深人靜的時候，廖智勳偶爾也會想起曉雅的好，但「亂花迷人眼」的繁華，讓他漸漸地迷失了本心。那曾經的海誓山盟，音猶在耳，心意已變。曾經單純美好的愛情，也敵不過眼花撩亂的誘惑和兩個人無法調和的價值觀。

廖智勳除了和李瑩享受魚水之歡，已經完全信任廖智勳的李瑩還讓他幫自己從國內向溫哥華轉移財產，大筆的錢從國內轉出後投入到溫哥華的房地產中。

廖智勳帶著李瑩到處尋找升值潛力高的投資房，入手後進行一番裝修，甚至什麼也不用做，在手裡屯幾個月後再轉手賣出，就能有很可觀的收入。因為溫哥華連年被評為世界上最宜居的城市前三名，世界各地的金錢紛紛進駐，在全球資金的追捧下，被炒得暢旺的溫哥華房市讓李瑩賺得盆滿缽滿，廖智勳也從中拿到了大筆佣金，廖智勳享受著美色、錢財兼收的好處。

他絲毫沒有愧疚感，他知道李瑩的錢也是透過貪官的哥哥和官商勾結的丈夫賺來的，自己從中賺到了零頭的佣金，並沒有什麼可恥的。

以前曉雅就對地產經紀人能夠賺到那麼多佣金表示不解，為何賣一棟豪宅，就能賺到幾萬甚至幾十萬的佣金，回報遠遠高於付出。但廖智勳則認為，自己賺這點佣金，和房子幾百萬、上千萬的價格比起來又算得了什麼！

「智勳，你愛我嗎？」激情過後，李瑩深情地問廖智勳。

現在已經不知道真愛為何物的廖智勳，嘴上卻信誓旦旦地回答：「愛，當然愛，你就是我的女神，我都不知道該怎樣愛你才夠，把我的心掏出來給你看看吧。」

「就你嘴甜。」李瑩如少女般嬌羞地笑著，手在廖智勳的臉頰上打了一下，鑽進了廖智勳的懷裡。

廖智勳現在儼然情場高手般，「百花叢中過，片葉不沾心」，雖未付出真心，但他在不同年齡的女人間周旋著，享受著，風流快活著，享受著他自己定義的成功人生。但廖智勳總有一種惴惴不安的感覺，他也知道自己的錢財來得太容易了，「Easy come，easy go（來得容易，去得也快）」，他害怕失去，害怕發生什麼。及時行樂成了他的準則，「今日有酒今朝醉」，何必為沒影的事情牽腸掛肚。

「人為財死，鳥為食亡」，廖智勳安慰自己，普天之下，並不是隻有他廖智勳一人為了錢財忙碌。「天下熙熙，皆為利來；天下攘攘，皆為利往。」而且他認為自己是「君子愛財，取之有道」。

「我靠自己的本事發財，靠自己的本事泡女人，誰能把我怎樣？」廖智勳對自己說。但他心裡也怕自己和李瑩的風流事被周志強發現，畢竟給別人戴了綠帽子。

第三十二章　溫情

都說勸和不勸分，伊娜在曉雅離婚前，沒少勸她再給廖智勳一次機會，別在意婆婆怎麼樣，她又不會和婆婆過一輩子。但曉雅表示，她和廖智勳之間真的出現了問題，伊娜看著淚流滿面的曉雅，知道曉雅已經傷心透頂了，也就不再勸曉雅了。都說婚姻是鞋，合不合腳只有自己知道，外人看來再般配，再郎才女貌的婚姻，只有漂亮鞋子裡那雙腳自己知道，起了多少水泡，走路時多麼疼痛。

週六，曉雅如約來到伊娜和李大勇前不久剛買的一棟舊別墅。房子雖然不大，而且已經有四十多年的屋齡，但保養得很好，新粉刷的淺綠色外牆，在院子裡的鮮花草坪映襯下，透出一種童話小屋的味道。走進院子，曉雅看見李大勇正在拿著錘子釘一塊木板。

回頭看見曉雅的李大勇熱情地說：「曉雅來了，快進屋，我爸媽和伊娜正做飯呢。我釘完這塊板子就進屋。」

「大勇姐夫，你可真厲害，除了做電腦，還會木工活。」

「嗨，來了北美，哪個男人不是 Handy Man（多能多藝的人），房子出了問題，車出了問題，能自己修的，就自己修了。正好我也喜歡，樂在其中。」李大勇嘿嘿笑著說。

聽到院子裡的聲音，丁伊娜迎了出來：「曉雅，來了，快進屋，快進屋。」

曉雅提著水果進了屋，看見伊娜家的寶寶胖胖正和一個七八歲的外國小女孩一起玩兒，旁邊還有一條小狗。

「伊娜姐，你們家來小客人了？」

「對，這是隔壁鄰居家的小姑娘 Tina（蒂娜）和她家的小狗，Tina 特別喜歡胖胖，每天都要過來找胖胖玩兒，胖胖也可高興了，每天都和 Tina 小姐姐、小狗膩在一起。」

「你們鄰里關係真和諧。」

「嗨，遠親不如近鄰嘛！相處好了，凡事也有個照應。Tina 這孩子，還特別喜歡吃中國菜，每次要是趕上飯點兒，就在我家吃飯，最愛吃紅燒排骨。她媽媽有一次來跟我請教，到底是怎麼做得這麼好吃，讓 Tina 回家和媽媽唸叨了很久，我就把菜譜翻譯成英文給她媽媽了，結果 Tina 說她媽媽做的沒有我婆婆做得好吃。」

「哈哈，這孩子太可愛了。」

「Tina 還學會了一些簡單的中文，她爸媽可高興了，Tina 還教胖胖說英文。這不，明天他們全家去度假，小狗會放我家寄存一個禮拜，Tina 正和胖胖、狗狗依依不捨呢。」

「你們這是鄰里、族裔和諧相處的模範了。」

「嗨，啥模範呀？人和人不就是兩好並一好，」伊娜說出了她的處世哲學，「你對我好，我也對你好，不就都好了嗎！」

「是呀，事在人為，伊娜姐，你的家庭、事業、鄰里關係都這麼好，其實就是驗證了你真誠友好待人的處世哲學。我還記得我剛來溫哥華時，看到你熱情的笑臉，就覺得特別溫暖。」

「曉雅，『物以類聚，人以群分』，你也是給人送溫暖的人，所以我們才能成為好朋友。」

「汪汪汪」，這時傳來小狗的叫聲和兩個孩子的笑聲，三個小夥伴玩得特別開心。

「這兩個寶寶和狗狗真可愛。伊娜姐，你們也養一條狗吧。北美的標準生活方式不就是一棟房子兩臺車，兩個孩子一條狗。」曉雅笑著說。

「那我也得先把另一個孩子生出來才能達標呀。」伊娜看著曉雅不像剛離婚時那麼憂鬱和落寞了，替曉雅開心，「我們是想再過兩年，等胖胖大點了，再生個老二，這不省政府公布政策，增加託兒補助金，以後孩子上幼稚園會便宜了，我們也藉著春風生個老二。我們移民到這『萬萬稅』的加拿大後，竟交稅了，薪資看著挺高，扣掉稅，拿到手裡也沒多少了，這不，有了孩子以後，終於可以享受一下福利了，我這一年半的帶薪產假也快結束了，還真不想回去上班，捨不得胖胖。不過再不回去，我都不記得怎麼程式設計了，在家都待傻了，就知道孩子吃喝拉撒睡這點事兒了。」伊娜說完哈哈大笑。

「你這高才生，不用愁，回去上班幾天立刻就全回憶起來了，到時肯定滿腦子的 Java 語言。伊娜姐，你真是人生贏家，你有和大勇姐夫的美滿婚姻，你有疼愛你的父母公婆，你有自己熱愛的專業工作，你的生活太完美了，你太幸福了。」

曉雅坐到地毯上看Tina、胖胖和小狗玩耍，善良的伊娜想到曉雅的身世，越發覺得這個女孩子真是不容易，她到廚房倒了一杯鮮榨橙汁遞給曉雅，輕柔地拍拍曉雅的後背：「曉雅，你聰明、美麗、善良，你將來一定會找到一個真正愛你、理解你、支持你的人。你也一定會實現自己的醫生夢想，上天一定會眷顧你這樣的女孩子。」

「謝謝伊娜姐！我也在反思我和廖智勳的婚姻。人家都說『選擇你所愛的，愛你所選擇的』，我現在想來，我和廖智勳的婚姻在選擇階段就出現了問題，出現了偏差，我以為我們之間是愛情，但其實不是，我是把感動當成了愛情，廖智勳則覺得把我追到手，是他的成功，那也不是愛情，是好勝心和占有的慾望。我們倆對人生的想法和價值觀南轅北轍，現在想來，早分手早好，對彼此都是放手和解脫。」

「曉雅，難得你想得這樣透澈，那一頁就讓它翻篇兒吧，你這麼年輕漂亮有才華，未來的曉雅醫生，一定得好好挑著找。對了，我們公司有一個帥哥，電腦碩士，和你同歲，要不要見一見？」

「伊娜姐，我現在想的就是趕快學成畢業，其他的事情，我先不想考慮。」

「妹妹，別不考慮呀，咱要做到學習、戀愛兩不耽誤。我是想著『肥水不流外人田』，有優秀的趕快給自己的妹子介紹。」伊娜熱心地說，「考慮考慮，一定要考慮考慮哈。我同事可搶手了，我把你誇成了一朵花，他才同意見見的，給他介紹女朋友的人，可多了。你知道，溫哥華適婚年齡的華裔，男女比例嚴重失調，他們這幫單身漢，可搶手了，上市一個，光一個。」

「伊娜姐，謝謝你。我真的不見了。」

「再考慮考慮，曉雅，我不勉強你。什麼時候你想通了，告訴我，我幫你物色。」

「嗯。」曉雅感謝伊娜的熱情，但她知道，自己心裡的那扇門，已經牢牢地關上了。

曉雅和李大勇、伊娜一家人共進晚餐，吃著東北特色菜——酸菜燉粉條、小雞燉蘑菇、鍋包肉、油燜大蝦、涼拌大拉皮、地三鮮和手工水餃。

「謝謝叔叔阿姨的盛情款待，你們的手藝太棒了，真好吃。」曉雅舉杯向李大勇的父母致謝。

「哎呀，不客氣，丫頭以後常來，這就和你自己個兒的家一樣，想吃什麼，告訴阿姨，阿姨給你做。」伊娜的婆婆柳阿姨有著東北人的熱情、豪爽和善良，邊說邊給曉雅夾菜，「曉雅，多吃，你看你，又瘦了。別光學習，也得照顧好身體，身體是革命的本錢嘛！」

「謝謝叔叔阿姨，我一定常來，把這裡當自己家。」曉雅的心頭一熱，差點沒流下眼淚來。這久違的家的溫暖，曉雅從九歲就失去了。

從前，伊娜一家還住在公寓時，曉雅就特別喜歡到伊娜家，感受這一家人的溫暖和善良，感受他們的其樂融融。曉雅特別羨慕這一家人，這個家裡充滿了愛和歡笑，充滿了真誠和關懷。用伊娜的話說，這叫「兩好並一好」，就是人和人之間相處，都真心善待對方，關係自然就好了。

從前伊娜的兩室一廳公寓不大，現在新買的老房子也不是很大，但卻收拾得乾淨清爽，布置得溫馨雅緻。曉雅留在伊娜家過夜，兩個好朋友就這樣躺在床上聊呀聊呀，說出了一肚子的話，在異國他鄉，彼此帶來溫暖。

伊娜也告訴曉雅，其實她也有很多的不如意，在成人的世界裡，真的沒有「容易」一詞，尤其是他們這樣的第一代技術移民，世界上哪有「完美」二字。她和李大勇都是靠自己的專業吃飯，在各自的公司裡表現也都非常不錯，工作幹得沒得挑，他們都是開發專案的主力，但是他們卻都已經看到了各自職業上的玻璃天花板，很難再有上升的空間。

伊娜說，自己開發組裡的一位印度裔同事，雖然專業上並非最棒，但卻因為英文是母語，和公司的白人總經理能聊能侃，每次經理來視察，他都衝鋒陷陣，給經理介紹產品，雖然開發主力是伊娜和其他同事，但那印度人卻能口若懸河，講的就像他是專案的帶頭人一樣，現在他已經當上了他們的專案組長。

「我們從小受到的教育是『謙虛謹慎，戒驕戒躁』，明明自己幹了十成，卻要謙虛地說只幹了八成。但人家印度人和西方人受到的教育是，要勇於推銷自己，明明幹了八成甚至更少，卻要天花亂墜地說成十二成。我們拼不過呀。」伊娜感慨著文化的差異，「還有，雖然我和李大勇的英文都不錯，工作交流完全無障礙，但我們的英語只是工作語言，不是社交語言。」

曉雅專注地聽著伊娜講她的職場經歷。「你知道，那些母語是英文的同事們一聚在一起，聊最近看的電影，看的英文綜藝節目，看的冰球賽，點評一下各個球員的表現，我都能聽懂，但就是乾著急插不上話，咱不懂啊，不知道該說什麼，做不了深層次交流。人家隨便說一個單字，另一個人就明白他是什麼意思了，就像我們說孫悟空，就能想到《西遊記》，說林黛玉，就知道談的是《紅樓夢》，說『天王蓋地虎』，就知道接『寶塔鎮河妖』一樣。語言是文化的載體，沒有文化打底，語言就成了空的了。我和同事們關注的都不一樣，我下班回家，陪孩子，把孩子哄睡以後，就喜歡窩在沙發裡，上網追國內的電視劇、綜藝節目，讓自己編了一天程式的腦袋放鬆。你讓我再去看英文節目，看冰球球賽，我肯定得看睡著了。」伊娜拉過毯子給曉雅蓋上繼續說道，「我最常使用的社交媒體就是微信，不僅用它和溫哥華本地的好友溝通，還用它和國內的親朋好友聯繫。微信裡，光同學群就好幾個，小學群、國中群、高中群、大學群、研究生群，好不熱鬧，一下子就覺得離親朋好友都近了，不是相隔近萬里了。可是我們同事用的社交媒體都是Facebook、Twitter和Instagram，我也懶得關注。除了工作，和其他族裔的同事文化交集太少，很難做到暢聊，很難有精神交流的愉悅感。出了國，我反而比以前更關注國內的文化和娛樂。也感謝當今的發達網路，身在國外，完全不會落伍。」

伊娜承認，出了國以後，對西方的文化和娛樂專案反而不那麼在意了，現在自己知道的外國電影明星和歌星的名字還不如自己出國前知道得多。

「那時候為了學英文，拚命追美劇看《老友記》的一套碟，都快看爛了，有的劇集，臺詞都快背下來了。喜歡Monica（莫妮卡）喜歡到不行。別說，我和同事還真聊起過《老友記》，他們當年也追著看。當時聊得可盡興了，大家一下找到了共同話題。現在我可沒有那個勁頭了，也不想為了迎合約事們的聊天，而逼自己去追歐美娛樂，你不讓我看國內的電視劇、綜藝節目，還不如殺了我。」伊娜問曉雅，「曉雅，你最近看××××了嗎?那些選手，唱得太好了，有一次都把我唱哭了。」

「沒有，最近太忙了，真沒時間看。祖國和加拿大的流行文化，一概不知。和同學聊天，全是作業和論文。」

「是呀，醫學院可不是蓋的，曉雅，你太厲害了，我們的驕傲。將來你畢業了，我們全家就指望你給看病了哈。周醫生。」

「沒問題。」

「我們也好好培養胖胖，長大了也讓他做醫生。」

「胖胖剛一歲，你這產假還沒修完，就開始規劃兒子的人生了？」曉雅調侃著伊娜。

「唉，第一代移民，都是第二代的墊腳石，能在異國他鄉取得事業上輝煌的第一代移民，真是鳳毛麟角。曉雅，你就是鳳毛麟角中的一員。我是不行了，已經看到了自己職業的未來，沒有多大上升空間了。把希望都寄託在胖胖身上了。這小東西多有福氣，將來沒有語言障礙，沒有文化障礙，希望他能前途光明，沒有事業上的玻璃天花板。你看新聞了嗎？加拿大統計局的數據說，加拿大移民第二代在教育程度和經濟社會地位上，非常成功，華裔移民第二代在所有族裔的移民第二代中是最厲害的。」

「伊娜姐，胖胖將來一定錯不了，他的前途不可限量。但你和大勇姐夫也都非常棒了，你們都是業務骨幹，多少人都佩服和羨慕你們。」

「唉，這職場啊，也是如人飲水，冷暖自知。看著光鮮亮麗，但自己知道職業未來在哪裡。我的研究生同學，現在在國內都是技術總監級別的了。我還在印度人的總監下，吭哧吭哧地埋頭苦幹。」

「伊娜姐，你還這麼年輕，前途一片光明。」

「做技術是沒問題，但想再上個臺階，當管理層，就不那麼容易了。當初我和你大勇姐夫，還為了無法再上一個臺階，感到傷心和不公平，但現在我倆也想開了，好好培養孩子，讓孩子們將來能夠游刃有餘，事業有成。現在的我們，沒有事業可言，無非就是一份高薪、養家餬口的工作而已。」

伊娜輕輕哼起了那首膾炙人口的歌曲《橄欖樹》：「不要問我從哪裡來，我的故鄉在遠方，為什麼流浪，流浪遠方，流浪。為了天空飛翔的小鳥，為了山間輕流的小溪，為了寬闊的草原，流浪遠方，流浪。還有還有，為了夢中的橄欖樹，橄欖樹，不要問我從哪裡來，我的故鄉在遠方，為什麼流浪，為什麼流浪遠方，為了我夢中的橄欖樹。不要問我從哪裡來，我的故鄉在遠方，為什麼流浪，流浪遠方，流浪……」

伊娜動聽的歌聲，在小屋裡輕輕迴盪著，曉雅聽得入神。這首歌，她在高中時代就聽過，但那時，不太明白歌詞的含義，以為就是唱遠方的風景。現在自己身在國外，身在遠方，終於明白了流浪的滋味，明白了這首歌。曉雅看到了伊娜眼裡晶瑩的淚光，曉雅伸手輕輕地幫伊娜擦眼淚。

「曉雅，這裡有小溪，有草原，卻沒有我夢中的橄欖樹。你明白我的意思嗎？」

「伊娜姐，我明白，但你和大勇姐夫在第一代移民裡，已經是非常成功的自立自強的專業人士，你們的孩子也會為父母驕傲的。」

「我以前一心想出國，以為到了國外，『天高任鳥飛，海闊憑魚躍』，我們憑著真本事吃飯。現在出來了，才知道，天再高，那不是你的天，你的頭頂有一層玻璃天花板，你是飛不上天的；海再闊，那不是你的海，你即使像鮭魚一樣，逆流而上次到海裡產卵，也是遍體鱗傷。我現在特別想國內，那裡才是故鄉啊！曉雅，你說，誰願意背井離鄉？我現在的感覺，自己就是一個高階民工，再怎麼努力，也不可能完全融入這座城市。」

「伊娜姐，你想過迴流嗎？以你和大勇姐夫的技術，到了國內，也會前途無量。」

「曉雅，做我們電腦這一行，拼的就是年輕，頭腦靈活，思維創新，現在初出校園的大學生、研究生一把一把的，我們都三十多歲了，回去也怕是不容易。沒有在國內累積的過程，誰會你一回去就請你當技術總監啊！如果回去從程式設計師做起，我們還不如在溫哥華混呢。現在我也想好了，為了胖胖，就這樣吧，我也不想再折騰了，折騰不動了。」

「伊娜姐，別太悲觀，多少人羨慕你們，我就羨慕得要命。有幸福的家庭，有專業的工作。」

「唉，可是我們錯失了國內高速發展的黃金十年，曉雅，你知道國內的電腦和網路，在過去十多年裡，發展得如火如荼。如果當初我們不出國，現狀肯定會比在溫哥華發展得好太多了。但能怎樣？選擇是我們自己做的，出國是我們自己定的。知足常樂吧，還能怎麼樣？只能知足常樂。快睡吧。呀，天都快亮了。」伊娜看著窗外喊道。

兩個人拉開百葉窗，一起望向窗外，天邊露出了一抹魚肚白，曙光初現，朝陽正冉冉升起。

第三十三章　拒絕

李天豪聽說曉雅和廖智勳離婚，心底升起了希望。他沒有想過要破壞曉雅的婚姻，他希望他的曉雅過得幸福，過得快樂。但現在曉雅離婚了，她的前一段婚姻並不幸福，她過得也並不快樂。他第一次見到她和廖智勳在一起，就是發生追尾事故的時候，曉雅是在哭。

他永遠忘不了曉雅當時的神情和淚眼，這麼好的女孩兒，廖智勳怎麼捨得讓她哭泣，廖智勳怎麼不懂得好好珍惜？李天豪下定決心，一定要追到曉雅，給她幸福，讓這個眼神中充滿憂鬱和悲傷的女孩快樂起來。

李天豪開始頻繁地去找曉雅，但每次都是憧憬著進入學校，失望離開。曉雅總是客客氣氣，但卻始終冷冷保持著距離，讓李天豪覺得曉雅近在眼前，卻又遠在天邊，他感覺到曉雅把心門已經關了起來，不對任何人開放。但李天豪認定了曉雅是他此生注定的愛人，他相信他和曉雅冥冥之中注定的緣分。

「弱水三千，只取一瓢飲」，已經閱人無數的李天豪深知曉雅的可貴。她的堅強、執著和傲骨，都讓李天豪珍視。「此曲只應天上有，人間能得幾回聞。」曉雅是落入凡塵的天使，是他李天豪的天使。李天豪鍥而不捨，即使曉雅對他不理不睬，也堅持去看望曉雅，並透過微信每天表達關心。「曉雅，天氣涼，注意保暖。」「曉雅，出門別忘了帶傘。」「曉雅，有時間一起出來吃飯嗎？就在你們學校的餐廳，不會耽誤你太多時間。」「曉雅，今天的雲特別漂亮，不要光忙著學習，有時間抬頭看看喲。」「曉雅，我在想你，你會想我嗎？」

李天豪有時除了問候和關心，也會情不自禁地發一些肉麻的情話。他想對曉雅說，他想她快想瘋了，他經常夢見曉雅，夢裡的曉雅不是冷冰冰的，不會拒他於千里之外。

李天豪的手機裡、電腦桌面上，都是曉雅的照片。那些照片都是以前曉雅在姑姑家給莎莎補課時，他在旁邊偷拍的。那時，曉雅給莎莎補的每一堂課，他都到場旁聽。每次都找理由到小姑家，為的就是看一看曉雅，聽聽她的聲音。那時的曉雅，還是廖智勳的妻子，他不敢走近她，不敢告訴她，他愛她愛得發狂。

但他看曉雅的眼神，柔情似水。連小姑李瑩都看得出來，他對曉雅有意，還開玩笑地說：「呦，我們天天還有欲語還休的時候呢。」

「小姑，看破不要說破喲。」李天豪嘻嘻哈哈地敷衍了過去。夜色正濃，李天豪站在自家豪華公寓的落地窗前，望著窗外的夜景，萬家燈火，美不勝收，他的腦海裡浮現出曉雅的美麗面龐，揮之不去。李天豪問自己，他到底喜歡周曉雅什麼，她眼裡那股淡淡的憂傷？她自強自立的性格？她清純不拜金的品質？他喜歡她的全部。「眾裡尋他千百度，驀然回首，那人卻在，燈火闌珊處。」曉雅就是他千尋萬覓的那個人。曉雅的出現，讓李天豪相信了愛情，他希望用一輩子的時間，去向曉雅證明自己對她的愛。

李天豪的媽媽活著的時候，最喜歡沈從文的一首詩：「在青山綠水之間，我想牽著你的手，走過這座橋，橋上是綠葉紅花，橋下是流水人家，橋的那頭是青絲，橋的這頭是白髮。」可是媽媽沒有和她愛的人白頭偕老，反倒目睹自己的愛人對自己的背叛，她到死都不願意原諒。

李天豪始終記得媽媽常說的一句話，也是沈從文在小說《邊城》中寫的：「凡事都有偶然的湊巧，結果卻又如宿命的必然。」他知道自己和曉雅的相遇絕不是偶然，一切都是上天注定的，曉雅是上天派給他的天使和救贖。

現在，曉雅已經走出了第一段失敗的婚姻，這是上天給他的機會，李天豪暗下決心，一定要好好抓住機會，他不會讓自己心愛的女孩再受到任何傷害，他要保護她，陪伴她，給她幸福，給她快樂，把她當成手心裡的寶。

曉雅卻從不回覆李天豪的關心，也永遠拒絕他的吃飯邀請。李天豪知道，曉雅這樣的女孩是珍寶，也用情至深，她受到了第一次婚姻的傷害，一時半會兒是走不出來的。廖智勳沒有好好珍惜，他一定會好好珍惜曉雅，好好愛曉雅，他要當面告訴曉雅，哪怕遭到拒絕，他也要讓曉雅知道他的心意，知道他對她的愛。

四月的溫哥華，風和日麗，李天豪來到曉雅所在的大學校園內。怒放的櫻花在陽光下一叢叢、一簇簇，掛滿枝頭，李天豪的心情也如這櫻花一樣盛放。櫻花的美就在於盛放時的美麗奪目，滿樹繽紛，雖然花期不長，只有一到兩週的時間，但怒放後的櫻花，不留絲毫遺憾地隨風而落，化作春泥。

李天豪鼓起勇氣，就在今天，要告訴曉雅，自己真心愛她，「願得一心人，白頭不相離」。他要請求曉雅，為他打開心門，他希望可以走進曉雅的心裡，陪她一生一世。他願意用自己全部的愛，為曉雅療傷，為她遮風擋雨。他要告訴曉雅，從今後，她不再是一個人在生命的長河裡獨自流浪，他要和她同舟共濟，生死與共。

李天豪將自己的跑車停到一株櫻花樹旁，打電話約曉雅出來。英俊挺拔的李天豪，站在櫻花樹下的跑車旁，他看著長髮飄飄的曉雅，裊裊婷婷迎著陽光走來的身姿，他的心柔軟得無以復加。世界上怎麼會有這麼完美的女孩子，聰明、美麗、善良、堅強。李天豪知道自己認定了這個女孩，從沒有任何人讓他如此動心動情，讓他如此魂牽夢縈，他要的是曉雅的一輩子。

曉雅走到李天豪身旁，一雙清澈的大眼睛看著他。

「曉雅，上車，我帶你去一個地方。」李天豪溫柔似水地說道。

「去哪裡？你不是說就見面五分鐘？我連揹包都沒有帶。」曉雅有些驚訝地說。

李天豪已經打開車門，溫柔地推曉雅上車，曉雅坐進車裡，嘴上還在問：「李天豪，你帶我去哪裡？」

「很快就到了。」李天豪有些神祕地說道。不到二十分鐘的時間，李天豪將車開到了一處停車場停好，和曉雅說：「曉雅，稍等我一下。」

李天豪進入停車場旁的辦公室，大約五分鐘就出來了，之後幫曉雅打開車門，拉著曉雅的手下車。辦公室裡面出來的一位穿制服的工作人員，帶著李天豪和曉雅走到辦公樓後面，原來這裡是停機坪。工作人員禮貌地幫李天豪和曉雅打開了一架直升機的艙門，之後和李天豪告別離去。

李天豪走到曉雅的艙門一側，伸手做出了請的動作，曉雅還在懵懂之中，在李天豪的輕柔幫助下，上了直升機，李天豪關好艙門，走到飛機另一側也上了飛機，關好艙門後，溫柔地幫曉雅綁好安全帶，自己也繫好安全帶，戴上耳機和話筒，和塔臺對話，開始啟動裝置，準備起飛。

曉雅看著李天豪一套熟練的動作，才如夢初醒般問道：「你還會開飛機？」

李天豪沒有說話，溫柔地看著曉雅笑了，點了點頭。在螺旋槳的快速旋轉中，飛機騰空而起，李天豪帶著曉雅飛翔在藍天之中。

第一次坐直升機的曉雅，在飛機上俯瞰美麗的溫哥華，看到了市中心鱗次櫛比的高樓大廈，看到了鬱鬱蔥蔥的史丹利公園，看到了跨越海峽的獅門大橋。曉雅轉頭看正在熟練駕駛飛機的李天豪，李天豪的側顏在陽光照耀下顯得更加英挺，還多了一分堅毅的帥氣，看得曉雅的心底怦然一動。

李天豪將飛機設定成自動飛航模式，轉過頭，正迎上曉雅溫柔的目光，李天豪動情地拉起曉雅的手：「曉雅，看著我的眼睛，我看到你的第一眼起，就認定你了，當時你追尾了我的車，就是上天給我的機會。但我從未想過去破壞你的婚姻，我曾經躲得遠遠地看著你，就希望看到你幸福。但每次看到你，我知道你過得並不幸福，我都會很心疼。現在你們離婚了，給我一個機會吧，讓我走進你的心，你也走進我的心，看看那是一顆如何為你痴迷、如何愛你的心！」

曉雅看著李天豪真誠的目光，聽到這樣深情的表白，心裡湧起了感動。此刻的李天豪，炯炯有神的眼睛裡蕩滿愛的柔情，堅挺的鼻翼，稜角分明的嘴，在陽光的照耀下，更顯得生動和英俊。自己雖然和李天豪清清白白，但曉雅不得不承認，她不討厭李天豪，甚至對他也有一絲莫名的好感，不為他的財富，不為他的家世，自己也說不清為什麼，自己從來都不願也不想承認這份情愫。

和廖智勳離婚前，曉雅對李天豪從來都是很冷淡的，敬而遠之，離婚之後，她更是關上了心門，一心努力學習，想盡快考取醫生的牌照，了卻自己的心願，實現對媽媽的承諾。但今天聽到這樣的真情表白，曉雅心底最柔軟的部分被觸動了，她幾乎融化在李天豪深情款款的凝望下，她幾乎放下自己的武裝，卸下自己鑄造的鎧甲。

她多想靠著李天豪的寬闊臂膀，告訴他自己其實很累，其實有時也會想到放棄，需要有人幫她打氣加油，幫她堅定方向，那個人不是廖智勳，廖智勳一直鄙視曉雅的夢想和情懷。但李天豪懂得曉雅、欣賞曉雅、支持曉雅的理想和打拚。

李天豪表面上玩世不恭，但曉雅能夠看到李天豪的靈魂深處，那是一個和她一樣孤獨、憂鬱和充滿悲傷的靈魂。曉雅何嘗不為李天豪的噓寒問暖感動，何嘗不知道李天豪的濃濃愛意，又何嘗不知道自己和李天豪的靈魂相互深深地吸引著。

但曉雅還是說了「不」，她壓抑住內心的衝動，壓抑住想撲入李天豪懷抱的渴望，一如既往般冷漠地說了「不」。

「李天豪，我們不合適。」曉雅聽得見自己心碎的聲音。

「曉雅，我們為什麼不合適？你就是我失落的另一半，我們倆注定今生有緣，生生世世有緣，我知道，我能感覺得到，你也喜歡我，你也愛我，可你為什麼不願承認？為什麼不遵從自己的內心。」

「李天豪，你不要在我身上浪費時間了。」曉雅知道自己在騙自己，她何嘗不希望看到李天豪，哪怕是一眼，也能讓自己感到溫暖。

「為什麼？曉雅，為什麼？不要拒絕我，你如果覺得現在不合適，我可以等你，等你一輩子。我承認，我從前是花花公子，可那是在遇到你之前，自從遇到你以後，我的心就定了，我認定你是我要一輩子好好珍惜、好好愛的人，可你為什麼不給我機會，不給你自己機會？曉雅，為什麼？告訴我為什麼？如果你覺得自己還沒有準備好，我可以等你，等你一輩子！」李天豪雙手握著曉雅的肩膀，把自己的真心話都說了出來。

「別等我了，真的別等我了，我求你，李天豪，不要等我，不要逼我。」曉雅眼中泛著淚光，李天豪哪裡知道，這是曉雅在向自己求救，她差一點就衝破了那道理智的防線。

「好，曉雅，我不強迫你給我一個答案，我怎麼捨得看你哭，你只要讓我遠遠地看著你，關心你，我就滿足了。不管你願不願意，我會一直愛你，一直等你，等你到願意接納我的那一天。」李天豪緊握了一下曉雅的雙肩，轉頭目視前方。

看著李天豪落寞的側顏，曉雅淚流滿面。「為何說不？為何不給他機會？」曉雅在心裡問自己。是「一朝被蛇咬，十年怕井繩嗎」？當年廖智勳追求自己時，不也是恨不得摘下天上的星星送給她嗎？恨不得掏出自己的心給她看嗎？可是海枯石爛的誓言猶在耳邊，如今兩個人已經勞燕分飛，廖智勳的身邊，已經舊人換新人。是的。曉雅知道，自己已經不再相信愛情，或者準確地說，自己害怕愛過之後的傷害。

那份全身心交託，以為可以直到地老天荒，海枯石爛，卻在受傷後，不得不放手的痛，只有她自己心裡最清楚。廖智勳不也曾經信誓旦旦、萬般柔情？李天豪的萬般柔情和信誓旦旦，又會持續多久？廖智勳的媽媽時刻提醒自己和廖智勳「門不當，戶不對」，那麼和億萬身家的李天豪，自己不更是「門不當，戶不對」。

灰姑娘幸福地嫁給了王子，可之後他們真的過得幸福嗎？愛情能夠敵得過生活的現實和磨難嗎？曉雅不想做灰姑娘，她不要做攀高枝的凌霄花，她要做堅強的自己，追求自己的夢想。她不想進入豪門，雖然嫁入豪門是無數青春貌美女孩的終極追求，但不是曉雅的。如果李天豪出身於平常人家，曉雅可能會給他機會。但李天豪有名車豪宅，含著金湯勺出世，這些反而成了李天豪和曉雅之間的障礙。

曉雅不想過豪門闊太的生活，更不想嫁入深似海的豪門，那樣的生活不是她想要的，她不想把自己的命運依附於一個男人身上。她要憑自己的真才實學，踏踏實實地活在這個世界上。她要的不是有億萬家產的富家公子，她有她的尊嚴和驕傲，她要平等的靈魂。

「我必須是你近旁的一株木棉，作為樹的形象和你站在一起。根，緊握在地下；葉，相觸在雲裡。」

一直喜歡舒婷這首《致橡樹》的曉雅，希望自己再次走進的愛情，兩個靈魂是獨立的，是平等的。

飛行的後半程，兩個人都沒有再說話，但各自的心裡卻是百轉千迴。從飛機俯瞰到的地面風景，還是那麼美麗迷人，但兩個人此刻都沉浸在自己的心事裡，無心欣賞風景。

李天豪駕駛飛機在停機坪平安著陸，自己先解開安全帶，又幫曉雅解開安全帶，之後跳下飛機的李天豪替曉雅打開機艙門，拉著曉雅的手，幫她下了飛機。兩個人默默地走到停車場，上了車，還是一路沉默地回到曉雅的學校。

「曉雅，我不怕等待，坦白地說，我和很多女孩有過親密關係，但那都是在遇見你之前，我的心，從來沒有真正給過任何人，從來沒有一個女孩，能夠讓我一見到她，就想和她廝守終生，直到你的出現，我知道，我愛你，是你讓我知道了真正愛一個人是什麼感覺，是你讓我相信了愛情，我甚至願意為你付出我的全部，我的生命。曉雅，我們注定有緣，我知道我這輩子認定你了，你現在不能接受我，我會一直等下去，等到你接受我的那一天。」說完後，李天豪打開車門上車離去。

望著李天豪絕塵離去的車影，曉雅淚流滿面，她的心也在疼，也在痛，但她擦乾眼淚，向實驗室走去，那裡才是讓她感覺踏實的地方，剛才發生的一切，就當作是一場夢，一個美麗無比的夢吧。

第三十四章　莎莎

剛移民到異國他鄉，莎莎覺得孤獨和失落，離開了中國熟悉的環境，告別了貼心的小夥伴，還有自己一直暗戀的帥男孩，剛到溫哥華的莎莎心裡沒著沒落的，突然感覺特別的孤獨。當初對國外生活的美好憧憬，很快被對新環境的不適應給沖淡了，取而代之的是總有一股惆悵鬱結在心頭。但是除了關注女兒的衣食住行，李瑩不知道莎莎真正需要的是什麼。之前她和媽媽關係還好時，她還沒有發現媽媽的婚外情時，莎莎還曾經嘗試和媽媽透露一點她有點喜歡某個男生，現在很想念遠在北京的他，透露完自己的小祕密，原本期待媽媽像朋友一樣能夠安慰自己的莎莎，等來的卻是脾氣暴躁的媽媽的訓斥。

「周莎莎，你不好好學習，整天胡思亂想，你現在和那個王浩然已經離得十萬八千里遠了，還在分心，簡直不像話，你個小屁孩兒懂什麼叫愛情？還相思，以後再讓我知道你不好好學習，瞎思索這些，別怪我對你不客氣。」

李瑩的話徹底澆滅了莎莎和她溝通的慾望，現在莎莎什麼也不願意和媽媽說。媽媽每天關注的就是她的學習成績，沒有和她關於內心想法的深度交流，她從媽媽那裡感覺不到溫暖和歸宿感。父親遠在國內，從來也不會和女兒做深度交流，影片時從來只問女兒學習怎麼樣，零用錢媽媽給得夠不夠。

「挺好的，媽媽給的錢夠花，都挺好的。」這是每次莎莎例行公事的回答。

莎莎感到空前的迷茫和孤獨，對父母，她選擇了封閉自己，她不想和他們訴說自己任何的小祕密。爸爸不在身邊，媽媽一個人帶著自己在加拿大，她自己還沒有適應，語言不通，對新社會一無所知，任何事情都靠錢來解決，又和廖叔叔有了婚外情，母親的形象在莎莎的心中已經完全崩塌。在李瑩的心目中，莎莎還是小孩子，認為對她說教就能發揮作用，殊不知，這一代孩子的眼界、見識都遠遠超過父母少年時期，甚至發達的網路帶給他們的知識和資訊量，都已經超過了父母的儲備。可是他們懂得再多，也還是孩子，他們在經歷著身體和心靈的成長，他們需要父母用愛和引導來完成對自己和對世界的認知。莎莎覺得，自己想要的父母不一定完美，但要懂得理解、包容、引導和愛她。

有些鄙視李瑩的莎莎並不會頂撞母親，她選擇的叛逆方式是沉默，任李瑩說什麼，她都選擇順從和沉默，埋頭學習。李瑩還以為莎莎聽進去了她的教導，認為莎莎不愛說話只是學習壓力大而已，卻沒有想到這是女兒無聲的抗議方式。

這個年齡層本應更願意和同齡好友分享快樂和祕密，但莎莎在學校也感到難以完全融入。和本地出生長大的同學，無論是哪個族裔的，她都覺得交流只能止於淺顯的地步，雖然莎莎的英文突飛猛進，應對學業完全沒有問題，但她仍然感到和母語為英語的同學之間交流，有著重重的文化障礙。他們談論的流行文化，不是她所關注的；她喜歡的明星和電影，他們又看不懂。莎莎以前在北京的學校裡是演講冠軍，還是小詩人，曾經在校刊上發表過自己的詩作，但到了溫哥華，她語言表達能力的優勢盡失，她一下子很難用非母語的英文表達得像之前那樣恣意和酣暢淋漓，這也讓莎莎產生了自卑感。

而和與她一樣來自中國的移民學生交流，雖然順暢很多，但因為她上的學校位於西溫哥華高尚住宅區，同學中的很多人，出身的家庭非富即貴，每天渾身名牌上學，一起交流時，明顯是在攀比。這位同學在炫耀，過生日，父母剛給她送了限量版的包；那位同學立刻說，暑假會乘坐著自己家的私人飛機，出國度假。

莎莎雖然也出生自富貴家庭，被媽媽包裝得也是渾身名牌，但她卻不願攀比。她覺得同學們攀比的東西，都是父母給的，自己的能力才最重要。很多同學靠渾身名牌來掩飾自己的自卑，真正的強大和富有是不應該用名牌加持的，應該來源於自己，來源於心底。

對於莎莎來說，爸爸越來越陌生，媽媽近在眼前，卻也如遠在天邊，她和媽媽心與心之間千溝萬壑，莎莎最大的願望就是逃離，她不願意用爸媽的財富來裝點自己外在的虛榮，她甚至不願意細想自己奇怪的家庭狀況，她無法選擇自己的原生家庭，但她要選擇逃離。

莎莎最佩服和欣賞的人是曉雅，在她這個需要偶像鼓勵的年紀，需要有人引領的年紀，需要支持和扶持的年紀，莎莎將曉雅當作自己的榜樣和知心朋友。莎莎經常和曉雅透過微信聊天，分享成長中的祕密。

有一次，莎莎問曉雅：「我可不可以嘗試大麻，同學中很多人都嘗試，好像也沒什麼大不了的，美國前總統歐巴馬和加拿大總理小杜魯多年輕時候不還抽大麻呢嗎？現在加拿大大麻不也已經合法化了嗎？我們同學中很多人都抽大麻，他們說其實就和抽菸一樣，沒什麼了不起的。」

曉雅從醫學的角度對大麻帶來的興奮進行了分析，也對大麻給人腦和自制能力造成的傷害進行了剖析。

「莎莎，人的快樂和興奮不能依賴外物，要發自內心。外物帶來的快樂是不會持久的。而且這樣的快樂在成癮之後，剩下的就只有痛苦和麻痺。你的人生路還很長，每做出一個抉擇，都要想得清清楚楚。」在曉雅的理性分析下，莎莎心服口服，最終決定不會嘗試大麻了。

莎莎還和曉雅聊起過兩性的話題，她告訴曉雅雖然偶爾她還會想起那個她曾經暗戀了兩年的北京男孩王浩然，但她表示自己已經不相信愛情和婚姻了，父母虛偽的婚姻成了她典型的反面教材。

但曉雅鼓勵莎莎：「正是見證了不完美，才造就了我們對完美的不懈追求。我們最終都會遇到對的人，找到屬於自己的幸福，永遠不要對這個世界絕望，這個世界也會還你以希望。暗戀、對異性產生好感是青春期很正常的表現，享受這種美好的感覺吧，但不要真的有什麼行動，Enjoy the feeling（享受這種感覺）！這種美好的感覺會成為你人生中美好的回憶，但不要進一步做什麼，那樣會破壞掉這美好的感情。」

曉雅的每一句話，都說到了莎莎的心坎裡，莎莎越來越認同和崇拜曉雅姐姐的人生觀，曉雅姐姐就是她的一位大朋友，一個有著高屋建瓴觀點，時刻能為她指點迷津的朋友和導師。莎莎也嘗試著原諒媽媽，努力和她和睦相處，但每到媽媽想要撫摸或擁抱她時，她就會回想起那天廖叔叔來的情景，對媽媽仍有深深的牴觸情緒。

莎莎最大的願望就是逃離，她要努力學習，將來考上大學，逃離這個家，逃離媽媽，逃離讓她窒息的這一切。於是莎莎更加努力學習，她每週六上午都到曉雅的宿舍，讓曉雅幫她補習。本來是曉雅去莎莎家，但李瑩和廖智勳的事情發生後，懂事的莎莎就將學習的地點改成在曉雅的大學裡面了。

她不想讓曉雅姐姐尷尬，每次到她家觸景生情，回想起她們差點捉姦在床的那一幕。而且莎莎也更願意到曉雅的大學，感受那裡濃厚的學習氛圍，感受那裡的一切，她看到校園裡的哥哥姐姐們都那麼生機勃勃，那麼青春昂揚，每個人的臉上都寫著對知識的渴求，對明天的嚮往，莎莎羨慕地看著。「將來我也要成為他們當中的一員。」她下定決心。

莎莎雖然也是富二代，但在她小小的心田裡，她知道自己更願意像曉雅姐姐一樣，不僅靠自己的努力，安身立命，還要靠自己的努力，讓這個世界變得更美好。

莎莎是幸運的，在成長的關鍵時期，遇到了曉雅姐姐；而曉雅也是幸運的，被莎莎信任和依賴，這讓善良的曉雅感覺很幸福，彷彿上天真的賜給她一個妹妹。

第三十五章　舒芒

週末，曉雅來到約好的西餐廳，看到李舒芒已經先到了。李舒芒今天一身休閒裝打扮，和曉雅之前見到的西裝筆挺的他不一樣，看起來更加隨和。

「你好，李律師。」「周女士，你好！」「別這麼客氣，你叫我曉雅就好。」「好的，曉雅。」兩個人握手寒暄落座後，曉雅對李舒芒表示感謝。

「李律師，真是謝謝你，幫我撰寫了一份非常專業的離婚協定。」

「不客氣，曉雅，你也叫我舒芒，或者英文名 Schumann（舒曼）就好。」

「真的非常感謝，Schumann，那天我和廖智勳出門交款時，櫃檯小姐只收半價，表示是你交代過的，無論如何不肯收全價。我看你在忙，已經有了下一個客戶，就沒有進去謝謝你。後來給你寫了電郵，今天有機會當面致謝了。」曉雅剛說完，田麗和 Samantha 走了進來，Samantha 也是個女孩，但穿著打扮和髮型都像男孩子，也有著男孩子般的帥氣和英姿勃發，她和田麗是同性伴侶。

「哎呀，抱歉，我們來晚了，讓帥哥美女久等了。」田麗精靈古怪地說。

「我也剛到，李律師是最早到的。」曉雅看著田麗和 Samantha 說道。

Samantha 和李舒芒用對拳的方式打了招呼，一看二人就是非常好的朋友。

「Schumann 永遠會提前到達，他是我們法學院裡有名的準點君，從不遲到，唸法學院時，從未生過病，從未請過病假、事假，有一次週日跑完馬拉松，週一一早準時上課，至今在法學院傳為美談，他就是個傳奇。」Samantha 一口氣說完，一副與有榮焉的神態。

「你們相差這麼多屆，怎麼會成為好朋友？」曉雅好奇地問。

「我們兩家是世交，Schumann 哥哥的父母和我父母是好朋友。從小，Schumann 哥哥就是我的偶像和勵志榜樣，他就是『別人家的孩子』，父母想讓我開始自卑時，就拿 Schumann 哥哥出來說事，本來自我感覺良好，開始膨脹的我，聽到 Schumann 哥哥的名字，立刻就癟了。我上法學院，也是受 Schumann 哥哥影響和鼓勵。」Samantha 向曉雅解釋她和 Schumann 的友誼淵源。

「哦，真好，你們真是友誼深厚。」曉雅讚道。

「對呀，他們兩個青梅竹馬，兩小無猜，從中國一起玩到加拿大，父母幫他們取英文名字，都是以S開頭，看看，多般配。現在他們的雙方父母，還撮合他們在一起呢。」田麗在一旁打趣道。

「我和 Schumann 哥哥完全是兄弟情。」Samantha 摟著田麗的肩膀，寵溺地颳了一下田麗的鼻子，繼續說道，「我是在對 Schumann 哥哥的羨慕嫉妒恨中長大的。」Samantha 做了個鬼臉：「Schumann 哥哥任何事，都比我早一步，比我強，但是就是在交女朋友這件事上，我快他一步。我法學院沒畢業，就找到了意中人。他老兄法學院畢業三年，還是鑽石王老五。」

聽到這話，Schumann 意味深長地看了曉雅一眼。曉雅也看到了 Schumann 在看她，趕快低下了頭。

「其實他們的父母到現在還矇在鼓裡，一直希望他倆郎才女貌，終成眷屬呢。」田麗在旁邊假裝有點醋意地說道，「來，祝福你們。」田麗打趣地舉起手中的水杯。

李舒芒和 Samantha 都哈哈笑，Samantha 繼續摟著田麗的肩膀，和她碰杯。四個人點了餐，邊吃邊聊。田麗和 Samantha 都是各吃了一半自己點的餐，之後甜蜜地交換餐盤，再吃對方的，煞是甜蜜。

「你們兩位真是虐死無數人啊！一位是法學院高才生，一位是醫學院高才生，還這麼恩愛甜蜜，讓不讓我這單身狗活了！」

「你做單身狗是自願的，那麼多漂亮優秀的女孩追你，你不要，你是浪費社會資源。」Samantha 回敬李舒芒。

田麗、Samantha 和李舒芒都是在少年時代，隨父母從中國移民到溫哥華，成長的背景和環境相似，都受到良好的家庭教育，自身也以優異的學習成績考入了最難考取的醫學院和法學院。他們這樣的孩子被稱為移民一點五代，而這三人都是移民一點五代中的佼佼者。

在聊天中，曉雅還得知李舒芒在擔任律師的同時，還積極參與溫哥華的各項活動，他未來的志向是從政，希望在政壇發出華裔加拿大人的聲音。

「當律師固然很好，但是可以幫助的人有限，我想從政，是希望能夠幫助更多的人，影響更多的人，參與到加拿大的各項政策制定中去。我們每個小我團結起來、聯合起來，就能組成大我，就能改變世界，讓這個世界變得更美好。」李舒芒談起了他的宏圖大略。

「佩服佩服，Schumann 哥哥心懷天下！你競選時，我去給你當義工，當助理，當跑腿兒打雜的哈。」Samantha 在一邊笑著說。

「我也去，我也去。」田麗也附和道。

「那我先謝謝你們兩位了。」李舒芒拍了拍 Samantha 的肩膀。時間很快就過去了，曉雅很願意聽李舒芒、Samantha 和田麗聊天，他們的視野，他們的朝氣蓬勃和青春活力，他們對世界的樂觀、熱情也都深深感染著她。曉雅一直想當濟世救人的醫生，不是和李舒芒「小我」改變世界的觀點一致嗎？

吃完飯，曉雅要付帳，才知道李舒芒早就悄悄付過了。「這怎麼可以？本來說好是我請客，感謝你上次對我的幫忙。」曉雅焦急地說。

「沒關係，曉雅，Schumann 哥哥這個年輕有為的律師，請我們吃飯是小意思，你要是過意不去，下次你再回請他，我和 Lily（田麗的英文名）不介意作陪。」Samantha 笑著說。

「哎，真是不好意思，下次一定是我請。」曉雅真誠地說。

「太好了，我們的下一次飯也有著落了。」田麗在一邊鼓掌說，「曉雅姐說話算話，下次還是我們四個一起哈。」

之後，田麗和 Samantha 兩個人說要去購物，指定李舒芒送曉雅回學校。

「不用了，我自己回去就行。」

「哎，曉雅，也給 Schumann 哥哥一次回母校的機會。」Samantha 笑著說道。

「曉雅，我送你回去，也真是很久沒有回學校看看了。今天陽光正好，回去看看風景如畫的母校。」Schumann 真誠地看著曉雅說。

「那好吧，謝謝。」曉雅不好再推辭。四人一起來到了餐廳的停車場，田麗和 Samantha 先駕車離去，臨走時，Samantha 還拍了拍李舒芒的肩，說了一句「Schumann 哥哥加油喔」。

曉雅坐上了李舒芒的路虎越野車，十分鐘，兩個人就回到了曉雅的校園，也是李舒芒的母校。李舒芒在曉雅的宿舍門口停好車，對曉雅說：「曉雅，現在陽光正好，如果你不介意的話，陪我在校園裡走一走可好？」

「好吧。」曉雅不好推卻。

兩個人邊走邊聊，信步走到了校園裡有名的玫瑰園，玫瑰正奼紫嫣紅地怒放，煞是美麗。

「Lily 和 Samantha 是很好的一對，她們兩個人都特別真誠，也都非常有才華，在各自的專業領域都學得很棒。」曉雅和李舒芒聊著天。

「是呀，剛開始，Samantha 和我透露她有女性的同居伴侶時，我還很震驚，但也逐漸接受了，這個世界，每個人在不妨害他人的前提下都有自己的自由，作為好朋友，我祝福她們。」

「是呀，這原本就是一個多元的社會。」

「只是 Samantha 的父母還不知道，以為 Lily 就是 Samantha 的室友，他們也很喜歡 Lily，因為 Lily 的家不在這裡，每逢過年過節，叔叔阿姨還都讓 Samantha 帶著 Lily 到家裡參加親朋聚會，所以我和 Lily 也很熟。」

「Samantha 的父母最終會尊重女兒的選擇的，父母的願望都是希望女兒幸福吧。」

「是呀，在加拿大，同性婚姻都合法化了，每個人都有自己追求幸福和自由的權利。曉雅，你是一個特別與眾不同、善解人意、尊重他人又自立自強的女孩子，我們雖然才第二次見面，但我對你印象特別好。我知道我很唐突，但我相信一見鍾情，而且我也自認為很了解你的為人了。不知道你是否願意給我機會。恕我冒昧，你願意做我的女朋友嗎？」李舒芒在玫瑰花叢旁，深情地看著曉雅問道。

曉雅一下子愣住了。雖然在今天的飯局中，曉雅能感覺到李舒芒對她的好感和關注，也知道田麗和 Samantha 其實是在撮合李舒芒和她，但曉雅沒有想到李舒芒會這麼快，這麼直接，就問她願不願意做他的女朋友。

「Schumann，謝謝你，但你知道，我剛剛離婚，還有繁重的學業在身，我還不想考慮進入新的感情。」

「曉雅，我知道，我們才第二次見面，我就請你做我的女朋友，是有些唐突了，我非常抱歉，但我對你是一見鍾情，今天吃飯，就是我讓 Lily 和 Samantha 請你的。他們也知道我喜歡你，在幫我追你。如果你覺得還不想展開一段新感情，我願意等你，等你準備好了。我隨時都在。」

「Schumann，你這麼優秀，你一定會遇到你理想的女孩子，也一定會遇到比我更適合你的女孩子。你知道，我離過婚，還沒有從上一段感情經歷的陰影中走出來。」

「曉雅，我不在乎你離過婚，正是你在讓我起草離婚協定時，我看到了你的高尚人格，讓我知道你是那麼與眾不同，那麼純潔無瑕，你就是我要的女朋友和太太……」

「Schumann！」，曉雅趕快打斷了李舒芒，「真的謝謝你！但我真的還不想進入第二段感情。你這麼優秀，你一定會遇到比我更好的女孩子，更適合你的。」

「曉雅，我不勉強你，我會等你準備好再問你。現在，即使我們不做男女朋友，我們可以做朋友嗎？」

「當然可以，有你這樣的朋友，我很榮幸，也很開心。」

「好吧，曉雅，我們就先做普通朋友，等你心裡的那扇門再次打開時，別忘記我今天問你的問題。」李舒芒有些失落但卻堅定地說。

李舒芒將曉雅送回了宿舍，他看著曉雅的背影，暗下決心：「曉雅，我一定要追到你。」

第三十六章　綁架

抵達前五分鐘，李天豪就打了電話讓曉雅下來取，曉雅從沒有讓李天豪進過她的宿舍。

「曉雅，你下來吧，你不下來我就不回去，我就一直等在你的宿舍樓門口。」李天豪打定主意，想要見到曉雅，即使曉雅認為他死纏爛打也好，他這輩子就認定曉雅了。

正在等待曉雅時，突然有一輛車也衝到大門前的停車位停下，車上下來三個戴面具的黑衣男子，將李天豪往車裡拽，這時剛好下樓來到門口的曉雅看到這一幕。

曉雅大叫：「你們要幹什麼？」她迅速衝到黑衣男子邊，想要拽住李天豪，三個黑衣人本來想快速推李天豪上車，趕快逃脫。但曉雅死命拽住李天豪的腿，不讓他上車，曉雅身子匍匐在地上，死死地拽住李天豪的一條小腿，黑衣人雖然都身強體壯，但仍然無法掙脫曉雅，乾脆連曉雅也一起拽起丟上了車。上車後他們就給李天豪和曉雅塞住了嘴巴，戴上了頭套，用繩索捆住兩個人，讓他們根本動彈不得。

李天豪為曉雅和自己的安危擔心，此時大腦在飛速思考，到底是誰要綁架他？自己並沒有結下什麼仇家，此前的多任女朋友也都用錢擺平了，應該不會尋仇。自己這次應該是因為有錢被人盯上了，綁架者應該是想勒索錢財。

想到這裡，李天豪反而有些心安了，這個世界上，能用錢解決的事情都不是大事。他反而有一絲欣喜，曉雅當時死命地抱住自己的腿，不讓綁匪將他帶走，想到那一幕，李天豪喜上心頭，危急關頭表現出來的是最真實的反應，看來曉雅是在意自己的，否則不會那樣拚死拽住自己。

此刻，也被塞上嘴巴、戴上頭套捆綁起來的曉雅，還不知道自己如何就被綁架了，但她並不後悔剛才拚死拽住李天豪，雖然她也不知道自己為何會那樣拚命，但那是她的本能反應，怎麼能看著他在眼前被一群凶神惡煞綁架走。

綁匪公然在大學校園內綁架人，已經有目擊者打電話報警。警車很快風馳電掣地趕到校園，向目擊證人做筆錄，調閱學生宿舍門前的監察錄影，很快查到綁匪使用的車輛是偷來的。

而且綁匪很狡猾，已經在中途的偏僻地點換車，把偷來的車丟棄。綁匪們和司機都戴著面具，警方暫時無法鎖定綁匪的身分。

綁匪帶著李天豪和曉雅上了另外一輛車，開到了離溫哥華很遠的一個郊區城市，直接進入了一棟房子的車庫。李天豪和曉雅被推著下樓梯，到了房子的地下室，兩個人雖然沒有被摘下頭套，但都憑嗅覺聞得出老木頭房子那種特有的味道。綁匪將李天豪和曉雅口袋裡的手機和錢包等物品都搜出來後，將兩個人背靠背捆綁結實。

之後戴著面具的綁匪中，有人用中文對李天豪說，綁他就是為了要錢，讓他的家人用兩百萬加元（合人民幣一千多萬元）來贖他們兩個人。綁匪還說，本來只想要一百萬的，現在多了一個陪綁的，贖金漲到兩百萬，綁匪問李天豪他家人的聯繫方式。

李天豪問綁匪：「你們怎麼知道我有錢？」

同一名綁匪回答道：「我們盯你很久了，你開什麼車，住在哪裡，我們都知道。你錢那麼多，不在乎分一些給我們花花。」

李天豪想，這些綁匪看來是盯上自己了，平時自己開的車太過張揚，到哪裡都消費昂貴，看來是樹大招風了。李天豪把小姑的電話告訴了拿槍頂著他太陽穴的綁匪，他知道小姑拿得出兩百萬加元來救他，回頭再把錢還給小姑。

李瑩接到綁匪的電話，那個會說中文的綁匪告訴李瑩他們綁架了李天豪和他的女朋友，之後綁匪讓李天豪和李瑩溝通。

「小姑，我和曉雅被人綁架了，綁匪要兩百萬加幣贖金，您按照他們說的方法把錢打給他們吧，回頭我還您。」

「什麼？你被綁架了？曉雅也被綁架了？曉雅是你女友？」

綁匪搶回電話，恐嚇李瑩道：「如果你敢報警，這兩個人都會被撕票。」之後結束通話了電話。接到電話的李瑩嚇得眼淚直流，也不知該不該報警，該不該告訴哥哥。她先打電話給廖智勳。

「智勳，不好了，天天被綁架了，曉雅也被綁架了。綁匪要兩百萬加幣贖金，該不該報警呀？」

「什麼？曉雅也被綁架了？他們怎麼在一起？」廖智勳在電話裡大聲喊道。

「我怎麼知道？該不該報警呀？綁匪能說話算話，給了贖金就放人嗎？」

「我馬上過來。」廖智勳火急火燎地趕到李瑩家，聽李瑩講完了綁匪打電話的內容，也知道綁匪警告說如果報警，他們就會撕票。廖智勳非常擔心曉雅的安危，他覺得李天豪是自作自受，平時開著豪車滿大街亂逛，消費那麼奢侈，當然會成為綁匪的目標。曉雅怎麼會一起被綁？難道他們兩個人在一起了？不會呀，曉雅一向視金錢如糞土，難道曉雅也變了？真的喜歡上了李天豪這種紈褲子弟？廖智勳心亂如麻。

李瑩知道廖智勳擔心曉雅的安危，她也顧不上吃醋了，先救出姪子要緊。和廖智勳商量是直接給錢贖人，還是先報警。廖智勳問李瑩：「你能拿出兩百萬加幣現金嗎？」

李瑩回道：「誰會在活期帳戶裡有兩百萬，只能把我買的基金呀，定存呀，取一取了。」

廖智勳心想，真是有錢，雖然不在隨時可以取的活期帳戶裡，但能一下子湊到兩百萬加元，真是有錢。

「如果綁匪不講信用，收到錢還不放人怎麼辦？這些綁匪哪有什麼道德可言！」廖智勳勸李瑩還是先報警，再按照警方的要求做。李瑩一想也是，自己不是心疼錢，而且哥哥一定會把錢還給自己，只是萬一出事怎麼辦？姪子的命如果沒了，哥哥是不會原諒她的。

看看時間，應該是中國的上午，李瑩立刻給哥哥打電話：「哥，天天被人綁架了，綁匪要兩百萬加幣贖金，說收到錢就放人，還說不準報警，一旦報警就撕票。」

「什麼？天天被綁架了？誰這麼大的膽子？」李瑩的哥哥一聽到訊息，大喊起來，「瑩子，不要報警，給他們錢，我就這麼一個寶貝兒子，花多少錢也要把他贖出來。他媽臨死前，我在搶救室裡和她發過誓，要照顧好天天。我已經對不起他媽，我不能再對不起我兒子。」

「好吧，哥，聽您的。」

在老房子的地下室裡，李天豪和曉雅還被綁著，戴著頭套，嘴還被膠布黏著。看守他們的綁匪，手裡拿著槍，守在房間的門口。李天豪和曉雅被緊緊綁在一起，別說逃跑，幾乎都動彈不得。李天豪卻有種幸福的感覺，和曉雅背靠背地綁著，他能感覺到曉雅的體溫。

李瑩一夜沒睡，好不容易盼來了天亮，銀行開門的時間應該到了，正準備出門去銀行籌措贖金。李瑩聽到自己家的後門，有人在敲門。李瑩和廖智勳一起去檢視，看到兩男一女站在後門，其中一名女性是華裔。看著三個人不像壞人，李瑩和廖智勳開了門。

華裔女性擔當翻譯，進屋後和李瑩說明他們三人是警察，並亮出警徽，表示他們今天穿著便衣，從後門進李瑩的家，是不想招致注意，打草驚蛇。警方表示他們接到目擊者報案，知道發生了綁架案，並根據李天豪留在校園內的車，查到了李天豪的身分，詢問李瑩是否接到過綁匪的電話。

本來聽從哥哥的安排，不想報警的李瑩想，這下警察已經知道了，乾脆實話實說吧。就將綁匪勒索兩百萬贖金，自己正要籌措鉅款的事實告訴了警方。警方要求李瑩配合行動，假裝去銀行籌措款項，但不必真有行動，其他的事情，警方自有安排。李瑩和廖智勳從銀行晃了一圈回到家裡，按照警方的安排，在家靜等綁架者的電話。

果然，下午三點，劫匪按照前一晚預約的時間給李瑩手機打來電話，上面沒有來電顯示，已經在李瑩家布置好追蹤器材的警方，做手勢讓李瑩按照之前警方告訴的，盡量拖延時間，以便警方可以追蹤到綁匪的地理位置。

李瑩還按照警方交代的告訴綁匪，自己正在籌措兩百萬，明天上午就可以將錢轉給他們，需要綁匪告知帳號。綁匪在電話中說，稍後會把一個香港的帳號發到李瑩的手機上，並警告李瑩，明天如果收不到李瑩的匯款，他們就會撕票，李瑩就再也見不到姪子和他的女朋友了，並再次警告李瑩不準報警，他們有人在盯著她，一旦知道她報警，他們也會撕票。李瑩心想，我沒有報警，警方已經知道了，看來這些綁匪也都是紙老虎，並不高明。

警方成功追蹤到了手機的地址，並透過監聽這支手機和其他綁匪的通訊，鎖定了藏匿李天豪和周曉雅的地址，出動了直升機和多輛警車前往營救，最終在警方的周密部署和全副武裝解救下，李天豪和曉雅平安獲救，總共五名嫌犯，包括兩名越南裔男子、一名華裔男子、一名華裔女子、一名白人男子，全部被捕。

其中的華裔女子，就是李天豪之前在私竇認識的那位陪酒的中國女留學生喬楚楚。警方在其中一名主犯外號「暴天龍」的手機裡，發現了喬楚楚發給他的關於李天豪地址和電話的簡訊，順藤摸瓜，發現她也是綁架案的策劃者之一。

喬楚楚認識了李天豪以後，以為自己中了大獎，找到了一位高富帥，使出渾身解數要纏住李天豪。兩個人濃情蜜意之際，喬楚楚卻接到父母要離婚的訊息，不得不趕回國內。

不過，她覺得和李天豪的關係已經十拿九穩之際，自己回國，正好吊吊李天豪的胃口，讓李天豪知道自己離不開她喬楚楚，讓李天豪「一日不見，如隔三秋」。回國的前一夜，喬楚楚在床上使出了萬般本領，她要讓李天豪好好地記住這一夜，好好地想她。

哪承想，她一到國內，李天豪就再也不接她的電話，竟然還把她從微信朋友裡刪除了。喬楚楚知道大事不妙，在國內待了不到一個禮拜就回來了，也不管父母離不離婚了。

「楚楚，你不能走，你得留下幫媽媽把你爸留住，本來咱家經濟條件就不是很好，你不好好學習，不想高考，一定要出去留學，我省吃儉用供你，現在你爸的那個不要臉的初戀情人死了老公，倆人死灰復燃，你爸再不要我了，我可怎麼活呀？你得幫媽媽把你爸留住。」喬楚楚的媽媽一把鼻涕一把淚地說。

「哎呀，媽，我出去留學，不是也想給你釣一個金龜婿嗎？你不是總後悔嫁給我爸嫁錯了，自己當年年輕貌美，卻找了我爸這麼個沒有本事的窩囊男人嗎？現在他要離婚，你就跟他離啊！」

「你爸一向沒有本事，窩窩囊囊，我也就圖個安穩了，哪想到，過了這麼多年，我委曲求全，老了老了，他倒出軌了，還要死要活地跟我離婚。楚楚，我已經這把年紀了，我和你爸離了，把他拱手讓給那個賤女人，我連他這樣的窩囊廢都找不到了。你說我四十多歲的人了，我還能找一個什麼樣的？男的四五十歲的死了老婆的，離了婚的，都想找二三十歲的，我也沒那本事找個三十多歲的來場姐弟戀，我只能找六七十歲的，我找來幹什麼，閒得沒事伺候人玩兒？都說『少年夫妻老來伴』，我的青春都給你那個死爹了，老了該有人伴的時候，他去伴別人，那我不虧大了。我現在就後悔沒有早離婚，當年還年輕有青春本錢的時候就應該離，就為了你，我沒有離，現在四十多歲了，我才不離呢！我年輕時跟他吃苦受罪，不指望他升官發財，指望著老了老了有個伴也就算了，現在我成豆腐渣了，他要把我扔半道上，自己去找什麼初戀，他想得美！除非他從老娘的屍首上踏過去！」

「媽，為你這股不服輸的精神點讚。對，你就死撐住，就不離，我爸還能咋地？我可不想過你和我爸這樣的日子，我也不想走你的老路，你的人生就是我的經驗和教訓，警告我像我爸這類沒出息男人的坑千萬別跳下去，他再窩囊再沒出息，也保不齊不會出軌有第二春，都說『男人有錢就變壞，女人變壞就有錢』，我爸這還沒錢就變壞了，可見男人都靠不住，只有錢能靠得住。我要讓我的青春變現，和誰過都是一輩子，我一定要找一個有錢的過一輩子。」喬楚楚邊說邊把一個昂貴的包遞給媽媽，「這個給你，我在溫哥華的男朋友給我買的。我得回溫哥華了，再不回去，你的金龜婿就沒了。」

喬楚楚沒有將之前自己在私竇陪酒賺錢的事告訴媽媽，只說自己找到了一個有錢的男朋友。

喬媽媽看著手中的鉑金包眉開眼笑，暫時忘了自己婚姻的不如意。「楚楚，你一直說自己的錢夠花，都是這個男朋友給你的吧？出手真闊氣，真不錯，我姑娘就是有眼光，有福氣。你趕快回去，立刻回去，不要讓你爸的那點兒破事，耽誤了你的大事，記住，抓住個好的不要鬆手，死死攥住，千萬不要鬆手。」

「媽，我知道了，你不用擔心我，我爸這事兒你能搞定嗎？」

「能搞定，你不是和你爸也面談過了嗎，不也把他談哭了嗎？我就不信，他一輩子都聽我的，老了老了還能翻出我的手掌心。他要找個年輕貌美的，我也就不說啥了，他找那個初戀，比我還大一歲呢，憑啥呀？我就不離，我耗死他倆。」

喬楚楚放下父母的事兒，心急火燎地趕快回到溫哥華，到李天豪的公寓門口去堵他。但李天豪所住的公寓保全森嚴，李天豪又都是駕車直接進地下車庫，喬楚楚根本見不到李天豪的影。

雖然和李天豪相處的幾個月，喬楚楚已經收穫了四個價值加起來幾十萬加幣的包包，還有一塊百達翡麗手錶，但喬楚楚還是心有不甘。這麼個高富帥，就這樣逃跑了，而且連個交代都不給自己，自己到底錯在哪了？

喬楚楚當然沒有想到，她在私竇陪酒的身分，是李天豪不會和她當真相愛的原因；她的拜金和虛榮，是李天豪不會當真和她相愛的原因。

後來喬楚楚給李天豪發手機簡訊：「我懷孕了。」李天豪想，每次上床，他都保護措施嚴密，立刻回來簡訊說，「是我的嗎？」

喬楚楚回通道：「是你的。」

「那你就生下來，我們化驗DNA，是我的我一定負責。」李天豪回覆喬楚楚。

沒想到李天豪會用這招激將法，根本沒有懷孕的喬楚楚，上哪去弄一個有李天豪DNA的孩子呢？喬楚楚只能暫時放棄對李天豪的死纏爛打，再做打算，但喬楚楚對李天豪懷恨在心。

「想這麼容易就甩了我，沒門！李天豪，老娘我不會讓你好過的。」喬楚楚在心裡憤恨地想。

喬楚楚的人生信條就是要嫁給有錢人，讓自己的青春美貌為自己賺來富裕的生活，她認為這世界所謂的真愛都是扯淡，自己高中時和同班一個窮酸男同學愛得死去活來，還把最寶貴的童貞給了他，但該渣男並沒有珍惜喬楚楚，考上了一所名牌大學後，就和大學同學裡一個高幹家的女兒好上了，以和遠在溫哥華的喬楚楚相隔太遠，無法承受異地戀為由，提出分手。

喬楚楚當時差點割腕自殺，真是傷心了一陣，後來想開了，窮渣男拋棄她也未必是壞事，不也給了她再攀高枝兒的機會。溫哥華富家子弟成堆，廣闊天地可以大有作為，憑她喬楚楚的姿色，釣到個凱子還是不難的。可是這次李天豪這隻本以為煮熟的鴨子又飛了，喬楚楚雖然懊惱不已，可不會再尋死覓活，喬楚楚已經不再會付出真愛，所有的付出都是在釣魚，這條魚跑了，就再釣另一條。但是她要報復李天豪，報復他的絕情。

後來，喬楚楚在陪酒時認識了在道上混的越南華裔「暴天龍」，人稱龍哥。龍哥對貌美妖嬈的喬楚楚很是著迷，對她出手闊綽。喬楚楚知道龍哥就是那個能幫她報復李天豪的人。於是喬楚楚跟著龍哥出過很多次臺，最後乾脆搬到了龍哥住的地方。喬楚楚使出千嬌百媚的迷魂術，把龍哥迷得暈頭轉向。

「楚楚，跟著龍哥，保證你要什麼有什麼。誰要是膽大包天敢欺負你，也告訴龍哥，我幫你搞掂。」從小在香港長大的龍哥，拍著胸脯用帶廣東口音的普通話，誇下海口。

「龍哥，你對楚楚最好了，以後楚楚就把自己託付給你了。」喬楚楚嬌滴滴地對龍哥說，心裡想，她等的就是龍哥的這句話。

有一天，喬楚楚聽見龍哥和手下說，最近有一批貨（毒品）被警察查獲了，損失慘重，得想辦法把這損失補回來。

對李天豪一直念念不忘、懷恨在心的喬楚楚，晚上在床上假裝無意地對龍哥說：「現在從中國來的人真有錢，我以前在私竇認識一個巨有錢的公子哥，給我們小費都是幾百幾百地給，猜想家裡至少得有個幾億。」

「是嗎？知不知道這公子哥住哪？聯繫電話？會會他。」龍哥對這位公子哥很感興趣。

「知道哇，你怎麼感謝我啊？」喬楚楚笑著問。龍哥翻到喬楚楚身上，淫笑著說：「我現在就好好感謝你。」

龍哥第二天就根據喬楚楚提供的線索，派手下開始跟蹤李天豪，準備綁架他，弄點贖金。手下向龍哥彙報說，李天豪最近深居簡出，吃飯都是專門的餐廳做好，送到他的公寓大廳，再由保全送給他，兄弟們很難下手。不過李天豪倒是經常去一所大學，找一個女孩。龍哥上貨的資金缺口越來越大，等得有些不耐煩，命令手下兄弟，如果李天豪晚上去大學，他們就見機行事，趕快行動。

監視的人看見李天豪晚上六點多出門，趕快通知兄弟們行動。本來那天晚上綁匪們準備充分，車上連司機一共四個人，他們心想三個人下車，綁走一個李天豪，還是輕鬆的。但沒承想周曉雅拼了命地喊叫，抱住李天豪的腿，不讓綁走，害得他們不得不一塊綁走了兩個人。

案件最終偵破，警方到龍哥家搜查時，還搜出了毒品、槍械和假護照、假證件以及大批偽造的銀行信用卡，一個綁架案牽出了一個為害多年的黑幫團夥。

第三十七章　愛情

「曉雅，當時綁匪綁架我時，你為什麼死死拽住我，你不怕嗎？」李天豪深情地問曉雅。

「出於本能吧，我不能眼睜睜地看著你被綁走啊。」

李天豪心中一陣狂喜，曉雅是在乎他的，他的曉雅是在乎他的，甚至冒著生命危險，在那一刻，死死地拽住他。李天豪心中柔腸百結，「曉雅，我今生認定你了。」他在心中默默地對自己說。李天豪知道自己對曉雅動了真情。這種感覺，他從未體驗過。那麼驕傲的他，願意把自己低到塵埃裡，正如席慕蓉的詩中所寫：「我已在佛前求了五百年，求他讓我們結一段塵緣。」

曉雅每個月都會參加到老人院幫助義診的慈善活動，現場需要很多義工，李天豪就每個月都報名做義工，對老人們態度恭敬，關懷備至。李天豪還每到一處老人院都用自帶的電子鋼琴或者老人院的鋼琴給老人們彈琴。曉雅沒有想到，李天豪的琴彈得這麼好，琴聲如行雲流水，如清泉淙淙。

曉雅從小喜歡音樂，媽媽在世的時候，省吃儉用給她買過一臺二手電子琴，還送曉雅去少年宮學習電子琴。但媽媽去世之後，她的課程就中斷了，後來二手電子琴也被繼母轉手，離開了曉雅家。這是曉雅的遺憾，如果能夠堅持學下來，很有音樂天賦的曉雅，也應該能夠彈得一手好琴。

李天豪彈琴的樣子特別專注認真，專注的李天豪更加帥氣，坐在鋼琴前面的李天豪，像一個音樂王子，修長的手指在琴鍵上劃過，優美的旋律汩汩流出，或悠揚，或歡快，或悲戚。

一次李天豪在彈奏理查·克萊德曼曾經演奏的曲子——《給母親的信》。李天豪彈得那麼投入，那麼忘情，那麼憂傷。曉雅聽得流淚了。

曉雅也一直非常喜歡這支曲子，存在手機裡。這首曲子陪伴她走過了高中、大學，直到現在。雖然曲子表達的思念是給年邁的母親，但那樣的音階，那樣的旋律，讓從小就失去母親的曉雅，有著深深的共鳴。

沒有想到，李天豪這首曲子彈得這麼好，裡面似乎也加入了他對母親的思念，如泣如訴，感人肺腑。李天豪彈奏完畢，老人們也都感動得鼓掌，李天豪望向觀眾席的曉雅，他看到了曉雅眼中晶瑩的淚光。李天豪的心一顫，他知道曉雅的心和他的心，此刻是相通的，他讀懂了她，她也讀懂了她。

晚上，李天豪開車送曉雅回學校宿舍，路上，李天豪打開CD，車裡迴盪起這首曲子。「這是我在一個專業錄音棚彈的，灌成了CD。」李天豪邊開車邊說。

「沒有想到你的鋼琴彈得這麼好，專業水準。」曉雅真誠地說。

「媽媽最喜歡聽我彈琴，小時候每次練琴，她都陪在我身邊。媽媽走了以後，我每次彈琴都想起她，我就透過彈琴與她交流，把我的喜怒哀樂講給她聽。」曉雅看到李天豪的臉上有淚水。

「我爸看我那麼願意彈琴，給我找了最好的鋼琴老師，還想讓我考音樂學院。但我偏不考，我彈琴不是為了上音樂學院，不是為了演奏，我是彈給媽媽聽，我知道媽媽能聽到。」

李天豪的話觸動了曉雅的心絃，這個世界上竟然有人和她有一樣的想法。曉雅遇到不如意時，也是在心裡講給媽媽聽，她知道媽媽能聽到。

從那以後，曉雅不再排斥李天豪，李天豪對曉雅敞開心扉，把自己的成長經歷和自己從小到大的孤獨與自卑講給曉雅聽。

「我從小到大，除了媽媽，最親近的人是一位保母，我叫她王奶奶，從我出生時她就開始照料我，媽媽去世後，她更成了我的親人，可惜她也去世了。」

曉雅看著李天豪眼裡的淚花，心底最脆弱的部分就被觸動了，李天豪紈褲子弟的形象不再，她看到的是一個表面上自傲得要命，心裡卻極度缺乏愛和安全感的男孩，曉雅突然有一種要保護這個男孩的衝動。兩個人現在已經成了好朋友，在異國他鄉彼此鼓勵和扶持。

李天豪現在也不再揮金如土，除了綁架事件帶來的教訓，他也從曉雅的身上看到了精神上的光芒，這是從前他用多少錢都買不來的。曉雅讓他明白，無論出身如何，將來的人生道路怎麼走，完全是每個人自己的個人選擇，家庭出身永遠不能成為藉口。窮人家的孩子，不應以貧窮作為藉口，不去努力和打拚，不去改變自己的命運。富人家的孩子，不應以富貴為藉口，不去奮鬥和付出，不去為社會做出貢獻。

李天豪從此經常給老人院、給其他慈善機構捐款，而且一捐都是很大的數目。老人院院長們都非常感激，有人還說要舉辦捐款儀式，請媒體前來報導，但李天豪都一一謝絕。這個世界上，還有那麼多人需要幫助，施比受更快樂，在李天豪陪曉雅做慈善的過程中，他體驗到了前所未有的快樂和幸福。「贈人玫瑰，手留餘香」，看著那些被幫助者的笑臉，李天豪露出了發自心底的微笑，這是他從來沒有過的感受。

曉雅為他打開了一扇窗，那扇窗外，陽光明媚，鳥語花香，這讓李天豪看到了另外一個世界，讓他知道，原來這個世界上還可以有這樣的活法。以前，他的心裡總是充滿了仇恨，恨父親，恨社會，恨一切。

現在，他則充滿了感恩，感恩上蒼讓他遇見了曉雅，曉雅就是他的天使和救贖，讓他在沒有目標的人生中看見希望，看見未來，那是一個有他、有曉雅的美好未來。

雖說曉雅已經不再排斥李天豪，不再拒李天豪於千里之外，但她始終和李天豪只保持著朋友的關係。她知道，橫亙在她和李天豪之間的，還是李天豪的家世。她並不知道李天豪的背景，但知道李天豪肯定來自大富大貴之家。曾經在第一次婚姻中受傷的曉雅，想著連前婆婆劉春枝都那麼嫌棄她的家庭，總是說著門不當、戶不對。那麼自己的家庭和李天豪之間，則更是難以般配。

曉雅現在已經不再相信愛情了，廖智勳當年對自己不也是瘋狂追求，視若珍寶，可是才結婚短短幾年，一切都變了，曉雅曾經難以置信，他們的婚姻會以這樣的結局收場。世間再好的愛，也敵不過現實生活的殘酷。愛又到底是什麼？曾經的海誓山盟，怎麼瞬間就可以煙消雲散！曉雅曾經那樣依賴廖智勳，那樣渴望一個溫暖的家，廖智勳曾經給過她溫暖，但卻不是他曾經許諾的「執子之手，與子偕老」的一生一世。

李天豪和曉雅的心靈上有很多共鳴，李天豪也讓曉雅感覺到了愛與溫暖，但曉雅還不確定，自己是否能夠第二次走進愛情。

第三十八章　祝福

每次李舒芒回到母校，和曉雅也是匆匆見面，曉雅總是說自己有課或者有實驗要做。這次，李舒芒終於約到曉雅在校園的餐廳裡一起吃飯，李舒芒早早就來到約好的餐廳。

曉雅也走在來餐廳的路上，曉雅今天答應李舒芒吃飯，也是下定決心，一定要說清楚了。她知道李舒芒在等自己的答案，她今天就要告訴他答案。曉雅已經感覺到，自己心底對李天豪的感情，她不清楚她是否會最終答應李天豪的追求，但她清楚自己肯定不愛李舒芒，她不想耽誤他的時間，浪費他的心思。

「你好，Schumann。」曉雅走進餐廳，來到李舒芒的桌邊。

「你好，曉雅。」李舒芒看著曉雅溫柔地說道。

「Schumann，今天一定要讓我請你，否則我就不吃了。」

「好吧，好吧，我們的曉雅很執著呀。」李舒芒笑著說。曉雅點了一份鮭魚，李舒芒則點了一份牛排，兩個人邊吃邊聊。「曉雅，我最近在為參選做準備，今後一段時間可能會很忙，不能常來看你了。」

「你好好準備，祝你到時成功當選！我也可以很自豪地跟別人說，那位議員是我的朋友。」曉雅笑著說道。

「曉雅，你可以自豪地說，『那是我的男朋友』！」李舒芒的眼神深情、溫柔，彷彿要把曉雅融化，「曉雅，我真的希望，我們的關係不僅僅是普通朋友。」

「Schumann，我今天來，就是想告訴你，我已經有喜歡的人了。」

李舒芒的表情僵住了。

「Schumann，你真的非常優秀，你的前途，不可限量，你將來會成為我們華裔的驕傲。我為有你這樣的朋友驕傲和自豪！但我真的有自己喜歡的人了。」

「曉雅，我沒有想到，你喜歡的人不是我，老實說，我很心碎。我也很羨慕他，那個讓你喜歡上的人，他上輩子一定是拯救了地球。曉雅，我祝福你！愛並不一定是要擁有，我會遠遠地祝你幸福！你這樣善良美麗的女孩，一定會擁有幸福！」

「Schumann，真的謝謝你，你真是個好人，你這麼出色、善良、陽光的人，你一定會擁有屬於自己的幸福！你將來的太太上輩子一定是拯救了銀河系！」

曉雅說完，兩個人相視大笑。「我們是不是在互相吹捧？」李舒芒幽默地問道。

「好像是。」曉雅不好意思地回答。

「曉雅，答應我，你要開開心心、快快樂樂地生活，將來無論遇到什麼困難，永遠記得，可以找我——李舒芒！」

「好的，Schumann，謝謝你！」

「我可以擁抱一下我的女神嗎？」送曉雅回到宿舍門口的李舒芒問道。

曉雅和李舒芒擁抱告別後，轉身走進宿舍樓。望著曉雅的背影，李舒芒心裡很不捨，有緣相識，卻無緣相戀，這個美麗優秀的女孩無法成為他的女朋友，雖然情深緣淺，但他祝福她永遠快樂和幸福。

第三十九章　自首

廖智勳飛車開到李瑩家，李瑩披頭散髮地來開門，一下摟住了廖智勳大哭，廖智勳好不容易進屋關上門，問道：「慢慢說，出什麼事了？」

「我哥被雙規了，周志強也被抓起來了，我根本聯繫不到他們。」

「你怎麼知道的？」廖智勳嘴上焦急地問著，心裡卻有鬆了一口氣的感覺，還好這事兒和自己無關。

「我的一個閨蜜打電話告訴我的，她說情況非常不妙，我哥涉嫌的受賄數額巨大，不僅官職不保，甚至會判重刑，周志強也好不到哪裡去。」李瑩說完就開始嗚嗚大哭，廖智勳也手足無措，不知道該如何是好。

廖智勳趕快問道：「我們這邊沒事吧？不會受牽連吧？」

李瑩則說：「我閨蜜說，如果我能把轉移出來的財產，轉回去充公，我哥和老周可能會被輕判一些，你說我該怎麼辦？」

「那你不是也成了轉移財產的共犯？」

「我不知道，我也不知道，我什麼都不知道。」李瑩抓著廖智勳的肩膀，語無倫次地嗚咽著。

李瑩此刻希望廖智勳給她依靠，但廖智勳心裡想到的則是自己會不會受牽連，李瑩是否有事並不是他真正關心的，這種露水情人，就更是大難臨頭各自飛的同林鳥了，廖智勳絕對不會為了所謂的感情捨生取義，而是要如何趕快把自己撑乾淨。他想，好在自己只是作為經紀人，賺取佣金，應該不會涉及刑事犯罪吧。

而這時，就在李瑩家的附近，兩名中國反腐部門的人正坐在車裡監視著李瑩家的動靜。

而李天豪不僅接到了訊息，還有兩位中國過來的調查人員已經找上門，規勸他回國配合調查，並曉之以理，動之以情，表示他只有把轉移出來的財產都回國上交，才能挽救自己的父親。

一向紙醉金迷的李天豪其實沒有經過什麼大風大浪，他一下子懵了，不知道該如何應對。雖然他恨父親，但他也明白，自己一直活在父親的庇蔭中，如果沒有父親這棵大樹，他其實無處棲身。如今這棵大樹倒了，樹下的人命運又會如何？

他也一直關注國內的新聞，知道大規模反腐正在密集展開，「蒼蠅老虎一起打」，父親就是其中的「老虎」吧。李天豪答應考慮一下，調查人員又義正詞嚴地教育了一番李天豪，之後告辭離開。

李天豪呆坐了兩個小時後，突然發現自己飢腸轆轆，他出門買飯，才發現自己的信用卡無法刷，打電話給銀行經理，才知道自己的帳戶已經被凍結了。他才明白，原來並不需要他考慮，加拿大和中國聯合反腐小組已經布下了天羅地網，現在不過是收網的時刻。

李天豪一直知道自己的父親是貪官，自己就是「貪官二代」，但沒有想到真的有一天，反腐會反到父親的這個級別，沒有想到反腐會反到加拿大來。而加拿大政府也多次強調，「加拿大不是貪官的天堂」，全力配合中國政府反腐。看來不義之財，在世界各地都天理不容。

李天豪之前揮金如土，現在信用卡和銀行卡都被凍結，好在手頭還有現金，否則連吃飯都成了問題。他拿著現金，漫無目的開著車，不知不覺開到了 Chinatown 唐人街，他突然特別想吃那裡一家餐廳的中餐。停好車，買完外賣，他竟然鬼使神差地走到了距離唐人街不遠的吸毒者聚居地。

看到那裡的吸毒者形容枯槁，瘦得如同皮包骨。有人張著嘴，口水流出很長。有的人目光呆滯，眼神空洞地望著遠方。有吸毒後靠賣淫為生的妓女，還在向李天豪搔首弄姿地拉客。在加拿大，吸毒者一直被認為是受害者，政府甚至還開放了毒品安全注射屋給他們，防止有人因為吸毒過量而死亡。

李天豪突然抑制不住想嘗試毒品的衝動，他以前一直克制自己不去碰硬性毒品，不去碰海洛因、古柯鹼、安非他命，最多嘗試大麻。因為他不想像這些吸毒者一樣，「人不人，鬼不鬼」，終日徜徉流連在街頭，生存的目的就是為了尋找毒品。過了毒癮後，再次尋找毒品，等待毒癮再次發作。週而復始，活著已經沒有其他意義，只為毒品而活。

但李天豪現在就想讓自己變得「人不人，鬼不鬼」。他看到一個正在和其他人交易的毒販，毅然走過去，用現金買了毒品。毒販悄悄告訴他，這是最新貨，正品，包管他用過之後狂呼過癮。李天豪悄悄裝好毒品，拎著外賣開車回到家中。

他心中有一絲不安，也有一絲解脫，他希望毒品麻醉後的自己無須再做出任何抉擇，什麼回國救父，什麼資產凍結，都和他無關，他只想解脫。李天豪雖然表面看起來成熟，其實內心裡一直就是一個沒有長大的孩子，自從媽媽去世，他的心智貌似成熟，其實他一直沒有從陰影中真正走出來。

他這麼多年一直用金錢和聲色犬馬麻痺自己，但他知道，他真正想要的是和媽媽在一起，和當醫生的、乾乾淨淨的、堂堂正正的媽媽在一起，他希望得到媽媽的溫暖。多少次他夢見自己又和媽媽一造成醫院工作了，他在醫院長長的走廊上奔跑。但經常跑著跑著就迷路了，就再也找不到媽媽了。

李天豪回到家裡後，給姑姑打了電話，問問那邊的情況，告訴姑姑自己這裡也不好，已經有中國反腐部門的人找上門，信用卡和銀行卡都已經被凍結，猜想加拿大皇家騎警很快也會找過來。

聽著姑姑在電話那端聲淚俱下，不停問他：「天天，怎麼辦？怎麼辦呀？」

李天豪不知道怎麼辦，他回答不了姑姑。他說了一句「保重」就放下了電話，他知道自己沒有能力保護姑姑，姑姑更沒有能力保護自己。

放下電話，他想到了曉雅。「曉雅，曉雅，曉雅。」李天豪心裡呼喊著曉雅的名字，那個純潔的女孩，那個彷彿不食人間煙火的女孩，那個無數次出現在她夢裡的女孩，那個他願意用自己的性命愛護、陪她到天荒地老的女孩。可是，自己還有什麼資格愛她？！自己是一個貪汙犯的兒子，自己馬上就是一個一無所有的人，很可能還會鋃鐺入獄。他拿什麼來愛他的曉雅。

李天豪想給曉雅發一個微信，不知道該寫什麼，沉思了良久，寫了一句：「保重！今生我已經沒有資格愛你。」

做完這一切，李天豪沒有吃外賣，而是直接拿出白色藥片的毒品，放入口中，這是他第一次嘗試硬性毒品，他一下子吃了兩粒，他不知道後果，但他已經不在乎後果，如果能在瘋狂中死去，他也在所不惜，也許那是帶著家庭原罪的他的最好結局。

毒品發揮作用後，李天豪一陣天旋地轉，他彷彿看到了穿著白袍的媽媽，看到了媽媽溫和的笑臉，看到媽媽在天堂向他招手，媽媽是那樣慈祥可親，好像在叫他，「天天，過來呀，到媽媽這裡來呀」。

他又看到了曉雅，曉雅笑意盈盈，站在一片光暈裡向他招手，曉雅在笑，笑得那麼美。李天豪想過去擁曉雅入懷，卻怎麼也碰不到曉雅，之後李天豪就失去了意識。

曉雅接到了李天豪奇怪的微信後，知道肯定有什麼不對，趕快給李天豪打電話，卻根本無人接聽，打了好幾個電話後，曉雅感到出事了。她不知李天豪到底人在哪裡，為什麼要給她發這樣奇怪的微信，但曉雅預感到李天豪一定是出了事情。

曉雅立刻報警，說明自己的朋友可能自殺。警方問朋友人在哪裡，曉雅說她不確定，但報告了李天豪的手機號碼。以前李天豪曾經邀請廖智勳和曉雅一起參觀過他的家，曉雅知道那棟大樓的名字，也告訴了警方。

報警後，曉雅打車來到了李天豪的家，曉雅趕到時救護車和警察已經趕到，在李天豪的頂層豪華公寓內，救護員正為李天豪進行現場急救，李天豪的症狀是芬太尼中毒，救護人員為他注射了緩解針劑納洛酮。之後李天豪被送到醫院。

李天豪睜開眼睛，第一眼看到的是曉雅站在他的床前，他忘記了自己為什麼會躺在這裡，只是以為自己美夢成真，上蒼聽到了自己祈禱的聲音，女神來到了自己的身邊。

曉雅眼含淚水，溫柔地對李天豪說：「別擔心，你現在已經脫離了危險，你使用的毒品裡含有比古柯鹼還強力百倍的芬太尼，這是警方都發布警告的高危毒品。」

李天豪這才想起自己為什麼躺在這裡，原來是曉雅救了自己。他淚流滿面，不知是為自己的死而復生，還是為看到溫暖的曉雅，看到為他流淚的曉雅。尤其是在醫院裡面看到曉雅，他就像看到了媽媽。

當年媽媽也是這樣的淚眼，但是爸爸沒有為這樣的淚眼感動，沒有為這樣的淚眼回頭，一如既往地衝進泥沼裡，頭也不回地背叛婚姻和家庭，在多個女人之間周旋，用權利換取錢財和美色。本來爸爸是學術型的人才，卻最終進入了官場，走上了一條不歸路。媽媽在和爸爸大吵一架後，奪門而出，傾盆大雨下，被一輛卡車撞死。李天豪一直將自己痛失母親，歸罪於父親的不負責任和對婚姻的背叛。他一直心痛地想起母親經常重複的一句詩：「忽見陌頭楊柳色，悔教夫婿覓封侯！」

但李天豪知道，長大後的自己又何嘗不是拈花惹草，處處留情，卻從沒有付出過真情。直到遇見曉雅，本來以為可以帶給曉雅富足的生活，好好珍惜和愛護她，可現在的自己就是一個貪官的兒子甚至是共犯，自己還有什麼資格愛她的曉雅。李天豪告訴曉雅，自己的父親和姑父都已經被捕，現在自己沒有死，會回國自首。

曉雅無言，半晌表示：「做過的事情就要承擔，雖說『早知今日，何必當初』，但只要及時補救，為時未晚，起碼對得起天地，對得起自己的良心。」

「曉雅，假如我有出獄的那一天，還會再見到你嗎？」

「會的，一定會的。」曉雅握住了李天豪的雙手。此刻的曉雅，看清了自己的內心，她愛李天豪，她不知從何時開始，已經深深地愛上了李天豪。她願意等他，她願意陪他共患難，她願意，因為她愛他。這個富家公子瘋狂追求自己的時候，曉雅完全不為所動，但如今他落難了，在李天豪瀕死的時刻，曉雅的心竟然那麼痛，她才吃驚地感覺到自己心底對李天豪的深深的愛意。每次他提著好吃的送到大學宿舍，自己總是冷漠地將他打發走，甚至還警告說不要再送餐過來，自己絕不會吃。其實每次拒絕時，看到李天豪失望和落寞的眼神，曉雅自己的心也是痛的。曉雅飛速趕往公寓，看到失去意識的李天豪時，她才知道自己那麼在意李天豪，如果他真的死了，自己的心也會死去。

曉雅不久前剛接到魏大姐透過微信寫給她的一封信，這封信也讓曉雅下定決心，勇敢正視自己對李天豪的感情。

魏大姐寫道：「曉雅妹妹，你是我在溫哥華最好的朋友，也是我遇見的最善良的人，很遺憾，我不能留在溫哥華那個讓我傷心的城市，和你這個善良的妹妹經常見面談心了。但慶幸當今的通訊科技發達，我們就在微信中見字如面吧。我想和你說說我的心裡話，你權且當作我這個姐姐失敗人生的教訓總結，也對你的人生是一個參考吧。我如今每天都生活在悔恨之中，後悔移民來到加拿大，後悔自己當初沒有對老公好一點，後悔自己粗心大意，連老公患了憂鬱症，我竟然都沒有覺察到。曉雅妹妹，世間最折磨人的莫過於一個『悔』字，這種『悔』痛徹心扉，噬人骨髓，我幾乎夜夜失眠，總在假設如果沒有來到加拿大，如果我對自己的老公能夠溫柔一點，體貼一點，理解一點，他就不會縱身一躍，拋棄妻子地去死。可是這世間哪裡有後悔藥，人生也無法倒回去，過去的已經過去，發生的已經發生，他已經死去，已經永遠離開了這個世界。任憑我每日以淚洗面，撕心裂肺，痛徹心扉，他也無法再回來。『逝者已矣，生者如斯』，現在我們母子相依為命，我能夠做到的就是照顧好兒子，我會對兒子溫柔一點，體貼一點，理解一點，孩子活著也不容易。我對他的成績已經不那麼看重，最重要的是他要活著，要好好活著。曉雅，你看我，又像在溫哥華一樣，對你囉裡囉唆地不停地說，你總是那麼耐心、善解人意地傾聽。你是那麼善良的一個女孩，老天一定會厚待你。我寫這封信也想告訴你，曉雅，人生最怕『悔』字，無論是感情還是其他的重要決定，一定要遵從自己的內心。活到我這個年齡，你就會知道，人的一生太短暫了，尤其是青春，更是倏忽而過。大姐祝福你幸福快樂！更祝福你人生無悔！無悔人生！」

曉雅當時看完信淚流滿面，這信是魏大姐用自己的血淚教訓寫就的，信也讓曉雅豁然開朗，她要遵從自己的心，人生無悔！

此刻，曉雅堅定地看著李天豪的眼睛，一字一句地對他說：「李天豪，我愛你，我會等你。」說完，曉雅俯下頭，輕輕地吻上了李天豪的唇。

李天豪驚呆了，他不相信這一切是真的，他的曉雅說愛他，願意等他，還吻著他。世間怎麼會有這樣的女孩？怎麼會有曉雅這樣的女孩？她是他的救贖天使。

「曉雅，曉雅，曉雅。」李天豪緊緊擁抱著曉雅，用力回吻著她，嘴裡還在呢喃著曉雅的名字。兩個人緊緊擁抱著，兩個孤獨桀驁的靈魂終於在人海茫茫中找到了彼此。此刻，曉雅放下了一切羈絆和顧慮，她愛李天豪，她聽從自己內心的聲音，她不要為錯失一段真愛而懊悔。

「患難見真情」，李天豪明白，從此曉雅的不離不棄就是他活下去的希望和理由。原來曉雅也是愛他的，李天豪心頭狂喜。他雖然馬上就一無所有，可能還會鋃鐺入獄，但他不在乎，他在乎他的曉雅。他發誓，餘生都會好好愛這個清純堅強的女孩，好好珍惜曉雅。

第四十章 無悔

和他們一道回國的還有李天豪父親的前部下，一直幫助李天豪打理財務的黃叔叔。平時衣著考究、在意形象的黃叔叔，此刻髮絲凌亂，神情凝重，彷彿精氣神一下子渙散了。黃叔叔見到李天豪欲言又止，目光呆滯地往前走去。

李天豪凝視著美麗的曉雅，現在在他的眼裡，只有曉雅，他緊緊握著曉雅的手，生怕這一鬆開，就是天涯永隔。李天豪望著曉雅，此刻有千言萬語，卻不知從何說起，眼裡泛起淚光。

曉雅則堅定地對李天豪說：「放心吧，等我畢業後我會回國等你，這一次，我不會錯過你，這輩子和你不見不散。」

李天豪的淚水奪眶而出，這是怎樣的一個女子，之前對自己的億萬身家視而不見，不為所動；如今自己一文不名，面臨官司和牢獄，她卻芳心相許，不離不棄。

「曉雅，我愛你，等著我！」

「相思似海深，舊事如天遠。淚滴千千萬萬行，更使人，愁腸斷。」李天豪緊緊擁抱著他的救贖天使曉雅，彷彿要把三生三世的情緣都在這擁抱中篤定。

莎莎則抱著媽媽痛哭，媽媽縱有千般不好、萬般不是，畢竟還是自己的親生母親，她已經在心底諒解了媽媽，這一別離，不知何年何月能夠再想見。

「媽媽，我會想你的。」

「莎莎，媽媽對不起你，媽媽對不起你，媽媽對不起你！」李瑩已經哭成了淚人，她知道自己前半生揮霍太多，後半生要用來還債。

「莎莎，聽曉雅老師的話，向曉雅老師學習，你要照顧好自己！」李瑩望著寶貝女兒，心裡痛如刀割。這一回去，前途未卜，她把女兒託付給了曉雅。

她本來以來廖智勳會來送她一程，但此刻卻是蹤影全無，李瑩吞下苦澀的淚水，心裡默默嘆道：「枉我真心對你一場，原來你也是貪生怕死之徒。」

李瑩此刻明白了，床第之歡是換不來真情的。張愛玲說女人的陰道直通心房，女人永遠誤把床上的溫柔體貼當成了真情，並且一次次挫敗，不知吸取教訓。原配的婚姻中，丈夫尚且不會珍惜，更何況她和廖智勳這樣的露水夫妻。

送別完李天豪和李瑩，曉雅帶著莎莎回到自己的大學校園裡，因為監護人曉雅的關係，莎莎已經辦妥了轉學，入讀曉雅大學校園裡的一間公立中學。

「莎莎，別哭了，乖，一切都會好起來的。」

「曉雅姐姐，謝謝你還肯收留我。」

「莎莎，姐姐永遠會支持你，保護你。我知道你現在很難過，莎莎，你要記住，上天有時會給我們很多磨難和考驗，我們別無選擇，只有心懷希望，堅強面對。」

「曉雅姐姐，謝謝你，如果沒有你，我都不知道自己該怎麼辦了。」

莎莎帶著哭腔委屈地說道。這個十五歲的女孩，突然迎來了這樣的人生遭遇。

曉雅並肩摟著莎莎的肩膀，溫柔地說道：「莎莎，你還小，長大了你就會明白，人生就是歡喜和憂愁交織組成的，有霧靄霓虹，也有風霜雷電，原生家庭不是你我能夠選擇的，但我們可以選擇怎麼過好我們自己的人生，怎麼做到問心無愧。」

從此莎莎將和曉雅相依為命，莎莎的志願也是報考曉雅的大學，將來當一名濟世救人的白衣天使，靠自己的能力和醫術安身立命，造福他人，莎莎會循著最敬佩的曉雅姐姐的道路一直走下去。

而曉雅已經下定決心，學成後歸國，到祖國最偏遠的地方，用自己的醫術治病救人，救死扶傷，並等待著和李天豪再次相聚的那一天。這一次，她不會錯過，不會讓自己後悔。

機場大廳的電視螢幕上，新當選的省議員李舒芒律師正在接受媒體訪問，他看起來還是那樣自信和陽光。曉雅注視了一會兒電視螢幕，摟著莎莎的肩膀，走出機場。

一架正在低空盤旋的飛機即將降落，飛機上又載著很多人來溫哥華尋夢了，他們在這片土地上，又將發生多少愛恨情仇的故事？

愛恨溫哥華：

千帆過盡，片影無存

作　　者：愛生花
發 行 人：黃振庭
出 版 者：崧燁文化事業有限公司
發 行 者：崧燁文化事業有限公司
E-mail：sonbookservice@gmail.com
粉 絲 頁：https://www.facebook.com/sonbookss/
網　　址：https://sonbook.net/
地　　址：台北市中正區重慶南路一段六十一號八樓 815 室
Rm. 815, 8F., No.61, Sec. 1, Chongqing S. Rd., Zhongzheng Dist., Taipei City 100, Taiwan
電　　話：(02)2370-3310
傳　　真：(02)2388-1990
印　　刷：京峯數位服務有限公司
律師顧問：廣華律師事務所 張珮琦律師

定　　價：420 元
發行日期：2024 年 04 月第一版
◎本書以 POD 印製
Design Assets from Freepik.com

國家圖書館出版品預行編目資料

愛恨溫哥華：千帆過盡，片影無存 / 愛生花 著 . -- 第一版 . -- 臺北市：崧燁文化事業有限公司 , 2024.04
面；　公分
POD 版
ISBN 978-626-394-136-6(平裝)
857.7　　113003343

電子書購買

臉書

爽讀 APP